AF276354

# EL JUEGO ESCONDIDO

Eva Cornudella

# EL JUEGO ESCONDIDO

VERSÁTIL
thriller

Título original: *El juego escondido*

© 2025 Eva Cornudella
Edición y corrección: Rosa Sanmartín
Diseño de cubierta: Eva Olaya

1.ª edición: febrero 2025
Derechos exclusivos de edición en español
reservados para todo el mundo:
© 2025: Ediciones Versátil S. L.
Calle Muntaner, 423, piso 2
08021 Barcelona
www.ed-versatil.com

ISBN: 978-84-129398-9-7
Depósito legal: B 4821-2025
Impreso en España
2025 - Estilo Estugraf Impresores S. L.

*A Juan Carlos*

«Qué difícil es matar a los muertos, hacerlos desaparecer... Cuántas veces lo habré intentado yo... Qué sencillo sería todo si no fuera así».

*Almas grises*, Philippe Claudel.

## I

# LA MUERTE DE SOLEDAD

Cangas del Narcea, verano de 1967

Esteban cruza el puente a zancadas con el rostro enrojecido y sudoroso. Todavía oye a su espalda las risas de sus amigos. Está contento, es el primer día de vacaciones y ha pasado la tarde entera fuera de casa jugando por los campos cercanos al río. Lleva los zapatos con un centímetro de barro en las suelas y sabe que le va a caer una buena reprimenda, tanto por eso como por llegar tarde a cenar, pero la diversión ha valido la pena.

Sin embargo, su alegría desaparece cuando, a pocos metros de su casa, lo paralizan unos gritos desgarradores. Son los lamentos desesperados de su madre. Nunca la ha oído chillar de una forma tan visceral e inhumana. Continúa con paso mecánico hasta alcanzar el portón de madera del viejo caserón de piedra familiar que, de repente, se le antoja el más triste de los panteones.

No sabe por qué, pero lo sabe.

Una verdad terrible le sacude la mente como solo lo hacen las certezas inexplicables.

Es la intuición de la muerte.

No se trata de su abuela, ni de su padre; esos lamentos no responden a una desgracia ajena. Es la desgracia, con mayúsculas.

Un frío hiriente le atraviesa las costillas y una manita helada lo invita a franquear la puerta.

El pasillo está en penumbra y huele mal. El hedor se le clava en lo más profundo de la garganta, lo reconoce enseguida y le genera una arcada. Las suelas de los zapatos le resbalan sobre el reguero de vómito que lo conduce como una pista fúnebre hasta los sollozos. Al fondo del pasillo, bajo el brillo de una luz obscena para tanta desolación, Esteban contempla, desde el quicio de la puerta, la expresión horriblemente estática y desencajada de su hermana Soledad.

Acaba de ocurrir. La niña todavía está bañada en sudor y vómito, y aún tiene los ojos abiertos, vidriosos, con una espantosa expresión de sorpresa, como si hasta en su último aliento hubiera creído que la muerte no se saldría con la suya.

Al lado de la cama, en el suelo, está su madre, arrodillada, con la cabeza desplomada sobre la almohada de su hija. Parece que todavía la esté consolando. Musita palabras que no se entienden y que Esteban jamás preguntará.

En el suelo, al lado de la cama, un ramito de flores de color violeta. Un ramito que parece de jacintos.

* * *

Entrada la madrugada, Esteban se levanta de la cama. No puede dormir. Nadie le ha explicado nada salvo el terrible hecho de la muerte. No ha cenado, nadie se lo ha ofrecido, pero tampoco tiene apetito. Se encerró en la habitación para no saber ni ver. Después del trasiego, llegaron los lloros apagados en la habitación de sus padres, y desde hace unos minutos, el silencio.

Sale a hurtadillas de su habitación y, como un ladrón, se acerca a la de su hermana alumbrándose con una linterna.

Soledad está distinta, ahora parece dormida. La han lavado y ya no tiene el rostro desencajado ni aquella espeluznante expresión de sorpresa en su mirada. Tiene los ojos cerrados y la boca muy pálida. Le han puesto el vestido de la comunión, que todavía le sirve, y una corona de flores sobre la frente. Alguien, seguramente su madre, le ha colocado el pelo extendido sobre la almohada; unos rizos cobrizos que la envuelven como si fueran haces de luz. Está preciosa.

Se acerca más para mirar con deleite la boca de su hermana y no encuentra rastro de aquellos labios rojos que lamió tantas veces diciéndole que era un juego. Aproxima su nariz a la suya y le sorprende la ausencia de aquel aire calentito de siempre. La huele y no percibe olor alguno. Echa de menos el calor de la punta de su lengua cuando se une con la suya. Echa de menos la piel suave de sus manitas, la ligereza de sus dedos cuando los llevaba a su cara para que lo acariciase. Y sobre todo, desea volver a ver aquellas pequeñas protuberancias que empezaban a marcársele bajo los vestidos y que alguna vez palpó entre juegos o cuando le hacía cosquillas. Todavía recuerda una mañana, durante el desayuno, cuando pudo vérselas entre los tirantes de una falda de peto que la niña se puso y que su madre enseguida le obligó a quitarse. «Qué tonta eres, hija. Si te pones estas cosas, debes llevar una camiseta debajo, que los hombres son muy malos y les gusta mirar a las niñas». No pudo apartar la mirada de aquellos pequeños botones y su madre le dio un manotazo en la cabeza, «¿Y tú qué miras, marrano? Es tu hermana».

No es capaz de resistirse y, mientras le llena la cara de lágrimas, roza con sus labios los de Soledad, que están rígidos y helados.

No oye nada. Tiene los oídos bloqueados por el deseo y las lágrimas.

No oye cómo su padre se acerca por detrás, lo agarra de los hombros y de un tirón lo aparta de la cama, horrorizado.

A día de hoy, el deseo continúa intacto. Los remordimientos, también.

## 2

## LA MUERTE DE ZOE CLIFFORD

Lunes, 15 de febrero de 2021

Centro de recreo Los bucaneros

Avda. Roma, Barcelona

Zoe Clifford toma aire para soplar con fuerza. Hubiera preferido que el pastel tuviese velitas individuales, como cada año, pero en el centro de recreo en el que está celebrando su fiesta de cumpleaños han colocado sobre el bizcocho esponjado a golpe de polvos de soda, de esos que se desmigan al primer corte, dos números enormes, el 1 y el 0.

Está rodeada de sus mejores amigas, tan solo dos. Y es que no ha tenido tiempo de hacer más en el escaso medio curso que lleva en el colegio nuevo. Echa en falta a sus amigos de Madrid. De hecho, añora profundamente a todos sus amigos: a los del colegio, los de su barrio y los de la academia de baile. Sobre todo, echa muchísimo en falta a sus abuelos; a su querida abuela Ana, a la que adora, y a su abuelo James, que murió pocos meses después de que abandonase Madrid.

Zoe cierra los ojos y se acerca demasiado a las velas. Nadie le sujeta el cabello y uno de sus rizos cobrizos resbala sobre su pequeño hombro y pasa a milímetros de una de las llamas. El mechón se salva de milagro. Ni siquiera ella se da cuenta, inmersa como está en pedir un deseo que sabe que la vida no le concederá. Lo malo de cumplir diez años es que ya empiezas a intuir lo que nunca sucederá por mucho que te concentres en ese deseo y soples con todas tus fuerzas. Cuando abre los ojos, la mesa ya está medio vacía. La mayoría de los niños de su clase se ha acercado el tiempo justo para verla soplar las velas y se han distribuido de nuevo por la zona de juegos.

Los padres tampoco están. Han salido disparados hacia el otro lado del local en la que ha arrancado a sonar *You're the one that that I want,* de *Grease.* La organización del centro de recreo lo tiene claro; los niños se entretienen solos, a quien hay que distraer es a los padres, que al final son los que pagan y recomiendan la experiencia.

Un animador vocifera e invita a los adultos a subirse a dos amplios escalones situados frente a frente. En uno las madres, y los padres en el otro. Dos decenas de Sandy's y Danny's emulando el baile que los lleva a una época añorada, sin responsabilidades, sin hijos, sin pareja, o al menos sin pareja seria. Se ríen, bromean, ponen los ojos en blanco, pero la magia obra tal como está previsto —pura psicología social—: ellos sacan pecho y ellas, también. Empiezan los contoneos y los intercambios de miradas con quienes no debería ser y, como en aquellos pasatiempos en los que debes relacionar los conceptos de una columna con los de otra, se vislumbra alguna conexión incorrecta.

Vicky Soler, la madre de Zoe, recibe más de una de esas miradas incorrectas. Vicky es la novedad. Es la madre de la niña nueva, recién separada y una mujer muy atractiva. Ríe abiertamente, con una de esas risas que trasmiten tanta sensualidad como un canto de sirena, irresistible, y siempre la remata con una caída de párpados que domina como nadie. Las otras madres la miran con prevención; muchas de ellas la detestan. Como era de esperar, más de un padre la observa con algo que va más allá de la admiración.

Mientras Vicky se contonea, un hombre, que acaba de entrar en el local, no le quita la vista de encima. Tiene los ojos inyectados en rabia. Es James Clifford.

James observa a Zoe, que está sola, arrimada a una mesa llena de platos con trozos de tarta a medio comer, ganchitos y patatas fritas, bajo los que asoma una vulgar imagen de un oso con parche pirata.

Avanza con paso decidido y se acerca a la tarima sobre la que su mujer, porque todavía lo es, baila de forma frenética sacudiendo las caderas, se planta frente a ella, la agarra de una mano con excesiva fuerza, la atrae hacia sí y le recrimina su actitud a la vez que dirige la mirada hacia la niña.

Vicky le dice algo en voz baja al oído, se aparta con genio y le hace un gesto de claro reproche, negando con la cabeza de forma despectiva. Acto seguido, lo empuja y alguno de los padres se acerca para intervenir.

No hace falta, James se dirige a la salida del local seguido de los gritos de Vicky, que le rebotan en la espalda, pero antes se acerca a su hija, la besa y le da un abrazo.

Tres horas después, Zoe Clifford fallece, tras sufrir dos espantosas horas en las que se retuerce de dolor. La vida se le va entre vómitos y convulsiones.

# 3

Mario Laredo salió de su despacho a regañadientes. No quiso discutir con la forense. De hecho, ni siquiera le preguntó el motivo por el que requería su presencia. La doctora Ciuró lo conocía bien y sabía cuánto detestaba acudir a los levantamientos de cadáver; así que, si había decidido llamarlo era porque resultaba imprescindible.

Ya estaba saliendo de la Ciudad de la Justicia cuando volvió sobre sus pasos, tomó el ascensor de nuevo y se dirigió hacia su despacho.

—¿Se ha dejado algo, señoría? —le preguntó, solícita, Izaskun, una de las gestoras judiciales—. Podría haberme llamado y se lo hubiera llevado.

Laredo le sonrió agradecido y negó con la cabeza sin mediar palabra. Entró en su despacho y fue directo a por el viejo pisapapeles de vidrio que siempre llevaba consigo. Pensó que debería ir olvidándose de esa dependencia —también detestaba las supersticiones—, pero intuyó que aquel no era el día más apropiado.

Cuando llegó al domicilio en el que tenía que hacer la diligencia de levantamiento de cadáver, respiró hondo y chasqueó la lengua. Sin duda, aquellos trances eran lo peor de su trabajo. Peor que lidiar cada día con lo más decadente y perverso de la conducta humana. Bajó del taxi y se subió las solapas del abrigo, como si el calor de aquel paño de alta calidad le pudiera proteger del horror en el que se iba a sumergir.

Entró en el domicilio de Zoe Clifford, sin llamar a la puerta ni anunciarse aprovechando que salía un agente de la policía judicial, e invirtió los primeros segundos en hacerse una composición de la escena. Siempre seguía el consejo que le dio uno de sus mentores en la escuela judicial: tomar nota con detalle de las primeras impresiones para poder recurrir a ellas cuando la causa empezase a tomar derroteros confusos.

Desde el recibidor de la vivienda, tuvo acceso visual del salón, al fondo del cual vio a una mujer sentada en una silla, muy quieta y con gesto abatido. La acompañaba un asistente, seguramente psicólogo, que le hablaba en susurros. Dedujo que se trataba de la madre. Cruzó el marco de acceso al salón y vio que, a su izquierda, se abría un pasillo; observó allí la figura de un hombre no uniformado. Estaba apoyado con gesto afligido en el quicio de una puerta. Seguramente se trataba del padre. Tras esa puerta, intuyó, debía de estar el fatal escenario de la desgracia.

Laredo se acercó al hombre, se presentó de forma protocolaria, pero sin estrecharle la mano, y le dio el pésame. Después, le rogó que se dirigiese al comedor para poder hablar a solas con la forense que, todavía agachada al lado de la cama sobre la que yacía el cuerpo de la niña, le lanzó una mirada urgente e inquisitiva. Pocas veces había visto a Elena Ciuró tan impaciente.

La doctora echó un último vistazo al cuerpecito de Zoe Clifford, se incorporó y tomó unas pocas notas en su libreta. Negó con la cabeza y miró fijamente al juez Laredo.

—Estas cosas no deberían ocurrir. No soporto los exámenes forenses de niños. Y me entristece todavía más cuando sospecho que la causa de la muerte no es natural. —Esperó unos segundos a que el juez dijese algo, pero él se mantuvo en silencio—. Mario, aquí hay algo extraño. Esta niña ha fallecido de repente y de forma muy rápida. En menos de dos horas se ha deshecho en vómitos.

Laredo tomó aire y frunció los labios.

—¿Qué dicen los padres? —musitó resistiéndose a mirar a la pequeña. Odió a Elena con todas sus fuerzas por mantenerlo dentro de aquella habitación.

—La niña estaba sola con la madre. La pobre mujer está aturdida y no deja de repetir que todo empezó al regresar de la fiesta de cumpleaños de la pobre criatura. Sí, Mario, para colofón, hoy era su cumpleaños. Diez años cumplía el angelito. Dice que cuando salió del colegio estaba bien, aunque un poco nerviosa, seguramente por la fiesta, y que fue al llegar a casa cuando empezó a sentirse mal. Que pensó que sería una indigestión, pero por lo visto empeoró tan rápido y de forma tan grave, que no tuvo tiempo siquiera de llamar a urgencias. La cría perdió el conocimiento y enseguida notó que no tenía pulso.

—¿Y el padre? ¿No estaba en casa a esa hora? ¿No dices que venían de la fiesta de cumpleaños de la niña?

Elena bajó la voz todavía más y se acercó al juez.

—No vive en el domicilio. Están en trámites de separación o de divorcio, no sé muy bien.

El juez enarcó las cejas. Que la doctora se acercase para musitar aquella información le pareció extraño. Una separación era algo demasiado habitual como para causar esa reacción en la forense.

—¿Y ese es uno de los factores que te preocupan?

—Todavía no lo sé —respondió la doctora con el ceño fruncido—. Eso más bien te compete a ti.

Laredo inspiró con fuerza y por fin dirigió la mirada hacia Zoe.

La imagen de la pequeña, tumbada en aquella cama de madera lacada en blanco sobre el edredón de florecillas de color pastel y rodeada de muñecas, peluches y decenas de objetos de alegre colorido, lo impactó de tal modo que giró la cabeza en un sobrecogimiento intenso. Nada más entrar en la habitación, la imagen lo lanzó con fuerza a lo más temido y recóndito de su memoria. Ahora, al mirarla de nuevo, el recuerdo acudió con mayor nitidez. Los muertos siempre regresan.

—¿Estás bien? —preguntó Elena, aunque sabía el impacto que acababa de sufrir el juez—. Me sabe mal haberte hecho venir, pero me da la sensación de que aquí ha pasado algo, digamos, extraño. Por lo que dice la madre, no parece que Zoe tuviera ninguna enfermedad de base. Llegó a casa después de la fiesta, se puso a vomitar, empezó a debilitarse y a hiperventilar, y murió.

Laredo se sobrepuso y parpadeó para impedir que aflorasen las lágrimas. La doctora se dio cuenta, pero disimuló. Los conoce bien y sabe que no era el lugar ni el momento para hablar de ello.

—¿Y qué piensas que puede haberle causado la muerte, alguna reacción alérgica?

La forense negó con la cabeza, rotunda, y observó a Laredo algo confusa. Le había trasladado con toda claridad sus sospechas sobre una muerte provocada, pero el juez parecía obviarlo.

—Créeme, por una reacción alérgica no te llamo. Eso está descartado; no hay signos de choque anafiláctico.

Laredo miró de nuevo a la niña. El paralelismo era cada vez más intenso y espantoso.

—¿Y esos pequeños puntitos rojos? —Señaló con el dedo hacia el rostro de la pequeña.

Elena lo observó con el ceño fruncido. Sin apenas mirar a la niña, y aun con la distancia con que lo había hecho, Laredo había sido capaz de percibir aquellas diminutas marcas que le salpicaban el rostro y que apenas se veían. Siempre le sorprendía la capacidad de Laredo para fijarse en los detalles.

—Petequias. Las provoca el esfuerzo del vómito continuado. La reacción alérgica es distinta. No observo el cuello inflamado, no hay signos de asfixia. No, definitivamente no se trata de eso.

—¿Entonces?

—Hay una cosa que me ha llamado la atención. La niña ha tenido parestesias. Según dice la madre, se le han dormido los brazos y las manos. Y eso no me parece compatible con un cuadro vírico de vómitos, que, por otra parte, no acabaría con la vida de una niña de una forma tan drástica.

—Pero a veces hay fallecimientos súbitos, Elena, ¿no? Los niños, a veces... se mueren.

—A estas edades el porcentaje de muertes súbitas es bajísimo. Pero sí, podría ser. Aunque lo de las parestesias me sugiere otra cosa. Son alteraciones neurológicas, y eso me lleva a un cuadro tóxico. Me refiero a un tóxico potente.

Laredo inspiró y dejó salir el aire lentamente.

—¿Estás hablando de un posible envenenamiento?

Elena Ciuró asintió.

—Está bien —suspiró el juez—. Vamos a abrir diligencias. Dime qué necesitas.

—Mirarlo todo a fondo.

—Hazle la autopsia y a ver qué sale.

—Tardará. Voy a hacer el examen forense habitual y alguna prueba más. Algunos tóxicos no son detectables en la autopsia y desaparecen muy rápido del organismo. Voy a tener que analizar fluidos corporales: sangre periférica, líquido cefalorraquídeo, líquido pericárdico y orina mediante cromatografía líquida y espectrometría de masas y esas técnicas no se hacen en cualquier centro de analítica. Los padres se inquietarán, y quizá sería mejor no decirles, por el momento, qué es lo que andamos indagando. Me sabría muy mal hacerles pasar por esto si finalmente no se confirman mis sospechas.

—Entiendo. Les trasladaré normalidad. Me inventaré algo. Yo qué sé: que se os acumulan los cadáveres en el anatómico forense. Ya me lo montaré. —Elena chasqueó la lengua ante ese comentario y el juez le dirigió una mirada de disculpa—. Tómate el tiempo que necesites, Elena.

Laredo salió de la habitación y se dio de bruces con James Clifford, al que le había pedido, antes de entrar en la habitación, que los dejara a solas.

—¿Está todo bien, señoría?

El juez miró al hombre con seriedad y James carraspeó.

—Me refiero a si podremos enterrar pronto a nuestra niña.

Laredo escrudiñó la mirada de aquel hombre y esta vez sí que alargó su mano para estrechársela. Encontró la de James tibia y serena.

—No depende del todo de mí, señor Clifford. Pero créame que haré lo que esté en mi mano para que así sea.

# 4

Mario Laredo llegó a su casa y la encontró helada. Elevó la temperatura del termostato a veinticinco grados, se metió en la ducha y estuvo bajo el agua caliente hasta que la piel enrojeció. Después, se dirigió a la cocina sin apetito, obligándose a cenar cualquier cosa con la intención de meterse en la cama lo antes posible. Abrió la nevera y vio un sobre de salmón ahumado ya empezado, en el que todavía quedaban dos lonchas —se permitía esos caprichos—. Sacó dos rebanadas de pan de molde, las untó generosamente con mantequilla y comió apoyado sobre la encimera de la cocina.

Una vez en la cama, se arrebujó bajo el edredón nórdico y se tapó hasta la cabeza para entrar en calor, pero no lo consiguió. El frío se había apoderado de sus huesos. El hielo venía de muy adentro y se expandía por sus músculos como un aliento gélido. Admitió que no sería sencillo desprenderse de él e intuyó a qué se debía, pero lo aceptó con serenidad y calma. Ya no era aquel aterrado chiquillo de dieciséis años, ni el joven que había lidiado con las visiones terribles, muerto de miedo, durante casi diez más.

Sin embargo, las pesadillas habían vuelto.

Hacía muchos años que no soñaba con Casandra. De hecho, había logrado arrinconar, en ese espacio que la mente reserva para lo que deseamos olvidar, la tremenda angustia que lo asoló todas aquellas noches en las que su hermana irrumpía en sus sueños para hablarle de forma ininteligible. Las apariciones se fueron espaciando en cuanto inició la carrera judicial hasta que acabaron por desaparecer, quizá como consecuencia de la intensa dedicación a su trabajo, o puede que simplemente por el olvido.

Habían pasado veinticinco años desde entonces, y era momento de afrontar lo que fuera que su hermana intentó decirle durante tanto tiempo, así que se dispuso a cerrar los ojos con los sentidos alerta. Sabía el porqué de su regreso. La imagen del cadáver de Zoe Clifford tendida sobre su cama fue una cruenta recreación de la muerte de su hermana. La misma edad, el mismo tipo de niña, incluso los malditos puntitos rojos bajo los ojos y alrededor de la boca. Casandra, como Zoe, vivió sus últimas horas deshecha entre arcadas y temblores, hasta llegar al triste alivio del desvanecimiento.

Después de la fatalidad, lo visitó de forma insistente irrumpiendo en sus sueños, siempre llorando, siempre gritando palabras confusas o haciendo gestos que no alcanzó a comprender.

Mario nunca se lo contó nada a nadie. Ni siquiera al psicólogo al que lo llevaron durante unos cuantos meses, y que no logró arrancarle una palabra, pues estaba aterrado ante la posibilidad de estar padeciendo un inicio de locura. Todavía hoy, duda de sí mismo, de sus sueños, de sus pensamientos, de esa extraña intuición que a veces le asalta. Y confía en que cualquier vivencia extraña tiene una explicación racional; que la mente siempre va más allá de lo que uno piensa. Y que hasta la más inexplicable de las intuiciones puede tener una base científica. Silogismos del inconsciente. Nada más. Por eso, durante aquellos primeros años que siguieron a la muerte de Casandra, se convenció de que la tristeza lo había trastornado, y consiguió, poco a poco, apartarla de su lado.

La noche anterior, horas antes del fallecimiento de Zoe, Casandra apareció de nuevo. Esta vez no dijo nada, se limitó a estar presente como si se hubiera colado en su sueño o estuviera tan solo de paso. Su presencia lo sorprendió. Ahí seguía su hermana, siempre niña a pesar de los años transcurridos, con el mismo abatimiento, atrapada en una tristeza inmensa. Mario la despidió de su mente sin contemplaciones, y Casandra huyó con rapidez. Pero cuando despertó, la sombra de la inquietud seguía allí, y al llegar al domicilio de Zoe, tuvo la certeza de que la aparición de su hermana había sido un terrible presagio. Un anuncio que no debía pasar por alto.

Mario Laredo se armó de valor, cerró los ojos y se dispuso a mirar.

# 5

Aquel viernes, cuando Mario llegó al juzgado, la forense llevaba más de un cuarto de hora esperándolo en la puerta de su despacho. Por la expresión que se dibujaba en su rostro, adivinó que las sospechas de Elena Ciuró habían pasado al plano de lo real y no pudo evitar exhalar un intenso suspiro de abatimiento.

Sin mediar palabra, invitó a la forense a entrar en su despacho. La doctora se sentó en una de las sillas de cortesía y esperó en silencio a que Mario se quitase la bufanda y el abrigo, y los colgase en el perchero que tenía detrás de la puerta. Invirtió en ello un tiempo excesivo que la forense atribuyó a las reticencias del juez por afrontar un asunto que intuía que le era especialmente incómodo.

Laredo se sentó en su sillón de trabajo, colocó su móvil sobre el soporte y encendió el ordenador. Cuando ya no pudo demorarlo más, se giró hacia la doctora, que, con expresión impertérrita, hizo gala de una inusual paciencia.

—¿Y bien?

—Aconitina.

Laredo guardó silencio durante unos segundos y finalmente encogió los hombros.

—Es un alcaloide muy potente. Una sustancia que se utiliza como remedio sobre todo en medicina china y homeopatía para muchas enfermedades. Principalmente para tratar la insuficiencia cardíaca y la hipotensión posterior a un infarto de miocardio, la enfermedad coronaria y la enfermedad reumática del corazón. Muy residualmente se aplica para tratar trastornos del comportamiento y neuralgias. Es una sustancia peligrosa que tomada en dosis más altas que las terapéuticas, causa envenenamiento y puede provocar la muerte.

—Pero los padres no refirieron que la niña estuviese tomando ninguna medicación.

—Así es —aseveró la forense.

—Quizá es que le suministraron una dosis más elevada de lo que el organismo de la niña podía admitir y están muertos de miedo.

La forense negó con la cabeza y esbozó una sonrisa cargada de tristeza.

—El asunto no es tan sencillo. La sustancia está prohibida tanto en Europa como en Estados Unidos desde hace un siglo, ya sea procesada o no. En España, el acónito está incluido en el listado de plantas cuya venta está prohibida al público o restringida por razón de toxicidad. Aunque doy por hecho que se puede encontrar, sobre todo un profesional de la medicina. Ahí lo tienes todo —respondió la doctora extendiéndole al juez una carpeta que contenía el informe forense con un nutrido anexo explicativo.

Laredo se rascó la frente.

—Por lo que he visto en las diligencias instruidas hasta el momento, el padre de Zoe, si no me equivoco, es...

—Homeópata —lo interrumpió la doctora Ciuró—. Y también tiene formación en medicina China.

—Quizá tuvo acceso a esa sustancia y el asunto se le fue de las manos. ¿Puede ser tan sencillo como eso? Un accidente. A lo mejor ese hombre no contaba con que fueses a indagar tanto. Por eso negó que le suministrasen sustancia alguna a la niña y ahora se va a encontrar con tus conclusiones.

—Es posible, pero me parece arriesgado. ¿Por qué motivo ocultaría ese dato? Es casi pueril.

—No tanto, Elena. La gente comete errores fatales y tiene

miedo a las consecuencias. Otro forense menos perspicaz que tú, posiblemente no hubiera mirado tan a fondo. Los padres hubieran enterrado a su hija sin más trámite y ese hombre viviría el resto de su vida con la culpa a cuestas. La cuestión es que si la sustancia está prohibida, no parece que sea muy sencillo obtenerla, ¿no? Aunque se dedique a estas disciplinas. ¿Y por qué motivo se la administraría a la niña?

La forense se acercó a la mesa y abrió el informe por una de las páginas, mostrándosela al juez, que empezó a leer:

La aconitina es un veneno y, después de la nepalina, es el segundo veneno de origen vegetal más activo del mundo. En España encontraremos la planta en los Pirineos, Cordillera Cantábrica y Sierra Nevada. Las flores del Acónito son grandes y bonitas, de un color azul o violáceo de 3 a 4 cm de diámetro, pero extremadamente toxicas, incluso letales. Florece en verano. El fruto de esta planta es una vaina capsular que contiene numerosas semillas.

A continuación, la forense refería el sistema de procesamiento de las semillas, una fórmula relativamente sencilla para cualquier persona avezada en medicina china.

—En definitiva —la miró Laredo—, que obtener la sustancia puede ser más sencillo de lo que parece.

—Exacto. Por otra parte, la letalidad de la planta en cuestión es tan elevada, que resulta tóxica incluso por contacto dermatológico, aunque en ese caso no debería causar la muerte. La historia del acónito no deja de tener su parte de leyenda. En la antigüedad, se usó con fines oscuros para terminar con oponentes o envenenar comida o aguas. Y en España fue también conocida como matalobos, por su uso para hacer desaparecer a estos animales. La primera muerte documentada en nuestro país se dio en el año

1740, en Setcases, en Girona. Unos pastores usaron los tallos como parrilla para cocinar unos pajaritos que habían cazado. Y solo por el contacto, fallecieron todos. A lo largo de los años se han dado otros casos como el de una compañía de paracaidistas franceses que en 1960 falleció en el transcurso de unos ejercicios de supervivencia en el Pirineo Central al comer raíces de acónito, o el caso de una familia que lo confundió con apio de montaña, y que, pese a la rapidez del tratamiento, mató a algunos miembros.

—¿Y cómo se te ocurrió indagar en ello? —preguntó Laredo admirado de la sagacidad de la doctora.

—No sabía qué sustancia en concreto saldría, pero tenía bastante claro que se trataba de un alcaloide letal. Se tiene constancia de diversos casos que, por su relevancia, se publican en revistas forenses. La mayor parte de las muertes que se dan actualmente por este veneno son accidentales. Y realmente horrorosas, ya que no hay antídoto. Tras la ingesta del acónito suelen producirse síntomas iniciales como hormigueo. Seguidamente se presentan alteraciones gastrointestinales y neurológicas: obnubilación, alteraciones visuales y motoras, así como parada respiratoria. ¿Recuerdas las parestesias a que se refirió la madre de la niña? Pues eso. A nivel cardiológico, pueden producirse alteraciones del ritmo que pueden precipitar arritmias ventriculares y parada cardiorrespiratoria en menos de una hora. El cuadro descrito por la madre de la niña encaja a la perfección.

—Así que, si James Clifford le suministró la sustancia a su hija era consciente del peligro que entrañaba; y, o bien se le fue la mano y la niña ha fallecido por sobredosis...

—En cuyo caso estamos ante un homicidio culposo y eso explicaría su silencio —interrumpió la doctora.

—... o todavía peor: se aseguró de su muerte, en cuyo caso nos encontramos ante un asesinato —concluyó Laredo.

—Efectivamente, esa segunda opción no la podemos descartar. Aunque no quiero pensar en un asesinato, ¿a su hija, en su propia casa? Una cosa es una imprudencia, un error. Pero... —la forense resopló con visible afectación—. ¿Qué sensación te da, Mario?

El juez se quedó unos segundos callado y el recuerdo del sueño de su hermana le indicó la respuesta.

—Sin ánimo de precipitarme, me da una sensación malísima, espantosa —musitó el juez.

# 6

Virginia Gibert se despertó y tardó unos segundos en ser consciente de que estaba en Empúries, en el apartamento de Fernando. Cada vez se le hacía más penoso repartir la semana entre la casa de sus padres, en Barcelona, y la de su pareja.

«No echas raíces, Virginia», se dijo parafraseando lo que tantas veces le repetían tanto su madre como Fernando. Y era cierto. Antes de que su hija Alba comenzase a ir al colegio, solía dormir en casa de Fernando desde los jueves por la noche hasta los lunes por la mañana, cuando regresaba a Barcelona para acudir al juzgado. Pero con la escolarización de la niña, no tuvo más remedio que alargar su estancia en Barcelona, a pesar del disgusto de Fernando que, al trabajar desde casa, hubiera preferido matricular a Alba en un centro de la localidad. Él se ofreció a llevarla y recogerla cada día, e incluso la hubiera traído a casa a comer los mediodías.

Virginia dudó mucho. La vida en la Costa Brava era plácida durante los meses de temporada baja y Alba hubiera estado muy bien en cualquier colegio de la población. Pero se decantó por Barcelona, entre otras cosas —y eso era un fantasma que se había instalado entre Fernando y ella—, porque vivir en Empúries suponía dar un paso definitivo en la relación con él, y continuaba sin sentirse preparada para tomar esa decisión. Y es que, a pesar del amor y del profundo conocimiento mutuo, el recuerdo de la muerte de Diego, su marido y mejor amigo de ambos, los anclaba a un triste pasado que creyeron que podrían superar juntos con el paso del tiempo, pero que había dejado un halo de tristeza y culpa.

Aprovechó que era sábado y que no tenía que salir corriendo hacia el colegio para dejar a Alba y llegar puntual al juzgado y remoloneó unos minutos en la cama, pero no pudo mantenerse mucho tiempo más sin levantarse. Siempre fantaseaba con la idea de despertarse tarde y pasar la mañana entera descansando, aunque en realidad era demasiado activa para necesitarlo de verdad. Extendió un brazo hacia el lado de Fernando y notó que las sábanas estaban frías, por lo que dedujo que debía de llevar bastante rato levantado y a buen seguro estaría esperándola para desayunar. Era demasiado atento como para no hacerlo. Así que se calzó las mullidas zapatillas de peluche y se dirigió a la cocina.

Cuando Virginia entró, todavía soñolienta, lo encontró sentado en uno de los altos taburetes de la isla, concentrado en el móvil. Tenía la pantalla en posición horizontal para visualizar mejor lo que miraba con atención. Enseguida detectó en él una expresión extraña. Fernando alzó la cabeza y le dirigió una mirada teñida de tristeza que ella captó al vuelo, tan acostumbrada a leer emociones y reacciones en los rostros ajenos. Ni siquiera pensó en darle los buenos días.

—¿Qué ha pasado?

Fernando cabeceó con pesadumbre y le tendió el teléfono.

—Seguramente también lo debes de haber recibido.

Virginia leyó el comunicado del colegio de su hija:

Queridas familias:
Lamentamos daros esta triste noticia. El pasado miércoles por la noche, al regresar de su fiesta de cumpleaños, nuestra estimada alumna Zoe Clifford, de 5.º de primaria, falleció de manera repentina e inesperada. Cuando llegó a su casa, después de

la fiesta, se encontró mal y los acontecimientos se precipitaron fatalmente. Antes de que los equipos de emergencia acudieran al domicilio, ya había fallecido. La familia está consternada. Zoe era su única hija y deja un vacío tremendo. Los que tuvimos ocasión de conocerla, aunque llevaba poco tiempo entre nosotros, enseguida nos conquistó con su candor y su bondad. Y todos sus compañeros, el equipo docente y los miembros de la Congregación lamentamos mucho su pérdida. Por razones burocráticas, el funeral de la niña se realizará en los próximos días en la más estricta intimidad.

El colegio esperará, por este motivo, a que transcurra un periodo prudencial para organizar una misa en su memoria, de la que les avisaremos oportunamente por este mismo medio y también mediante la circular que vuestros hijos llevarán a casa. Mientras tanto, os pedimos encarecidamente que tengáis a Zoe y a sus padres presentes en vuestras oraciones. Solo Dios sabe por qué ocurren estas cosas. Como sabéis, a veces Dios escribe con renglones torcidos.

Vuestro, afectísimo en Cristo

Padre Juan Canales

Faith School

Virginia, abrumada por la noticia, le devolvió el teléfono en el mismo momento en que Alba entraba en la cocina, en pijama y descalza, como siempre.

Observó con detenimiento a su hija. Tenía las mejillas arreboladas por el calor de las sábanas de franela y conservaba las dos coletas del día anterior, electrizadas y despeinadas, que no había conseguido deshacerle al irse a dormir, porque la pequeña se negó en redondo a quitarse los coleteros *brillibrilli* que tanto le gustaban. Los ojos de Virginia se inundaron de lágrimas ante la idea de perder a su hija en unas circunstancias tan pavorosas, y se abalanzó sobre la pequeña, apretándola, mientras ella se reía.

—¿La conocías? —preguntó Fernando observando la graciosa carita de Alba, que asomaba sobre uno de los hombros de su madre.

Virginia negó con la cabeza, pero enseguida se giró hacia él con expresión pensativa.

—Quien sí que debía de conocerla es Amparo, la madre de Lara, de la clase de Alba. Tiene un hijo en quinto de primaria. Voy a llamarla, a ver si me entero de algo más.

—De algo más, ¿cómo qué? No creo que pueda añadir más de lo que pone en ese correo —apuntó Fernando mirando el móvil—. ¿Qué más quieres saber?

Virginia no contestó. Ya estaba buscando el teléfono de Amparo en la lista de contactos y no dudó en llamarla. Móvil en mano, se fue con paso lento hacia la habitación para poder hablar con calma. Qué diferente era de Fernando, o quizá qué distinta era de cualquier hombre. Virginia quería saber más. Necesitaba saber todo lo que había ocurrido: cómo una madre puede llegar a casa con su hija y perderla en unas horas, cómo y por qué suceden esas cosas tan terribles, y hablar de ello, sumergirse en la emoción de la desgracia; escuchar de los labios de otra madre ese pavor que necesitaba compartir sin alguien que le dijese que no pensase en esas cosas y que se concentrase en algo más alegre. Tenía que exorcizar aquel horror que la conmovía hasta la médula. Por la mirada que le había echado Fernando, intuyó que creía que su interés respondía a una curiosidad insana, pero estaba convencida de que Amparo comprendería el motivo de su llamada.

Y así fue; no tuvo ni que decírselo. De hecho, parecía que Amparo la estuviese esperando y apenas la dejó hablar.

—¡Menos mal que me llamas! Si llegas a tardar cinco minutos más, lo hago yo. En realidad, estaba esperando a una hora más prudente.

—Oh... —exclamó Virginia al comprobar que eran las nueve de la mañana; una hora algo temprana para telefonear a una casa en sábado.

—¡No, no te preocupes! No he querido decir que fuese una hora intempestiva, sino que... ¡tanto da! Me llamas, supongo, por lo de esa niña, Zoe Clifford. Es un auténtico horror. Es espantoso. Desde que he leído ese correo no me lo quito de la cabeza, pobrecita. Ya ves, de la edad de Dani. —Echó un vistazo a su hijo, que estaba absorto ante el televisor viendo un episodio de una serie de dibujos animados.

Amparo le explicó a Virginia todo lo que sabía, incluido el incidente ocurrido en el local donde se celebró el cumpleaños.

—¿Pero tú los viste? Me refiero a la discusión de los padres.

—No, yo no. Me quedé en casa con Lara. Pero mi marido sí. Y por lo que dice, se ve que Vicky no se reprimió de nada, como si se hubiera olvidado de quién era la protagonista de la fiesta. Y cuando llegó el padre, James se llama, la encontró bien sueltecita bailando sobre una tarima. No un baile normal, no. Un baile que no quieras saber. Se ve que se contoneaba sin ningún tipo de vergüenza. Y fue entonces cuando se lio. Al parecer esos dos están en trámites de separación, pero él todavía debe de estar enamorado de ella, y cuando la vio en ese plan, pues se puso hecho un basilisco. Puedo hacerme la idea del motivo de esa separación... —Amparo carraspeó y cambió el tono de voz confiriéndole una aflicción que Virginia intuyó impostada—. Pero a ver, no quiero hablar mal de esa mujer, que bastante tiene con la desgracia que le ha caído. Aunque una cosa no quita la otra...

Virginia enarcó las cejas con la libertad de saber que su interlocutora no la veía. Qué poco había durado la contrición.

Amparo le siguió contando lo que había ocurrido en la fiesta de cumpleaños.

—...ya me entiendes: esa señora no entró con muy buen pie en un centro como el nuestro. No es el lugar para venir a tontear con los padres de los compañeros de tu hija en la misma puerta del colegio. Y menos en su fiesta de cumpleaños. Pobrecita niña, qué mal lo pasaría en las horas previas a su muerte. Qué recuerdo se llevó de esa fiesta... Yo, de ser esa mujer, no podría vivir con ello a cuestas.

Virginia escuchó el relato de Amparo y se hizo una idea aproximada del perfil de los padres de Zoe, pero fue a lo que verdaderamente le interesaba. La referencia a los trámites burocráticos que aparecía en la comunicación del colegio no podía significar otra cosa que el trámite de la autopsia de la pobre criatura. Enseguida leyó entre líneas que se trataba de una muerte poco habitual y ante ello, su curiosidad era innata e incontenible.

—Oye, ¿y has sabido algo de la causa de la muerte?

Amparo le explicó lo poco que había trascendido, y enseguida volvió a la carga con lo que más le interesaba: la madre de Zoe.

—Por lo visto, después de la bronca monumental que tuvieron, algunos de los padres le preguntaron si quería llamar a los Mossos d'Esquadra y ella se negó. Y no te lo pierdas, al parecer, cuando vio que la niña estaba muerta, fue ella misma quien llamó al marido. ¿No te parece extraño? Tanto lío, tanta pelea, y luego va y lo llama.

—A ver, Amparo, tampoco es extraño, ¿no? Acababa de morir la hija... Hay situaciones que están muy por encima de una discusión. De hecho, lo extraño sería que no lo hubiera llamado.

—No sé, Virginia. Después de una bronca como esa, yo hubiera esperado a estar acompañada por los servicios de asistencia. Pero cada uno es como es. El caso es que cuando llegó el juez, parece que estaban los dos en la casa.

—¿El juez? ¿Fue el juez?

—Sí, sí, dicen que fue el juez en persona. Pero eso es lo normal, ¿no? En fin, tú como fiscal lo sabes mucho mejor que yo.

Virginia le contestó que no siempre era necesario, y le entró una urgencia tremenda por colgar el teléfono y averiguar qué juez era el que había realizado el levantamiento del cadáver y estaba al frente de las diligencias.

Se despidió de Amparo de la forma más cortés que pudo y, sin soltar el móvil, buscó en la agenda judicial, aunque tenía un pálpito tan poderoso que no hubiera sido siquiera necesario.

Echó un vistazo rápido al calendario de guardias y, como había presentido, constató que el juez encargado era Mario Laredo. Estuvo tentada de llamarlo, pero tuvo el ánimo suficiente como para contenerse. Si la llamada a Amparo ya le había parecido demasiado morbosa a Fernando, otra, precisamente a Laredo, con la animadversión que se tenían, hubiera sido excesiva, además de poco justificable. Pensó que no le quedaba más opción que esperar al lunes, cuando llegase al juzgado.

Zoe Clifford había muerto en extrañas circunstancias.

Zoe iba al mismo colegio que su hija.

Y Mario estaba al frente de la investigación.

Algo le decía que el destino los había puesto de nuevo ante un reto.

# 7

Una oleada de perfume invadió el despacho de Laredo. El juez reconoció la fragancia enseguida. Era la misma que a veces usaba una de sus examantes, Marta Silva, la antigua fiscal adscrita a su juzgado, antes de que la sustituyese Alfredo Castillo. Y no se trataba de un perfume de aplicación rápida con una o dos pulsaciones de espray, sino que era la fragancia de una crema corporal de una línea de cosmética natural. Le llamó la atención que aquella mujer, en esas circunstancias y tras menos de una semana del fallecimiento de su hija, hubiera tenido el ánimo de aplicarse loción corporal de forma tan generosa como sugería la intensidad del olor que desprendía. Intentó apartar ese pensamiento de su mente y recuperar la neutralidad. Los años de ejercicio como juez le habían enseñado que la gente hace cosas inverosímiles en circunstancias extremas, y quizá aquello no era siquiera extraño y tan solo se debía a una rutina habitual y automática. No debía medir las reacciones de los otros según su propio código de conducta o lo que él hubiera considerado coherente.

No obstante, no solo se trataba del perfume. Ese elemento aislado no hubiera sido lo bastante poderoso como para abrir la vía a aquel pensamiento. Era todo lo demás: la melena rubia brillante y recién planchada, el perfecto trazo del *eyeliner* que bordeaba sus párpados sin que se hubiera desviado un ápice, el perfilador de la barra de labios y el brillo carnoso que estos desprendían, tan chocantes para una madre abatida. Era esa estudiada apariencia de perfecta sensualidad que envolvía la mirada triste de ojos llorosos. Ese aire poderosamente sexi que Vicky Soler desprendía y que, al parecer, había provocado una escena de celos en plena fiesta de cumpleaños de su hija, según constaba en las diligencias policiales.

Vicky se sentó ante el juez, visiblemente nerviosa, y Laredo se recreó unos instantes en el silencio ante la actitud paciente de Alfredo, que amenazaba con romperse en cualquier momento. Juez y fiscal habían valorado con detenimiento a quién de los dos progenitores citarían primero para declarar. Se decantaron por la madre, que era la que había estado de forma ininterrumpida con la niña desde la salida del colegio hasta su fallecimiento.

Cuando le expusieron el resultado del informe forense, la mujer no mostró especial sorpresa, lo que más tarde sería interpretado por Laredo como una muestra de frialdad impropia de una madre que acaba de perder a su hija, mientras que Alfredo lo atribuyó a una reacción compatible con el *shock* causado por la noticia.

Tras repasar todo lo que sucedió desde la salida del colegio, el juez empezó a interrogarla sobre lo que había ingerido la niña y Vicky se puso a la defensiva.

—Su marido, porque todavía no están divorciados, ¿cierto? —La mujer asintió con los labios fruncidos y un gesto displicente, sin disimular la antipatía que le provocaba el juez—, se dedica a la homeopatía. ¿Tomaba Zoe alguna sustancia homeopática?

Vicky negó con la cabeza.

—¿Está usted segura? Quienes confían en este tipo de remedios los suelen utilizar para casi todo: para dormir, para la indigestión, para los nervios, para las alergias, ya me entiende. Dado que el señor Clifford se dedica a ello, no sería extraño que tuvieran algunos blísteres de perlitas de esas por casa, ¿no?

Vicky se limitó a negar de nuevo con la cabeza y Laredo se impacientó, aunque no lo dejó traslucir.

—Vamos a ver. Le he preguntado si está usted segura y veo que lo afirma sin duda alguna. Supongo que, a pesar de que no tienen todavía convenio o sentencia de divorcio, la niña debía de pasar algún tiempo a solas con su padre, ¿no?

La interrogada asintió con lentitud y entrecerró los ojos, seguramente preguntándose a dónde la llevaría todo aquello. Laredo también asintió, con una media sonrisa.

—Señora Soler, por favor, responda verbalmente y no con la cabeza. Así evitaremos equívocos. Entonces, si Zoe pasaba días con el señor Clifford, entiendo que no puede afirmar con seguridad si su padre le suministraba alguna sustancia.

—Esa tarde lo dudo. Zoe estuvo todo el rato conmigo.

—Pero en otras ocasiones, ¿le consta si le suministraba algo?

La mujer encogió los hombros e hizo una mueca que Laredo percibió como de displicencia.

—Bueno, a veces sí que le dábamos algo para los constipados o para el dolor de barriga. Yo también he tomado perlitas de esas, como usted se refiere a ellas. Pero, en cualquier caso, siempre han sido productos comprados en la farmacia. Puedo mirar cómo se llaman y...

—Por supuesto, ya me lo dirá —interrumpió Laredo moviendo su mano derecha como si se sacudiera algo molesto—. Dolores de barriga, dice... ¿Tenía Zoe algún trastorno de comportamiento?

Vicky enarcó las cejas, sorprendida, se irguió levemente en la silla y volvió a negar.

Laredo abrió la carpeta del expediente que tenía sobre su mesa y se detuvo en la lectura de un fragmento del informe forense, alargando a conciencia el momento. Tendió el documento a Alfredo Castillo, señalando el punto en el que la forense detallaba las aplicaciones de la aconitina, y lo miró con un gesto de complicidad. Alfredo le siguió el juego y se entretuvo también en la lectura del documento. Tras ello, el juez fijó su mirada en el rostro de Vicky Soler, que empezaba a mostrar signos evidentes de nerviosismo.

—¿Está usted segura? —le preguntó son severidad.

La mujer se inquietó y respondió con evasivas, aceptando que Zoe tenía las rabietas y actos de rebeldía propios de una niña de su edad. Nada que les llamase la atención en especial.

—¿Y se llevaba usted bien con su hija?

Vicky se levantó de la silla con ademán de querer abandonar el despacho del juez. De pie, ante la mesa de Laredo, con el cuello enrojecido a placas y las aletas de la nariz dilatadas, respondió con indignación.

—Creo que no debería haber venido sola. No sé qué es lo que está pasando ni qué pretenden ustedes con este interrogatorio, pero me da la sensación de que están sugiriendo que...

—Tranquilícese, Victoria, y tome asiento, por favor. Aquí nadie está sugiriendo nada ni se van a conculcar sus derechos...

—¿Mis derechos? ¿A qué derechos se refiere? —Apartó la silla y se alejó de la mesa.

Alfredo vio preciso intervenir y le explicó que solo estaba allí como principal testigo de las horas previas e inminentes a la muerte de su hija, que los derechos a los que se refería el juez eran los de ser informada de la calidad con la que se declaraba en un juzgado, y que no debía preocuparse, que no estaba allí como investigada ni como sospechosa, que únicamente necesitaban disponer de la máxima información sobre los hechos ocurridos para aclarar cuanto antes las circunstancias de la muerte, ante lo que Vicky reprochó al juez y al fiscal, sin rebajar su enfado, que tal como se le estaban formulando las preguntas, parecía que la considerasen sospechosa y que se sentía totalmente desamparada.

—Pues no debería sentirse así, Victoria —apuntó Laredo—.

Doy por hecho que usted, más que nadie, quiere saber qué le sucedió a su hija.

Vicky se sentó de nuevo con la mirada más oscura que unos minutos atrás y un gesto que Laredo no supo discernir si era de desconfianza o de preocupación.

—Le he hecho todas estas preguntas porque la sustancia que hemos encontrado en el cuerpo de Zoe es un alcaloide con una letalidad muy potente. Una sustancia que tiene un efecto muy rápido, así que, si la niña salió bien del colegio, como usted dice, se la debieron de suministrar durante la fiesta o poco antes de llegar a casa. El uso de este alcaloide no está permitido en nuestro país, pero podría ser accesible para personas familiarizadas con él, ¿me entiende?

Al oír estas últimas palabras, Vicky dio un pequeño brinco sobre el asiento.

—Antes de llegar a casa, dice... ¿Está sugiriendo que yo...?

Laredo enarcó las cejas. No hubiera imaginado una respuesta como esa. Vicky no debía de estar, en principio, familiarizada con la sustancia en cuestión, pero estaba claro que se había puesto a la defensiva.

—Mire, señora Soler, por segunda vez le digo que no estoy sugiriendo nada. Estoy exponiendo los hechos y pidiendo que me facilite alguna explicación.

—Había mucha gente en ese local la tarde en que ocurrió todo. Cualquiera tuvo ocasión de darle esa sustancia a Zoe.

—Ese trabajo que sugiere ya lo hemos hecho. Hemos preguntado a la dirección del local si alguna de las personas que asistió a su fiesta o a otra que se celebrase el mismo día sufrió algún síntoma, y no consta ninguna incidencia más, al menos no les ha llegado comunicación alguna al respecto. Y le recuerdo que no estamos ante una intoxicación alimentaria, sino ante el suministro de una sustancia prohibida y altamente letal. Así que usted dirá.

—¿Han hablado ya de esto con James? —Se intentó zafar la mujer.

—Todavía no. Antes queríamos saber si hay algo que usted nos quiera decir. Señora Soler, esta sustancia, también se utiliza para tratar problemas de conducta. Por eso le he preguntado si Zoe presentaba alguno. Pero ya me ha dicho que no. Lo que le estoy intentando decir es que si por algún motivo ustedes han suministrado a la niña este medicamento y la dosis se les fue de las manos, estaríamos ante un caso accidental. No sé si me entiende.

—Pero ¿por qué nosotros, sus padres? —imploró Vicky respirando con dificultad—. Pudo ser cualquiera...

Laredo frunció el ceño y cruzó con Alfredo una rápida mirada. El fiscal también había quedado sorprendido por la respuesta.

—Señora Soler, creo que no me está entendiendo y eso me preocupa. No le estoy hablando, como usted parece inferir de mis palabras, de un envenenamiento intencionado que, según usted apunta, podría haber hecho cualquiera, no sabemos muy bien con qué motivo. Le estoy preguntando si es posible que ustedes mismos le diesen a Zoe un medicamento que llevase esa sustancia en su composición y la dosis no fuera la adecuada.

—¿Como lo de aquella niña de Portugal?

—¿Qué niña?

—Creo que se refiere al caso de Madeleine McCann —apuntó Alfredo—. La niña que desapareció hace años en un hotel de Portugal mientras sus padres fueron a cenar.

Vicky Soler lo miró y asintió.

—No se sabe qué ocurrió con esa niña, señora Soler. Pero sí, una de las hipótesis que se barajaron en aquel caso fue que ambos progenitores le suministraron algún barbitúrico con un desenlace fatal, se asustaron e hicieron desaparecer el cuerpo. A eso me refiero exactamente. Pero con su respuesta usted sugiere que alguien, y no se sabe quién ni por qué, mató a su hija el día de la fiesta de su cumpleaños. Una posibilidad cierta, pero que es una mera conjetura, y bastante débil cuando tenemos a un padre familiarizado con este tipo de sustancias. Le pido, por favor, que reconsidere su respuesta. Si Zoe tomaba alguna medicación, ¿es posible que ese día le diesen por error una dosis superior?

Vicky negó, aunque ahora con expresión dubitativa.

Laredo avanzó un paso más.

—¿Su marido ha tenido reacciones extrañas tras su separación? ¿Cree usted que tendría algún motivo para hacerle daño a Zoe?

Vicky Soler desvió la vista hacia Alfredo, quizá en busca de refugio, y se encontró con la mirada impertérrita del fiscal. Se mordió el labio inferior, inclinó la cabeza, abatida, y musitó:

—Claro... James... Eso que ha dicho sobre estar familiarizado con la sustancia —bajó el tono de voz—. Creo que James sería capaz de cualquier cosa con tal de dañarme.

Y empezó a sollozar.

Mario y Alfredo cruzaron la mirada. El giro en la actitud de la mujer era llamativo. En cuestión de minutos, Vicky había pasado de sugerir que un desconocido podía haber suministrado la sustancia a su hija a apuntar hacia un posible supuesto de violencia vicaria. Pero esta posibilidad no había surgido de forma natural o espontánea, y eso era algo que debían abordar con la mayor de las cautelas. Con un sutil gesto que Alfredo captó al instante, Laredo lo invitó a que continuase con el interrogatorio. No quería perderse detalle de la comunicación gestual de la declarante, quien, a pesar de apretar sus brazos contra el cuerpo, no consiguió disimular los cercos de sudor que empezaban a marcarse en su blusa de algodón color azul claro, tan mal escogida para una ocasión como aquella.

Alfredo, consciente de lo que perseguía el juez, tomó las riendas.

—Explíquenos con más detalle esto que nos acaba de apuntar, señora Soler. Vamos a ver, ¿en qué fase del divorcio se encuentran? ¿Están negociando un acuerdo, tienen abogados, alguno de ustedes ha presentado ya la demanda?

Vicky negó con la cabeza. Explicó que el divorcio se encontraba en fase muy embrionaria. Que ninguno tenía todavía defensa jurídica porque confiaban en llegar a un acuerdo, tras el cual tenían previsto contratar a un abogado que los representase a ambos.

—Por lo que veo, son capaces de dialogar y negociar aun en esta situación de ruptura. Entonces, cuando ha dicho que James haría cualquier cosa con tal de hacerle daño, ¿a qué se refería?

Laredo asintió. Alfredo interrogaba con inteligencia y precisión. Era del todo inexplicable que una mujer como la que tenía delante, con recursos y medios económicos, que se planteaba un divorcio y que temía a su marido y lo veía capaz de cometer un acto de violencia vicaria, no hubiera pedido siquiera asesoramiento jurídico.

Vicky entrelazó los dedos y se retorció las manos. Antes de responder desvió la mirada hacia Laredo, pero, sintiéndose observada por este, giró los ojos con rapidez para refugiarlos en los de su interlocutor que, a pesar de estar interrogándola, no le imponía tanto.

—¿Tiene miedo de su marido, señora Soler? Debe saber que existen protocolos de protección para estas situaciones.

Vicky relajó los hombros y empezó a respirar de forma más acompasada. Se tranquilizó y la confianza se tradujo en cierta verborrea. Expresó que las escenas de celos de James habían sido continuas durante todo el matrimonio y que episodios como el ocurrido en la fiesta de cumpleaños de su hija era uno de tantos. Que la celotipia de James era uno de los motivos de su petición de divorcio.

—Según tengo entendido, no parece que usted pasase especial temor ante el incidente provocado por el señor Clifford en el cumpleaños de su hija —se aventuró a decir Laredo, consciente del riesgo que corría poniendo en duda el relato de quien podía ser una víctima de violencia de género.

Laredo miró de reojo a Alfredo, que le devolvió una mirada cargada de alarma y saltó en su ayuda.

—Señora Soler, ¿ha puesto alguna denuncia contra su marido por violencia?

Vicky Soler contestó con un rápido y contundente no al fiscal, sin apartar su vista de Laredo, y se dirigió a él con aplomo y cierta soberbia.

—Menos mal que usted no es juez de violencia contra la mujer, porque me parece que estaríamos muy desamparadas en su juzgado.

Laredo le mantuvo el pulso. Estaba acostumbrado a lidiar con toda clase de quejas y reproches de abogados y justiciables y tenía la autoestima lo bastante elevada como para no achicarse ante un comentario de ese calibre.

—No, no lo soy. Soy juez de instrucción y lo que tengo en la mesa son las diligencias de una niña muerta, su hija. Una niña que ha fallecido de una forma que no nos gusta nada ni a la forense ni al fiscal ni a mí. Así que mi función en esta causa es amparar los derechos póstumos de esta niña. Unos derechos que consisten en saber cómo y por qué se ha marchado de este mundo a tan temprana edad. Si usted tiene o ha tenido algún problema de violencia con su marido, abajo tiene el juzgado de guardia. Pero para mí esa cuestión es tangencial, ¿me entiende? Solo me interesa en tanto pueda afectar a la investigación de la muerte de Zoe. Y en ese aspecto, lo que veo es que desde que usted ha puesto el pie en este juzgado ha pasado de sugerir que cualquier desconocido que estuviera en la fiesta pudo suministrar la sustancia a su hija a centrar el foco en su marido. Comprenderá que me extrañe.

La madre de Zoe se levantó de nuevo, esta vez con la intención clara de salir cuanto antes de aquel despacho.

—Parece que está convencido de que tengo algo que esconder con respecto a la muerte de mi hija y eso no se lo permito. Por tanto, si no tienen nada más que preguntarme, desearía irme.

—Yo no estoy convencido de nada, por el momento. Puede irse, señora Soler. Pero una última pregunta —Vicky se giró de modo teatral y miró al juez de forma inquisitiva—: cuando Zoe murió, ¿llamó usted misma a su marido o esperó a que se ocupasen de ello los servicios judiciales?

Vicky contestó que telefoneó ella. Laredo no dijo nada, pero su silencio la invitó a hacer una aclaración.

—¿Qué está sugiriendo, que no debía avisarlo? A pesar de todo, es el padre de la niña.

—A pesar de ser un marido presuntamente maltratador y capaz de hacerle daño a su hija, sí, a pesar de ello, es el padre de la niña.

La mujer salió del despacho con paso firme, dejando un halo de perfume tras ella.

Cuando cerró la puerta, Alfredo se dirigió a Laredo en tono recriminatorio.

—Has sido muy duro con ella. Ya sabes que no todos los casos de violencia tienen antecedentes. A veces suceden cosas terribles en familias aparentemente idílicas.

—El testimonio de esta mujer chirría por todas partes —rebatió Laredo sin aceptar los comentarios del fiscal.

—¿Qué te pasa por la cabeza, Mario?

El juez se levantó de su asiento y se dirigió al gran ventanal de su despacho que tenía vistas hacia la Gran Vía, por la que decenas de coches transitaban en direcciones opuestas.

—Hay algo muy frío en esa mujer. No he visto atisbo alguno de tristeza por la muerte de su hija, ni indignación ni miedo ni emoción cuando ha hablado de la posible incriminación del padre de la niña. Esas lágrimas...

—No olvides que está en *shock*, Mario.

Laredo asintió y pensó, una vez más, en que no debía juzgar las emociones de los demás desde sus propios parámetros. Con todo, la actitud de Vicky Soler le había oprimido el corazón. Su reacción no tenía nada que ver con la desolación que había sentido su madre, hacía ya tantos años, con la muerte de Casandra. Se preguntó si un estado de *shock* podía ser tan poderoso como para enmascarar una profunda pena y un desespero de tal magnitud.

—Quizá tengas razón —musitó.

—O quizá no.

Cuando Vicky Soler salió del juzgado se cruzó con una mujer que le recordaba a alguien, aunque no sabía de qué la conocía. Ambas se miraron con la incomodidad de quienes creen conocerse y dudan en si deben saludarse. La dos optaron por desviar la mirada.

Varios metros después de haberla rebasado, Vicky Soler la identificó. Sin duda, la había visto en la puerta del colegio de su hija. Se giró para mirarla de nuevo, justo en el momento en que ella hacía lo mismo. Vicky notó la mirada de aquella mujer clavada en la suya, como si la estuviera estudiando.

Alguien la saludó con deferencia revelando su nombre: señora Gibert, así se llamaba.

# 8

Virginia dio tres golpes rápidos en la puerta y no esperó a obtener respuesta para abrir.

Mario Laredo esbozó una media sonrisa. Solo ella tenía esa peculiar forma de entrar en su despacho. Ni siquiera Alfredo se tomaba esas libertades.

Alfredo miró al juez y enarcó las cejas en un gesto cómico de complicidad. También sabía que aquella repentina urgencia en acceder al despacho solo podía provenir de ella. La irrupción no le importó; hacía años que había superado las inseguridades propias de los inicios en el ejercicio de la fiscalía. Además, Virginia era una fiscal respetuosa con los compañeros y nada intrusiva. Sabía estar en su lugar y, a pesar de su debilidad por meter las narices en las investigaciones con circunstancias excepcionales, sus aportaciones eran siempre valiosas. Todavía recordaba la última investigación que había compartido con ella y con Laredo, la sonada causa Alondra, que tuvo una repercusión pública sin precedentes en la que desmantelaron una red de corrupción empresarial y política que removió los cimientos del tejido empresarial de la ciudad, y en la que Virginia había hecho gala de un olfato espectacular.

La fiscal se plantó ante ambos. Se notaba que había ido a paso enérgico pues tenía las mejillas encendidas y la respiración algo agitada. Los ojos le brillaban y dos mechones ondulados y rebeldes, que se habían escapado de su cobriza melena recogida en un moño de efecto despeinado, enmarcaban aquel rostro salpicado de pecas. Mario la contempló con admiración indisimulada a pesar de sus esfuerzos. Virginia apoyó las dos manos sobre la mesa y fue directa al grano. Llevaba desde el sábado por la mañana esperando aquel momento. Negó con la cabeza en gesto de reproche.

—Veo que no habéis perdido el tiempo. —Hizo un gesto levantando la barbilla hacia la puerta por la que acababa de entrar y olisqueando de forma ostensible el ambiente del despacho que todavía conservaba el perfume de Victoria Soler—. ¡Por el amor de Dios, si apenas son las once de la mañana del lunes! ¿Qué me he perdido?

Laredo no respondió y Virginia fue consciente de que se había extralimitado. No era su juzgado, no era su causa, ni sabía siquiera si Laredo había decretado el secreto de sumario. Realmente, parecía una posesa víctima de una curiosidad desmedida. Pensó que debía explicarse, así que abrió su cartera, sacó la copia impresa del correo electrónico masivo que el Faith School había enviado el sábado y se la tendió al juez.

—Alba va a ese colegio. Al mismo que Zoe Clifford. Y la mujer que acabo de cruzarme en el pasillo deduzco que es su madre.

Mario leyó el comunicado y se lo pasó a Alfredo. El fiscal frunció el ceño.

—Los renglones torcidos de Dios... Ese colegio es religioso y británico. ¿Cómo es que tu hija...?

Virginia sonrió y dio la explicación que había tenido que ofrecer más de una vez.

—Es uno de los pocos colegios británicos católicos que hay en España. La verdad es que por mí Alba hubiera ido a un colegio laico, pero mi madre, Mario ya la conoce, quería que fuese a uno religioso. Y de ahí tu sagaz observación, los colegios británicos confesionales son anglicanos. Así que el Faith fue la opción perfecta. Me parece que hay dos o tres de esta orden en distintas ciudades del país.

Laredo sonrió con todo el rostro al pensar en Alicia, la madre de Virginia, y su particular carácter. Y se sintió íntimamente satisfecho por la referencia tan natural que acababa de hacer Virginia sobre su conocimiento personal de la familia.

—Tres, para ser exactos —puntualizó con una contundencia que sorprendió a Virginia—: el Faith, en Barcelona; el Hope, en Madrid, y el Charity en Santander.

Alfredo no pudo evitar el comentario jocoso.

—Fe, esperanza y caridad. Las tres virtudes teologales del cristianismo. Parece que estos colegios se fundaron sin mucha voluntad de expansión.

—Qué irreverente eres, Alfredo —rio Virginia. Recuperó la seriedad al instante al ver el gesto circunspecto del juez.

—Bien, tras este espacio para la hilaridad —atajó Laredo—, lo cierto es que habría sido excepcional que hubieras estado presente en la declaración de Victoria Soler, ¿no te parece, Alfredo?

El fiscal asintió y Virginia sonrió aliviada.

—Disparidad de sensaciones, por lo que intuyo. —Mario asintió—. ¿Y bien?

Le trasladaron sus percepciones.

—Pues me parece que dos a uno —apuntó ella.

—¿Cómo? —inquirió el juez.

Virginia les explicó la conversación mantenida con Amparo y el retrato despectivo que esta había hecho de la madre de Zoe.

—No parece que Victoria Soler, Vicky para los amigos, sea una mujer que cause muy buena impresión.

Por toda respuesta, Laredo le extendió el acta de declaración que todavía olía a letra recién impresa y Virginia le dio una lectura rápida.

—¿En qué puedo ayudar? —dijo con decisión.

—Vamos a citar a declarar al padre en calidad de testigo, pero previamente estaría muy bien saber si algún otro compañero de los que fue a esa fiesta se encontró mal. Quizás esa mujer a la que te has referido, Amparo...

Virginia asintió con satisfacción. Estaba dentro del caso. No oficialmente, pero dentro. Un cosquilleo familiar le palpitó en el estómago. Había entrado en el despacho de Laredo de forma casi instintiva, sin haberse planteado qué papel quería jugar en aquella investigación, pero con la pulsión interna de que de un modo u otro debía participar en ella. Miró a Mario y a Alfredo y alargó ambas manos. Los dos se las estrecharon con fuerza y Mario se la mantuvo sujeta unos segundos más que su compañero.

Ella tampoco la soltó.

Por un instante pensó en Fernando; sería complicado explicarle que trabajaría de nuevo con Mario Laredo.

# 9

Martes, 23 de febrero. 02:30 horas
Domicilio de Mario Laredo
Calle Mallorca esquina Padilla, Barcelona

«Adivina qué estoy pensando». En esta ocasión la oyó con total claridad. Mario se revolvió inquieto entre las sábanas y su primera intención fue la de desterrar el sueño. Lo había hecho muchas veces y sabía cómo conseguirlo. Solo tenía que controlar la respiración y no dejarse vencer por el miedo. En pocos segundos le habría cerrado el acceso a Casandra. Pero enseguida recordó su propósito: esta vez estaba dispuesto a escuchar. Así que inspiró profundamente y se dejó invadir por el frío que, de forma rápida, se extendió por su cuerpo.

Se manejaba con destreza durante los sueños lúcidos. Llevaba años de entrenamiento, dominaba ese pequeño resquicio entre la parte consciente e inconsciente de la mente y acostumbraba a captar el mensaje onírico con claridad, sin que en la tarea de anclar la visión a la parte consciente se desconectase del mundo de los sueños. Mario lo había aprendido a hacer a fuerza de ensayo-error, hasta comprobar que el éxito consistía en lograr el equilibrio entre el flujo consciente y el inconsciente, sin dejarse invadir por los temores, y mucho menos por la excitación de constatar que la información valiosa se almacenaba en la consciencia y que podría recordarla nada más despertar.

Con todo, todavía no había conseguido discernir si las apariciones de Casandra eran fruto de su inconsciente, es decir, el reflejo de una imagen construida por sus propios recuerdos, o en esos sueños se abría una compuerta a un mundo que iba más allá del de la mente.

En esas ocasiones en que su hermana irrumpía en el descanso, le costaba dominar las emociones, sobre todo el miedo y la ansiedad. Y estas funcionaban como un chivato perverso, una alarma que originaba que la compuerta mágica de la clarividencia se cerrase provocando un intenso estropicio y una confusión absoluta.

Aquella madrugada, justo a la hora mágica de la fase REM, cuando su cuerpo se mantenía con las constantes mínimas, se dejó ir con la mente abierta y las emociones a raya, a pesar de la enigmática sonrisa de Casandra, quien, por una vez, no lloraba, aunque intuía que no tardaría en hacerlo.

Pausó la respiración, consciente de que el equilibrio de conexión no solo dependía de él, sino también de ella. A veces, sin saber el motivo, los sueños se interrumpían, los mensajes se tornaban ininteligibles y la voz de su hermana se sentía lejana, confusa, como si hablase en otro idioma.

«Adivina qué estoy pensando». Ese había sido su juego preferido, su juego escondido.

Casandra aseguraba que estaban conectados, que podían leerse la mente el uno al otro, y su madre les había reprendido muchas de veces por aquel juego que consideraba peligroso. Una práctica que la niña aprendió de su abuela paterna, una buena mujer, aunque, a juicio de su nuera, cargada de supercherías. La abuela decía que era capaz de hablar con los muertos y que, lejos de espantarla, le parecía no solo una cosa de lo más normal, sino algo incluso tranquilizador. «Es un bálsamo tanto para ellos como para los vivos», decía. Así que Mario y Casandra jugaban a escondidas y ella siempre ganaba. Acertaba una infinidad de veces. A Mario, al que tampoco se le daba mal, se asombraba ante la capacidad.

El juego fue fascinante, hasta que, pocas semanas antes de

morir, le explicó su secreto al oído mientras colocaba un pequeño objeto en su mano: «Esto me lo dio la yaya antes de morirse. Cuando yo me muera y quieras que hablemos, solo tienes que tocarlo y contactaré contigo».

Mario nunca supo si aquella revelación fue una mera casualidad o si su hermana previó que la muerte estaba cerca. No se atrevió a preguntárselo y tampoco tuvo tiempo para ello.

—No, no lo sé. ¿En qué piensas, Casandra?

—El abuelo... llora.

—¿La abuela, estás con la abuela?

Mario abrió la mente un poco más y miró la figura de su hermana. Estaba sola y negaba con la cabeza. Al momento su contorno se desvaneció y una ráfaga de hielo se deslizó entre las sábanas a la altura de su cabeza. Sintió un aliento frío en el oído y su corazón se aceleró. El pensamiento consciente pugnó por salir —¿es un sueño o algo más?— y controló de nuevo la respiración.

—El de Zoe... —sonó como un soplido.

Su cuerpo reaccionó con una sacudida y la compuerta se cerró al instante.

Mario se despertó y se incorporó en la cama, jadeando y bañado en un sudor helado.

## 10

Martes, 23 de febrero de 2021

Juzgados de Barcelona

Telefonear a Amparo de nuevo era un arma de doble filo. Virginia estaba convencida de que la madre de Lara, la amiguita de su hija, se mostraría encantada de colaborar en todo lo que fuese necesario, y lo haría con una disposición absoluta, pero debía ser cautelosa con las consecuencias que podrían acarrear las pesquisas. Contaba con que Amparo, por esa tendencia tan humana de explicar las excepcionalidades de la vida, acabaría desvelando a los más allegados, y estos a su vez a los suyos, que estaba en contacto estrecho con una de las instructoras de las diligencias incoadas por la muerte de Zoe Clifford. Y esa excepcionalidad tenía todos los números de acabar corriendo como la pólvora en la puerta del colegio. Así que, por mucho que pareciese que Vicky Soler no se había granjeado ninguna amistad entre los padres de los compañeros de su hija, Virginia no descartaba que los rumores le acabasen llegando a la madre. Por otra parte, tampoco quería poner en alerta a la dirección del colegio hasta que las indagaciones estuviesen más avanzadas.

Una vez segura de cómo iba a plantear la cuestión, marcó el número de Amparo, que respondió antes de que la señal de comunicación diera el segundo toque. La mujer la saludó, convencida de que la llamaba por el asunto de la pobre Zoe y enseguida lanzó la pregunta que Virginia esperaba.

—No me digas que estás al frente de esa investigación. —Virginia lo negó, tras lo que siguió una expresión de indisimulada decepción al otro lado del teléfono.

—Pero sí que conozco quien lo está. —No quería mentir a Amparo. Además, alguna justificación tenía que darle si quería tirar del hilo hasta el extremo que pretendía.

Su interlocutora lanzó otra expresión, esta vez de revivido interés, y Virginia aprovechó el momento para adelantarse a las previsibles indiscreciones de Amparo y neutralizarlas en lo posible.

—Amparo, he dudado mucho en si debía llamarte. Verás, se están investigando las circunstancias del fallecimiento de Zoe Clifford.

Notó cómo Amparo inspiraba aire, dispuesta a interrumpirla con un muy posible «¡Lo sabía!», y continuó hablando sin darle opción, a fin de dirigirla hacia donde quería.

—Tiene todos los visos de tratarse de una muerte accidental —a veces hay que disfrazar la verdad—, pero la instrucción no cuenta todavía con una conclusión definitiva. Sabemos que la pequeña tomó algo que le sentó mal y estamos tratando de averiguar el qué y dónde. —Nuevamente disfrazó la verdad—. Podría haber más afectados...

Ahí saltaron todas las alarmas de su interlocutora.

—¡Por Dios! ¡No me estarás hablando de una intoxicación masiva! —interrumpió, pensando de inmediato en su hijo.

Virginia reprimió una expresión de fastidio. En su afán por restarle morbo al objeto de la investigación, y evitar referirse a la muerte de Zoe como consecuencia de un posible crimen, maquillar la verdad había llevado a Amparo hacia la hipótesis de una intoxicación alimentaria, y el foco de atención y preocupación se acababa de desplazar a su hijo Dani. En cualquier caso, pensó Virginia, era mejor así. Se veía más capaz de tranquilizar a la pobre Amparo que de lidiar con una comunidad de padres y profesores alterados.

—No, puedes estar tranquila. No te preocupes por Dani. Lo que tomó Zoe, de haberlo ingerido otros niños, ya no tendría efecto alguno.

Virginia notó que Amparo continuaba inquieta y se sintió muy mal. Era realmente difícil explicar lo que le había ocurrido a Zoe sin referirse a sus padres y sin sugerir otra causa que no apuntase directamente a una afectación alimentaria. Sin embargo, no podía revelarle más información. Así que acotó el tema en lo posible.

—Amparo, de verdad que no debes preocuparte en absoluto. El juzgado ya ha contactado con el centro de recreo en el que se celebró la fiesta y nos han confirmado que ningún otro asistente, ni de esa ni de otra celebración, les ha comunicado incidencia alguna. Pero el juzgado necesita tener la seguridad de que esto es así para ir cerrando líneas de investigación, y precisamente por eso te llamo. Amparo, me mereces toda confianza...

Notó cómo la mujer exhaló aliviada, fruto de la tranquilidad posterior al susto y de la satisfacción de merecer ese halago por parte de la fiscal.

—... y los instructores de la causa no quieren originar una alarma innecesaria en el colegio. Te agradecería muchísimo que indagases entre las madres de la clase de Zoe y de tu hijo por si alguien más se encontró indispuesto ese día. Cabe la posibilidad de que alguno padeciera una molestia leve y pasajera, en cuyo caso no se habría comunicado al centro de recreo. Y nos interesa mucho obtener ese dato. Pero necesito que seas muy discreta. Y quiero que tengas presente que del mismo modo que yo te estoy pidiendo este favor, a mí me lo han pedido las personas que están al frente de esta causa. No puedo permitirme una indiscreción. Te pido esto como si...

—¿Como si qué...? —inquirió Amparo.

—Como si formases parte del grupo de investigación.

Amparo se deshizo en promesas y agradecimientos de todo tipo y prometió secreto, lealtad y discreción con la disposición y compromiso que confiere sentirse parte de los elegidos. Acto seguido, con la diligencia que Virginia había aventurado, le dio una primera información muy valiosa.

—Verás, Virginia, parte del trabajo que necesitáis ya está hecho. Cuando nos enteramos de lo que había ocurrido, todos los padres nos alarmamos y nos preguntamos si los niños habrían comido algo en mal estado en aquella fiesta. Pero salvo un niño, Eric, ninguno más dio síntomas. Y Eric solo estuvo regular un día, por lo que dicen sus padres. Ese niño es algo delicado, tiene alergias y no es raro en él que sufra estos episodios Así que estuvimos observando al resto de compañeros durante las horas siguientes y ninguno dio muestras de malestar, por lo que descartamos cualquier intoxicación masiva. Pero quizá habría que indagar algo más en lo que le sucedió a Eric, ¿no crees?

A esas alturas del relato de Amparo, la cabeza de Virginia daba vueltas frenéticamente. La forense había sido clara en sus conclusiones: la toxicidad del acónito podía afectar de forma muy diferente a cada individuo, por lo que no se podía descartar que ese niño, Eric, hubiera sido afectado por la misma ingesta. Y en ese caso, el foco se apartaba claramente del entorno familiar de Zoe.

A pesar del insistente ofrecimiento de Amparo para indagar en lo que calificó como «línea de investigación Eric», Virginia le aseguró que sería mejor que se ocupase ella personalmente de hablar con los padres de ese alumno y le rogó que le facilitase su teléfono, ante lo que Amparo le mostró sus reticencias.

—Adela es una mujer un poquito especial, Virginia. Es algo cerrada. No sé si como Eric es un niño tan delicado y no se relaciona mucho con el resto de los compañeros, se siente un poco aparte, o vete a saber si el chiquillo es así porque los padres son un poco... huraños.

Virginia inspiró y retuvo el aire unos segundos. La parte positiva de contar con Amparo era que no se le escapaba ni una de lo que ocurría en el colegio, pero la contrapartida era que la hiciese partícipe de aspectos que no le interesaban en absoluto. Con todo, la escuchó con atención. A veces, de una conversación aparentemente inocua, se concluían cuestiones relevantes.

—El caso es que, si la llamas, cabe la posibilidad de que se cierre en banda, o le entre miedo o, esto lo dudo, le da por hablar en la puerta del colegio. Creo que lo mejor es que lo dejes en mis manos. Hablaré con ella y, si te parece bien, nos vemos una tarde a la salida del colegio.

Virginia hubiera preferido cerrar el tema con una llamada telefónica, pero a la vista de las prevenciones de Amparo, su propuesta le pareció una buena opción. Le encomendó, pues, la tarea de concertar esa cita y se despidió con la mayor de las cortesías, recordándole una vez más lo necesario que era tener la máxima discreción. A cambio, le prometió mantenerla informada del resultado de las pesquisas. Y lo haría; realmente Amparo había sido de gran ayuda.

Colgó el teléfono con urgencia. Ardía en deseos de reportar a Mario del resultado de su investigación.

Abrió el chat de WhatsApp que tenía con él y comprobó que hacía varias semanas que no se cruzaban ningún mensaje. Desde su colaboración en la causa Alondra, mantenían una relación dominada por la prudencia, sobre todo la de ella, pero cuando se veían por el juzgado de forma casual, y a veces intencionada, compartían algún rato de charla o desayunaban juntos. Pero Virginia evitaba tomar la iniciativa. Ni siquiera después de su irrupción en el despacho de Laredo, que le había valido poder intervenir en la investigación de la muerte de Zoe Clifford, se había permitido bajar esa guardia que mantenía con tesón. En cuanto a Laredo, seguía expectante y de forma esporádica le enviaba algún mensaje neutro con la única intención de hacerse presente. El último era uno de estos; se trataba de un enlace a una noticia de prensa precisamente sobre la causa Alondra. Virginia contestó con un emoticono que daba a entender que le agradecía el envío. Releyó los mensajes anteriores y se detuvo en las fotos que hicieron durante su escapada a Argomaniz para hablar con uno de los testigos de aquella investigación. Amplió una de las imágenes y analizó la expresión de ambos. Se trataba de un selfi que, visto con perspectiva, se le antojó innecesario e inapropiado para una salida de diligencia judicial. Quizá tan inapropiado como la salida misma. Cerró la aplicación y abrió la carpeta de imágenes para revisarlas todas. Aquel selfi no era el único. Los pasó con rapidez y otra imagen le saltó a la vista. Se trataba de una captura de pantalla de la llamada de FaceTime que había mantenido con Fernando uno de aquellos días. En la imagen grande, los rostros sonrientes de su hija y de Fernando, y abajo, a la derecha, en un pequeño recuadrito, su propio rostro. La foto, lo recordaba con exactitud, se la envió Fernando una hora después de aquella conversación con un mensaje que decía «te echamos de menos», mientras cenaba con Mario en el restaurante del hotel. Notó cómo el pinchazo del malestar le abría el alma con la misma intensidad que la que sintió en el momento en que vio aquel mensaje, y se planteó si debía seguir dando soporte a Mario en la actual investigación. No era su juzgado, no era su causa, no estaba obligada en absoluto a colaborar con Laredo. Pero enseguida se impusieron las justificaciones: se trataba de una niña del colegio de su hija y parecía que había otro posible alumno afectado; además, no solo ayudaba a Mario, también daba soporte a Alfredo, su compañero fiscal al frente del asunto. Estaba haciendo lo que debía hacer. Es más, no hacerlo parecería extraño. Evasivo. Así que Fernando no se podía molestar por ello. Le podía escocer que trabajase de nuevo con Mario, pero, a fin de cuentas, su función estaría más alineada con la de Alfredo. Quizá, pensó, lo mejor sería abrir un grupo de WhatsApp en el que estuvieran los tres: Mario, Alfredo y ella. Eso sería lo lógico. Abrió la aplicación para crear el grupo, pero cuando estaba a punto de configurarlo, lo descartó. No tenía que justificarse por nada. Recuperó el chat de Mario Laredo y empezó a teclear, iniciando un hilo de mensajes que estaba segura de que se alargaría durante días, tal vez semanas.

## II

Miércoles, 24 de febrero

Juzgados de Barcelona


James Clifford se presentó en el juzgado con puntualidad exquisita. Llegó unos diez minutos antes de la hora señalada para prestar declaración. Y subió a la planta en el mismo ascensor que Virginia.

La fiscal acostumbraba a fijarse siempre en las personas con las que se cruzaba. Más de una vez había interceptado alguna conversación imprudente de testigos o investigados que cuando luego entraban en la sala de declaraciones o de juicio se azoraban al verla como fiscal de su causa. Atendida la hora que era, intuyó que aquel individuo podía ser James Clifford y lo estudió con disimulo.

A primera vista le pareció una persona tranquila y serena. El rápido cruce de miradas que se dirigieron al acceder al ascensor fue afable. Sin embargo, el gesto le cambió de golpe al recibir una llamada que atendió con notable malestar. «Sí, ya estoy allí. Sí, ya sé lo que tengo que decir, no me agobies. Te llamaré al salir». El hombre cortó la comunicación, respiró con profundidad y entrelazó las manos estrujándose los dedos. Cuando el ascensor se detuvo, juntó los labios hacia dentro, atrapándolos entre los dientes.

Virginia se detuvo en el rellano de los ascensores y evitó dirigirse al juzgado de Laredo por la zona accesible al público para permitir que el individuo se adelantase. Lo observó mientras avanzaba a paso lento por el pasillo, mirando los números de los mostradores situados a ambos lados en busca del número del juzgado de Laredo. Al localizarlo, el hombre sacudió los brazos a ambos costados del cuerpo, movió la cabeza dirigiendo las orejas hacia los hombros en forma alternativa y se detuvo ante el mostrador. Virginia alcanzó a ver el perfil de la afable sonrisa que le había dirigido al entrar en el ascensor y aquel aire de serenidad que había percibido en el primer instante de verlo. Sacó el teléfono del enorme bolso-cartera que llevaba los días de trabajo, llamó a Laredo y le pidió que empezasen a tomarle declaración sin esperarla.

—Alfredo ya está aquí, pero no te preocupes, te esperamos. ¿Tardarás mucho?

—No. De hecho, estoy aquí mismo, en el rellano de los ascensores de la planta del juzgado. Creo que he subido con él y quiero comprobar algo. Empezad sin mí y entraré en cuanto llevéis unos minutos de declaración.

Apenas dos minutos después de colgar la llamada con el juez, el agente judicial hizo pasar a James Clifford, a la sala multiusos del juzgado. Virginia miró el reloj para calcular el tiempo necesario para que le tomasen los datos e iniciasen la declaración con las preguntas introductorias habituales.

Laredo saludó a Clifford con amabilidad y volvió a darle el pésame. James hizo un amago de empezar a sollozar y el cuerpo entero se le sacudió en un temblor. El juez esperó unos segundos a que se le serenase el ánimo, y tras ello decidió acometer la tarea sin dilación.

—Supongo que su mujer le habrá explicado el contenido del informe de la autopsia de su hija.

Clifford levantó la mirada y a Laredo le pareció que dudaba unas décimas de segundo en lo que debía responder. James asintió sin mucho énfasis.

—No sé hasta qué punto se comunica usted con la señora Soler y lo que le ha explicado sobre la conversación que mantuvimos el otro día.

James no respondió y encogió los hombros en gesto de duda.

—Doy por hecho que, por su profesión, conoce usted el acónito y sus efectos. ¿Suele administrar usted esa sustancia?

James adelantó el torso hacia la mesa y entreabrió los labios, dispuesto a responder de inmediato, pero el juez le hizo un gesto con la mano, invitándolo a callar.

—Señor Clifford, le aconsejo que piense su respuesta. Doy por hecho que le consta que esa sustancia es de venta restringida y nos será sencillo seguir el rastro si la ha comprado.

James fijó la mirada en los ojos de Laredo. Su expresión era afable, no se desprendía de ella temor o reticencias. Con habla pausada y ordenada, y mirando de forma alternativa al juez y al fiscal, expuso que por supuesto conocía la sustancia y la regulación restrictiva de su venta. También explicó que él personalmente no la había adquirido nunca, pero que sí que hacían uso de ella en alguno de los centros de medicina alternativa en los que prestaba sus servicios. Y que incluso la había utilizado con algún paciente en dosis muy controladas, y siempre en pacientes adultos, puntualizó.

Mario Laredo llevaba cientos de declaraciones a sus espaldas y era capaz de captar al vuelo lo que los psicólogos califican como un perfil de alta deseabilidad social. En el caso de James Clifford, la voluntad de agradar al juez y al fiscal y mostrarse como una persona honesta y afable era elevadísima, hasta el punto de perseguir una cierta complicidad que Laredo no toleraba. Con todo, la sensación inicial que le trasladó aquel hombre fue mejor que la que había percibido en su esposa. En parte porque James Clifford, desde el primer instante en que se sentó ante él, mostró una afectación por la muerte de su hija que no había vislumbrado en la declaración de Vicky Soler. Rememoró la única vez que había visto a aquel hombre, el día del levantamiento del cadáver de Zoe y lo recordó afligido cerca de la habitación de su hija, pendiente de las actuaciones de la forense y del equipo judicial.

Vicky Soler se mantuvo sentada en el comedor de su casa, en una silla, con la cabeza baja y en silencio absoluto.

Nada más finalizar la explicación de Clifford sobre la sustancia tóxica, se abrió la puerta de la sala y entró Virginia. Mario y Alfredo la saludaron con un gesto de cabeza rápido sin dejar de mirar al padre de Zoe que, seguramente creyendo que se trataría de algún funcionario del juzgado, no se giró hacia la puerta que quedaba a su espalda.

Virginia avanzó hacia el extremo de la larga mesa en que se encontraban el juez y el fiscal, dejando a James Clifford a su espalda. Cuando se sentó junto a Alfredo, un gesto indisimulable de sorpresa se dibujó en el rostro del señor Clifford, y tras él un atisbo de preocupación que camufló al instante con una sonrisa. A pesar de ello, no fue capaz de evitar que su mirada revelase que estaba tratando de recordar cómo se había mostrado o qué había dicho en el escaso lapso que había coincidido con ella en el ascensor.

Alfredo acercó a Virginia la cuartilla con las notas apuntadas hasta el momento para que las leyese. Mientras, Laredo informó al interrogado de que la recién llegada era una fiscal compañera del fiscal adscrito al juzgado.

Aprovechando el desconcierto de Clifford, Alfredo tomó la batuta del interrogatorio en el mismo sentido que ya había realizado con Vicky Soler, y empezó a preguntar por la crisis matrimonial.

James recuperó el dominio de sí mismo lo suficiente como para responder con aparente seguridad a todas las preguntas, que coincidieron en lo esencial con la versión de su esposa, hasta que quedó devastado por la última de ellas.

—Señor Clifford, hemos realizado una consulta en el Registro Central para la Protección de las Víctimas de Violencia Doméstica y de Género y no hemos encontrado ningún dato referente a usted, pero le quiero preguntar si a pesar de ello, ocurrió algún hecho violento o tenso entre su esposa y usted antes del fallecimiento de Zoe.

Clifford entornó los ojos y negó lentamente con la cabeza. Su rostro se transmutó en un gesto que mostraba preocupación e incredulidad a partes iguales.

—Tiene que responder verbalmente.

—No, en absoluto. —La voz de James Clifford había perdido la seguridad mantenida hasta el momento—. Bueno, tuvimos una discusión el día del cumpleaños de Zoe, pero lo vio un montón de gente. Ni siquiera la insulté. Supongo que no se referirá a eso.

—No, no me refiero a ese incidente en concreto. ¿Considera usted que existe algún motivo por el que su esposa y su hija, cuando vivía, pudieran temerle?

El padre de Zoe abrió los ojos con desmesura y giró la mirada hacia el juez, mientras de forma inconsciente abría los labios en gesto de estupefacción.

—No, ¿por qué deberían temerme? ¿Qué está sucediendo? ¿En qué están pensando? —En gesto de profundo abatimiento apoyó los codos sobre la mesa, se sujetó la cabeza y empezó a negar enérgicamente mientras musitaba todo tipo de lamentos.

Laredo y ambos fiscales se miraron en silencio y esperaron a que Clifford recuperase la compostura. Pasados unos segundos este levantó la cabeza y mostró un rostro congestionado y una mirada llorosa a la vez que interrogante.

Alfredo, leyendo la pregunta en su mirada, prosiguió.

—Preguntamos a la señora Soler si usted había tenido reacciones extrañas tras su separación y si creía que tendría algún motivo para querer hacer daño a Zoe, y respondió que sí.

Una sombra de indignación nubló la mirada de James Clifford.

—Yo adoraba a Zoe. Era mi hija, ¿entienden? ¡Mi hija! Jamás

sería capaz de cometer un acto semejante. No entiendo cómo Vicky ha podido decir una cosa así, soy incapaz de entender por qué ha dicho eso.

—Le preguntamos sobre la aconitina, y le dijimos que nos parecía más verosímil que esa sustancia llegase a su hija de mano de alguien que tuviera acceso a ella y que estuviera familiarizado con su posología, que de cualquier extraño en una fiesta infantil. Un extraño que no tendría, a priori, un motivo para envenenar a una niña. Le sugerimos la posibilidad de un accidente, ¿entiende? La posibilidad de que hubieran duplicado la dosis de un tratamiento que Zoe estuviera siguiendo y que ya me ha dicho usted que no era el caso. Y fue entonces cuando su esposa apuntó a la posibilidad de que hubiera sido usted.

Clifford escuchó la exposición de Castillo con claras muestras de no dar crédito a lo que sugería.

—¿Y qué sentido tendría esa barbaridad? Algo diría Vicky...

Laredo tomó la palabra.

—Dijo que usted sería capaz de cualquier cosa con tal de hacerle daño.

James Clifford miró al juez con la misma expresión que al inicio de la declaración, firme y segura, capaz de sostener la mirada de Laredo y aquellos ojos de color ámbar que tanto solían perturbar a sus interlocutores. Negó categóricamente con la cabeza y con voz firme dio una respuesta que emitió como una sentencia.

—No. No maté a Zoe. No le suministré acónito ni por accidente ni por ningún otro motivo. Jamás he tenido una conducta que pudiera causar temor a mi mujer ni a mi hija. Y, por supuesto, ni aun en el peor de los divorcios hubiera hecho algo tan terrible. Dígame, señoría, ¿estoy imputado por la muerte de mi hija? ¿Tengo que buscar un abogado?

Tras esta declaración empezó a temblar con fuertes espasmos y arrancó a llorar con desconsuelo.

Virginia se incorporó y le acercó una caja de pañuelos de papel, que James aceptó con un gesto de agradecimiento.

—De momento no, señor Clifford. Eso sí, agradeceré que me facilite una lista de los centros médicos con los que colabora. Realizaremos algunas investigaciones.

James Clifford sacó su móvil del bolsillo de la chaqueta y empezó a buscar datos, mientras Laredo se disponía a cerrar la declaración. No sin antes, preguntarle a Alfredo si tenía alguna cuestión más a plantear al testigo, a lo que el fiscal respondió que solo tenía una última cuestión. Laredo le dio la palabra.

—Señor Clifford, hay algo que no me acaba de quedar claro, y es el motivo del altercado en la fiesta de su hija. ¿Qué ocurrió para que usted se enfureciese de ese modo?

El hombre respondió con la misma contundencia con que lo había hecho con la pregunta anterior, aunque con una mirada cargada de inquina.

—Ocurrió que mi mujer estaba flirteando abiertamente con los padres de los compañeros de mi hija mientras la dejaba abandonada en un rincón. —Negó con la cabeza con contundencia en gesto de reproche y, como si también se reprochase a sí mismo, concluyó—: Y porque a pesar de las barbaridades que ha dicho sobre mí, sigo enamorado de ella.

Laredo miró de soslayo hacia Virginia. La fiscal, que estaba escudriñando los gestos del Clifford sintió los ojos del juez sobre ella y se giró. Pudo leer en la expresión de Laredo lo que ella misma sentía: un absoluto desconcierto.

# 12

Amparo estuvo todo el día deseando que llegase la tarde. Había logrado vencer la resistencia de Adela, la madre de Eric, y concertar una pequeña reunión con Virginia a la salida del colegio. Poco antes de las cuatro de la tarde, Adela la llamó para anular el encuentro bajo la excusa de que su marido pasaría a recoger al niño, pero con mano izquierda y una buena dosis de paciencia, la convenció de la importancia de no postergar el encuentro.

El horario de educación infantil finalizaba a las cinco menos cuarto de la tarde, y la sala de espera del colegio debía quedar vacía para facilitar la salida de los cursos de primaria con una diferencia de un cuarto de hora. Virginia se apostó con Alba y su amiga Lara frente a la puerta del edificio esperando que Amparo saliese junto a Adela y los dos niños que, hasta hacía pocos días, habían compartido aula con Zoe Clifford.

Durante unos diez minutos, la acera fue un auténtico hormiguero de madres y padres que salían o entraban para recoger a sus hijos. Poco antes de las cinco, tan solo esperaban fuera del vestíbulo unos pocos padres con niños de infantil que hacían tiempo para que saliesen los mayores. Distraída, vigilando a las niñas, que correteaban con ese especial placer que sienten los infantes cuando alargan su juego fuera en el recinto escolar, Virginia no reparó en la mujer solitaria que esperaba apostada en la puerta auxiliar del colegio.

Se empezó a oír movimiento en el vestíbulo de la escuela y Amparo salió de las primeras, acompañada de Dani y de otra mujer que tomaba de la mano a un niño de aspecto frágil. Virginia dedujo que se trataba de Eric, el único que se encontró mal la tarde de la fiesta. Fijó la mirada en él. Parecía más pequeño que el resto de sus compañeros, y en su rostro, de piel blanquísima, se dibujaban unas pequeñas ojeras infantiles que sugerían un gasto de energía superior a su capacidad.

Amparo se aproximó con paso presuroso y le presentó a Adela. El gesto de aquella mujer, de tez tan clara como su hijo, era serio y distante. Virginia enseguida notó su incomodidad, sobre todo cuando, tras girar la mirada hacia la izquierda, observó un rostro conocido. Contuvo un instante la respiración, y se volvió hacia Amparo, a quien, haciendo un movimiento de cabeza rápido, pero nada disimulado, le indicó la misma dirección. En una reacción automática, tanto Virginia como Amparo miraron hacia ese lugar y se toparon con el rostro impertérrito y atento de una mujer.

—Mejor vamos tirando. Es ella —advirtió Amparo girándose con el mayor disimulo de que fue capaz, que fue mínimo.

—¿Qué habrá venido a hacer? —susurró Adela.

Virginia dedujo que se trataba de Vicky Soler y continuó mirando hacia la pequeña puerta lateral. Observó cómo una de las administrativas del colegio le entregaba dos bolsas con lo que debían de ser los efectos de Zoe que habían quedado en el aula. Vicky agarró las bolsas con decisión y se despidió de forma apresurada. Cuando Virginia intuyó que sus miradas se toparían, se giró lo suficiente como para no establecer contacto visual, pero manteniéndola en su ángulo de visión. La madre de Zoe se detuvo unos segundos para mirarlas con atención y apresuró el paso en dirección contraria.

—Por lo visto ha venido a recoger las cosas de su hija —respondió Virginia, observando el azoramiento de las otras dos mujeres que hacían lo posible por mirar hacia todas las direcciones menos hacia la puerta en cuestión.

—Vamos, vamos —susurró Amparo con preocupación exagerada, propia del rol de investigadora principiante que llevaba a gala—. Ya es casualidad que haya venido hoy. Qué mala pata. Si os parece nos tomamos un café en la cafetería que hay aquí cerca y de paso los niños meriendan.

Virginia se hubiera negado de buena gana, y notó que a Adela tampoco le convencía el plan. En realidad, lo que necesitaba comentar con la madre de Eric estaría despachado en diez minutos, un cuarto de hora a lo sumo. Y más, porque intuía que aquella iba a ser parca en palabras. Pero ninguna de las dos se atrevió a ser tan descortés con Amparo, así que aceptó que la merienda no le saldría por menos de una hora. Miró a Alba y sonrió ante la carita de felicidad de su hija, tan poco acostumbrada a que su madre se detuviese en la puerta del colegio para hablar con otros padres sin limitación de tiempo. Virginia exhaló con resignación y cierta carga de conciencia por no ser una madre al uso, y se dispuso a pasar una tarde de merienda con Amparo, Adela y los niños.

Escogieron una mesa discreta y acomodaron a los cuatro niños en otra situada a distancia suficiente para tenerlos a la vista y poder hablar sin que los pequeños oyesen la conversación, que prometía ser cruda. En cuanto se acercó el camarero, Adela se adelantó y preguntó si disponían de productos sin gluten. El joven le cantó las opciones e hicieron la comanda. Después, fue Amparo quien rompió el hielo.

—Es que Eric es celíaco —dijo, mientras Adela asentía—. Y además de los más alérgicos, ¿verdad, Adela?

—Sí, a la que come cualquier cosa que contenga trazas de gluten no te imaginas lo que le cuesta recuperarse al pobre. De hecho, el día del cumpleaños de Zoe, lo pasó fatal.

Virginia se irguió en su silla, atenta a la explicación que aquella mujer se disponía a dar con una prontitud y facilidad mayores de las que había previsto.

—Pues te debiste de preocupar mucho cuando supiste que Zoe había fallecido —apuntó, y así invitar a Adela a que hablara.

—¡Imagínate! Suerte que me enteré ya pasadas unas horas de lo sucedido, y el cuadro de Eric era claramente una reacción por ingesta de gluten.

—Y ¿no lo llevaste al médico? —inquirió Amparo, a la vez que miraba a Virginia en gesto de complicidad.

Adela negó con la cabeza y aclaró que no le había parecido necesario.

—En realidad, es lógico que no lo llevases —intervino Virginia—. Ninguno de los niños que fue a la fiesta tuvo síntomas de nada extraño, y supongo que al ver que Eric mejoraba, no le diste mayor importancia.

—¿La fiesta? —preguntó Adela mirando de forma alternativa a Virginia y a Amparo, mientras estas se extrañaban ante la pregunta.

—La del cumpleaños de Zoe... —apuntó Amparo titubeando.

—Eric no fue a esa fiesta.

—Pero ¿no has dicho que Eric se encontró mal el día del cumpleaños de Zoe y que te preocupaste al conocer el fallecimiento de la niña? —inquirió Virginia con desconcierto.

—Sí, claro, porque Eric se encontró mal ese mismo día. Pero no fue a la fiesta de cumpleaños de Zoe.

Virginia miró con desconcierto a Amparo, cuyas mejillas se encendieron de inmediato.

—Yo di por hecho... —titubeó con desaliento—. ¡Oh, Virginia!, ¡cómo lo siento! La verdad es que como yo no fui a la fiesta a recoger a Dani, no vi quién fue y quién no, y creí que...

Virginia puso su mano sobre la de Amparo para calmarla y le sonrió mientras la cabeza le daba mil vueltas. Todo apuntaba a que la sustancia que había causado la muerte a Zoe Clifford le fue suministrada solo a ella, en un momento posterior a la fiesta y casi con total seguridad por alguno de sus progenitores. Ahora debían averiguar si de forma accidental o deliberada, y quién de ellos se la había suministrado.

—Bueno. Quizá yo no fui clara al hablar con Amparo —intervino Adela para ayudar a su azorada amiga. Amparo y Virginia se giraron hacia ella con gesto interrogante—. En realidad, ese día hubo dos fiestas.

Virginia abrió los ojos con expectación. Su desconcierto crecía por momentos.

—¿Cómo? —preguntó Amparo. Y ella misma dio la respuesta—. ¡Sí, claro! Fue la fiesta del patrón del colegio.

—Exacto —asintió Adela—. Y les dieron merienda en el colegio. Eric salió malísimo. Se lo vi en la cara nada más cruzar la puerta. Le dolía la barriga y nos fuimos directos a casa. Estoy segura de que comió algo con gluten, por mucho que el niño lo niega.

Adela aclaró que el colegio tenía conocimiento de la celiaquía de su hijo, y que en ese tipo de ocasiones le daban una alternativa sin gluten, pero no podía descartar que hubiera echado un mordisco a la merienda de cualquier compañero, cosas de críos.

Virginia recordó que Vicky Soler también había comentado que la pequeña salió del colegio aquella tarde con dolor de barriga y que lo atribuyó a los nervios por la fiesta. Hubiera resoplado de haber podido hacerlo a la vista de las opciones que se abrían ante esa nueva información y las posibles actuaciones a realizar. Intentó prestar atención a Amparo y a Adela el resto de la merienda e hizo ímprobos esfuerzos por conversar y ser agradable, aunque su mente iba acelerada y ardía en deseos de salir de aquel lugar para pensar con calma. Necesitaba hablar con Mario y con Alfredo cuanto antes, y seguramente con la forense.

En cuanto llegase a casa de sus padres llamaría a Mario. Agradeció que, a pesar de ser viernes, excepcionalmente no conduciría hasta Empúries. Había quedado con Fernando que, puesto que tenía que quedarse por una merienda a la que habían invitado a Alba, subiría el sábado por la mañana.

Lamentó que la reunión con Adela no se hubiese realizado antes. Tenían que proceder con la mayor celeridad y todavía tenían un fin de semana de por medio hasta que la maquinaria judicial se pusiese en marcha de nuevo.

# 13

El tráfico estaba imposible en Barcelona. El trayecto desde Sarrià a Sant Martí de Provençals, donde vivían sus padres, se le hizo interminable. Virginia no veía el momento de llegar a casa para llamar a Mario y compartir la información que acababa de conocer. Quería hablar con calma, sin estar pendiente de las circunstancias del tráfico y de su hija, que empezaba a dar muestras de cansancio.

Aparcó el coche en la plaza que tenía alquilada en el edificio contiguo al de sus padres y se dirigió sin dilación a su casa, confiando en no encontrarse a ningún vecino que la interceptase. Por fortuna, el portal estaba despejado y el ascensor disponible.

Antes de meter la llave en la cerradura, oyó unas voces distendidas que procedían del interior de la vivienda y que le hicieron pensar que sus padres tenían visita. Chasqueó la lengua con fastidio. Desanduvo dos pasos para mirar desde el ventanal del rellano que daba al patio de luces, pues la ventana de la cocina de casa de sus padres confluía en el lucernario. Estaba iluminada, y a través del vidrio translúcido, atisbó la sombra de una figura mucho más alta que la de sus padres. Le extrañó; los vecinos con los que solían relacionarse eran de una edad similar y no recordó a ninguno de ellos con tal envergadura. Antes de que se diera cuenta, Alba empezó a llamar a la puerta con sus pequeños puños, y al momento alguien abrió, dando paso a una algarabía de gritos y abrazos.

—¡Papiii!

Virginia, apostada todavía a la ventana del patio de luces, se giró boquiabierta. La figura alta e inesperada era la de Fernando, que, contra todo pronóstico, se había presentado en casa de sus padres. Tras él, salió su madre con el paño de cocina entre las manos.

—Esto sí que no os lo esperabais —dijo a la vez que se agachaba para darle un beso a su nieta—. Oye, qué tarde que venís, ¿no? Sí que ha durado la merienda. Fernando acaba de llegar y esperaba que ya estuvieseis aquí. Justamente te íbamos a llamar ahora. ¿Qué tal ha ido hoy en el cole, princesa?

La niña respondió que se lo había pasado muy bien merendando con su amiga Lara, su hermano, Dani y un amigo de este, y se zafó de los brazos de su abuela para ir a saludar a su abuelo, que estaba sentado en el sofá luchando con el mando de la televisión.

—Pues sí, no se lo esperaban y no sé yo si les ha gustado mucho la sorpresa —ironizó Fernando sin dejar de mirar a Virginia, que no supo cómo reaccionar.

Recuperada del impacto inicial, y viendo que debería postergar su llamada a Mario, entró en casa, le dio un beso a Fernando y fue a su dormitorio a cambiarse, seguida de él.

—Así que la fiesta, por lo que contáis, era una merienda en *petit comité*. Una merienda a la salida del cole. Eso sí que es una novedad en ti, Virginia Gibert. Ya veo que cuando no estoy, te conviertes en una sociable supermamá. ¿Y eso?

Virginia encogió los hombros, deseosa de evitar el tema. Empezó a desvestirse con naturalidad, confiando en que Fernando no insistiese en el asunto. Pero en el momento en que se quitó el jersey de cuello alto y lo tenía vuelto del revés alrededor de su cabeza, soltó la temida pregunta:

—La madre de Lara es Amparo, ¿no?

Virginia alargó el momento de tirar del jersey y dejar su rostro al descubierto. Cuando lo hizo, se encontró con la mirada de su pareja clavada en la suya. Fernando no era tonto. Le había dicho que se quedaba en Barcelona por una fiesta a la que habían invitado a Alba para evitar decirle que había quedado con Amparo y Adela para indagar en el tema de la muerte de Zoe Clifford y verse obligada a dar más explicaciones. Se relacionaba muy poco con las madres del colegio de Alba y nunca hasta la fecha había ido a merendar con ninguna de ellas. Así que, quedar con Amparo la semana inmediata a la conversación telefónica por la muerte de Zoe Clifford, solo podía tener una explicación. Ni siquiera tuvo que responder. Su mirada lo dijo todo.

—Estás metida, ¿no? Me refiero a la investigación de la muerte de esa niña. ¿Cómo lo has hecho esta vez? Porque la causa no está en tu juzgado. Apuesto lo que quieras a que está en el de Laredo. Y dudo mucho que se dé la improbable circunstancia de que Alfredo vuelva a estar de baja, como en la última investigación que llevaste con él.

Virginia apretó los labios y bajó la cabeza. Fernando tenía muy presente la causa Alondra, que había investigado con Laredo hacía dos años. En aquella ocasión, la coincidencia de una noche de guardia en la que suplió a Alfredo y una oportuna baja de este, la mantuvo al frente de aquella investigación que le hubiera correspondido a su compañero. Una instrucción en la que Mario y ella habían se habían implicado más allá de lo justificable, incluido aquel desplazamiento a Vitoria que hizo tambalear su relación con Fernando.

—Sí, esa causa está en su juzgado. Pero la llevan Mario y Alfredo —respondió de forma escueta.

—Virginia, no sé si colaborando, asesorando o de qué modo, pero me temo que te has metido de lleno en esa instrucción. Y como puedes suponer, no me hace ninguna gracia. Y no solo por Laredo, eso vamos a dejarlo aparte, sino por Alba. Desconozco por dónde va la investigación, pero no olvides que tenemos... que tienes, una hija. No corras riesgos innecesarios.

Virginia levantó la cabeza.

—Tenemos.

—¿Perdón?

—Alba. Tenemos a Alba. Alba te quiere, te identifica como a su padre.

—Y tú, ¿cómo me identificas? Puede que sí, que Alba me vea como su padre. Pero ese tenemos implica mucho más —negó con la cabeza—. En fin, me parece que no te ha hecho ninguna gracia verme esta tarde en casa de tus padres. Sé que no te gusta conducir de noche, y he venido para daros una sorpresa y recogeros. No creas ni por un instante que te persigo o te fiscalizo. Sencillamente, me he equivocado por completo. Veo que he alterado tus planes, empezando porque, de no decirlo Alba, seguramente no me hubieras contado que has ido a merendar con Amparo, y terminando por que, si has ido a esa merienda, es porque no me cabe duda alguna de que buscabas información. Y esa información, cómo no, se la tienes que contar a Mario Laredo. Y deduzco que estabas deseando llegar a casa para hacer esa llamada.

Virginia lo escuchó mientras se indignaba por momentos. Podía entender los sentimientos de Fernando, pero detestaba sentirse cuestionada. Estaba segura de que él se había desplazado a casa de sus padres con la mejor intención; pero, con todo, el descubrimiento de que estaba colaborando con Laredo había despertado su ira y le recriminaba, de la forma más dura posible, que ponía en riesgo a su propia hija. La rabia despertó su faceta más mordaz.

—Siempre me he preguntado por qué no acabaste dedicándote a la judicatura o a la criminología. Se te hubieran dado muy bien las indagatorias. No hace falta que te explique nada. Has acertado de pleno —espetó braceando como si se rindiera ante él—. ¿Algo más? ¿Te enseño mi agenda?

Se arrepintió nada más abrir la boca y bajó la cabeza, negando a modo de disculpa.

—Perdona, pero es que... a veces me enervas.

—No, discúlpame a mí. No he abordado el tema de la mejor forma. No quería decir que pones en riesgo a Alba. Eso ha sido... Es que me duele muchísimo que me ocultes las cosas. ¿Por qué lo haces, Virginia? Sea lo que sea, incluso lo que me pueda resultar más doloroso, prefiero saberlo de tu boca que andar deduciéndolo o, peor aún, no enterarme. Los dos sabemos que, aunque me parezca mal que te metas en esa investigación, lo harás si lo consideras conveniente. Supongo que no decírmelo te evita conversaciones como esta, pero desearía que confiases más en mí.

—¿Para qué, Fernando? ¿Para que tenga que estar justificándome continuamente? No sueles preguntarme por mis investigaciones o, si lo haces, nunca es con esta carga emocional ni esta fiscalización como cuando...

—Como cuando coincides con Laredo. —Virginia asintió—. Pues te diré por qué. Porque cada vez que coincides con ese hombre sucede una desgracia o corres peligro.

Virginia negó con la cabeza.

—No corro peligro, Fernando. Esta vez no. Sé muy bien los pasos que doy. Más bien creo, o crees, que quienes corremos peligro somos nosotros, como pareja. Y quizá es así, en parte por la actitud que tomas.

Aquí fue Fernando quien no pudo ocultar la rabia y negó con sarcasmo.

—No, Virginia. Por la actitud que tú —enfatizó— adoptas ante ese hombre. No dudo de lo que sientes, siempre nos hemos querido. Pero también sé que sin el fantasma de Mario Laredo seríamos la pareja perfecta. Sin embargo, en cuanto él aparece en escena, cambias. No te das cuenta, pero te alejas de mí y tu vida empieza a girar en torno a la investigación de turno, que no es más que la excusa para volver a estar conectada a él.

—¿Me estás diciendo que intervengo en la investigación para estar cerca de Mario?

Fernando negó con enfado.

—Sabes perfectamente a lo que me refiero, y no desvíes el tema. Me consta la pasión que tienes por tu trabajo, eso está fuera de toda duda. Pero también es cierto, y no lo puedes negar, que trabajar con Mario Laredo va más allá de la investigación. Te provoca una... —Evitó decir lo que tanto le dolía y Virginia lo dedujo: excitación—. Quieres llamarlo, ¿no?

Virginia bajó la cabeza, consciente de la verdad que contenían las recriminaciones de Fernando y asustada por la evidencia de esas emociones que amenazaban con desestabilizarlos de nuevo. Así era, la cercanía de Mario la transformaba. Era capaz de pasar semanas sin comunicarse con él, sin verlo, y disfrutar de la serenidad de su día a día con su hija y Fernando. Pero en cuanto irrumpía en su vida —cualquier mensaje, una coincidencia en la cafetería o por los pasillos del juzgado— se sentía irremediablemente atraída por él. Por la pasión que ponía en su trabajo, por su personalidad contradictoria tan pronto sagaz como dubitativa, tal como era ella misma, por aquella mirada penetrante de ojos color ámbar, que pasaban de la calidez del deseo a la frialdad y la intimidación en los interrogatorios, por sus manos elegantes, algo nervudas, de dedos largos y cuidados, y, sobre todo, por su forma de hablarle y de transmitirle con una mirada, aun en la más banal de las situaciones, el deseo que sentía por ella. Y era justo eso, el deseo no escondido, lo que le provocaba un placer tan embriagador que cualquier intento de combatirlo fracasaba antes de nacer. Quizá debería cortarlo de raíz. No verlo nunca más, pedir un traslado a cualquier juzgado de una localidad gerundense, irse a vivir a Empúries, irse de Barcelona, alejarse de Mario para siempre. Las lágrimas empezaron a deslizarse imparables por su rostro.

—¿Quieres que me aparte de esa causa?

Fernando se acomodó en la cama, dio una palmada sobre el edredón y la invitó a sentarse a su lado. La rodeó con los brazos y la besó en la mejilla. Después, le secó las lágrimas con los pulgares y le cogió una mano entre las suyas.

—Mírame, Virginia. —Ella negó con la cabeza baja, como una niña pequeña—. Mírame, por favor.

Virginia levantó la mirada y se encontró con la de Fernando, cargada de cariño y de desazón.

—No, no quiero que dejes esa causa. No serviría de nada. El proceso que tienes que hacer no depende de eso. Es mejor que continúes con la investigación. Apartarte de ahí sería huir, y no es eso lo que necesitamos. Ni tú ni yo. Me veo más capaz de afrontar el final de nuestra relación que vivir con el temor a las apariciones intermitentes de Laredo. No puedo comprender lo que provoca ese hombre en ti, pero ni el amor ni la pasión están hechos de razón. Lo que sí que te pido es que compartas conmigo lo que estés averiguando y también lo que te esté pasando... con él, si algo llega a ocurrir. Lo entiendes, ¿verdad?

Virginia asintió y estuvo a punto de decir algo, pero Fernando le colocó un dedo sobre los labios con suavidad.

—No digas nada, no te precipites. Vamos a dejar el tema de Mario y, si te parece, vamos a centrarnos en esa causa que tanto te interesa. ¿Quieres explicarme lo que sabes por el momento?

Virginia asintió y le expuso de forma ordenada todo lo que había sucedido hasta la fecha: el informe forense de Elena Ciuró, las conclusiones a las que habían llegado tras las declaraciones de los padres de Zoe Clifford, y la posible vía que se abría ante la posibilidad de que la intoxicación hubiera tenido lugar en el colegio, antes de la fiesta de cumpleaños.

—Ya sabes que lo mío es el derecho de empresa. El penal lo aprobé y lo archivé, pero supongo que lo que toca ahora es saber cuánto tiempo permanece en sangre esa sustancia. Si puede ser detectada varios días después de su ingesta, lo siguiente sería convencer a los padres de Eric de que le hiciesen una analítica al niño. De no ser así, estaríais como al principio.

—Exacto, por eso quiero llamar a Mario. Tiene que contactar cuanto antes con Elena Ciuró y preguntárselo.

—¿No tienes el teléfono de Elena? —apuntó Fernando, arrepintiéndose al instante de sugerirle que evitase llamar al juez—. Aunque supongo que no puedes saltarte a Mario ni a Alfredo. Llámale. ¿Prefieres que salga?

Virginia respondió que no era necesario y sacó su móvil del bolso. Fernando, a pesar de ello, abandonó la habitación.

La conversación con Laredo fue breve. Ella se mostró reservada e inusualmente parca en palabras. La emoción y la urgencia que la habían acompañado durante el trayecto a casa habían sido reemplazadas por un pesar que la atenazaba, y una sensación contradictoria de no saber si estaba haciendo lo correcto. A pesar de lo acordado con Fernando, estuvo tentada de pedirle a Mario que no contase con ella para ninguna colaboración más, pero a la vez, tenía el convencimiento de que sus aportaciones podían ser decisivas.

Mario notó la incomodidad que envolvían las palabras de Virginia, y enseguida intuyó su origen; no podía tratarse de nada más que de Fernando. Así que se lo dijo.

—Se trata de Fernando, ¿verdad? No le has dicho que estás colaborando conmigo y se ha enterado.

Virginia enmudeció. Parecía que los dos hombres le leyesen la mente. Y como si ambos hubieran orquestado una estrategia conjunta, el juez también la invitó a transitar su propio camino, hablándole con la serenidad que a ella le faltaba.

—Virginia, sabes que valoro mucho que me ayudes en esta causa. Alfredo es un excelente fiscal, pero creo que no hay nadie más capacitada que tú para un tema como este, y además se da el caso de que tienes una vía de acceso privilegiada, porque Alba va al colegio al que iba Zoe Clifford. Pero es innegable que hay algo más. Nosotros lo sabemos y Fernando también. A estas alturas es absurdo negar lo que sucede y lo cierto es que no podemos tener nuestras vidas en suspenso. Llevamos demasiado tiempo en este vaivén. Nos vemos y nos atraemos como un imán. Pienso que voy a tenerte, desapareces, me cuesta una eternidad serenarme y no ir a por ti. Y cuando empiezo a estar resignado, la vida nos pone frente a frente y me ilusiono como un adolescente. Y sé que te ocurre lo mismo. No podemos continuar así. ¿Qué te ha dicho Fernando? ¿Se ha enfadado contigo? ¿Quiere que te apartes de la causa?

Virginia negó y le resumió, sin ganas ni ánimo, parte de la conversación.

—Pues estoy de acuerdo con él. Tenemos ante nosotros dos causas que deben resolverse: la de Zoe Clifford y la nuestra. En cuanto a la nuestra, yo la tengo clara desde hace mucho tiempo. Pero la espera en las cuestiones del corazón es desalentadora, y aquí, por una vez, me solidarizo con Fernando. Corremos el riesgo de acabar saliendo todos en distintas direcciones.

El efecto de las palabras de Mario incrementó el pulso de Virginia provocándole un incómodo zumbido en los oídos y un temblor que estuvo a punto de hacerle soltar el teléfono. El tono sereno y suave de Mario envolvía un mensaje contundente y lleno de cansancio. La posibilidad de la pérdida del afecto de Fernando y de Mario la sacudió en una sensación desconocida de la que emergió el miedo y la percepción de un egoísmo del que no había sido consciente hasta ese momento. Abrumada por esa sensación, se vio a sí misma como una niña orgullosa que recibía el amor de dos hombres con la seguridad infantil del afecto eterno. La invadió un arrebato de vergüenza que tiñó toda su piel de rojo, y las mejillas le empezaron a arder. Deseó huir de allí junto con Alba, pedir un nuevo destino en otra ciudad y dejar atrás a Fernando y a Mario. Quizá era lo mejor que podía hacer. Las lágrimas volvieron a inundarle los ojos. Ella, tan sagaz en escudriñar los móviles de la conducta humana, tan crítica con los impulsos y las pulsiones que llevaban a las personas a cometer las más perversas fechorías y delitos, no había sido capaz de dar el sencillo paso de ponerse en el otro lado y sentir por un momento lo que ellos sentían. Cerró los ojos y las lágrimas saladas le picaron en las mejillas. Mario, al otro lado, se mantenía en silencio, seguramente escuchando su respiración agitada. Se despidió con unas breves palabras.

—Virginia, te pido que hoy no le des más vueltas al tema. Ve a cenar con tus padres, con Alba y con él. Y no pienses en lo que ha ocurrido esta tarde, ¿lo harás? El lunes llamaremos a Elena para comentar lo de Eric y saldremos de dudas. En cuanto a lo demás, todo vendrá solo. No te preocupes.

—Mario, no quisiera que pensases que yo estoy jugando con...

—Hoy has tenido dos conversaciones necesarias pero difíciles, Virginia. No pienso de ti nada que debas temer. Y estoy seguro de que Fernando tampoco. Pero creo que era necesario llegar a este punto. Supongo que lo ves como yo, ¿verdad?

Virginia le contestó que sí, sin decir más. Los términos habían quedado claros. Hasta ahora no había querido mirar las cosas de frente. Por mucho que llevase años dándole vueltas a la situación, la aparición intermitente de Mario en su vida había mitigado la necesidad de tomar una decisión. Ella misma había interpretado como estabilidad en su vida lo que no eran más que los periodos de la ausencia del juez. Ahora estas premisas ya no valían. Tanto Fernando como Mario la habían puesto ante un espejo. Un espejo en el que veía la imagen de su inseguridad hasta que fuese lo suficientemente sincera consigo misma como para tomar una decisión. A no ser que cualquiera de ellos se le adelantase.

Tras finalizar la llamada, intentó recuperar la presencia de ánimo y salió de la habitación. Cuando llegó al comedor, continuaba visiblemente alterada; no podía disimular el abatimiento y la desazón emocional de que era presa. Su madre, al verla, profirió en expresiones de preocupación, que enseguida fueron aplacadas por Fernando quien, con mucho tino, apuntó que tan solo se trataba de cansancio.

Después de cenar, Fernando la invitó a sentarse a su lado en el sofá y compartió con ella la manta que le cubría las rodillas. Le tomó una mano y se la apretó con fuerza. Virginia se giró para mirarlo a los ojos.

—Va a ser mejor que hoy nos quedemos aquí. Alba ya está medio dormida y tú estás agotada.

Virginia lo miró con cariño.

Le quería, claro que Le quería. Era imposible no hacerlo.

Había llegado el momento de enfrentarse a sí misma.

# 14

La mañana se complicó más de lo previsto. Virginia había previsto finalizar los juicios de delito leve que se celebraban aquella mañana en su juzgado algo antes de la una, y escaparse media hora para estar presente en la reunión que Mario y Alfredo tenían previsto mantener con la doctora Elena Ciuró. Sin embargo, los primeros juicios se alargaron más de lo previsto y comprobó con fastidio que no acabarían antes de las dos.

Hacia las doce de la mañana, aprovechó un descanso entre juicios para enviar un WhatsApp a Alfredo —prefirió dirigírselo a él que a Mario— a fin de avisarlo de que no podría pasar por el juzgado hasta casi las dos de la tarde y pedirle, si era posible, que la esperasen para hablar con la doctora Ciuró. Al cabo de un minuto, su compañero le comunicó que la forense no podía esperar hasta tan tarde y que, de hecho, ya estaba de camino para terminar lo antes posible la reunión.

Virginia apagó el móvil y revisó la ficha del siguiente juicio que comenzaba de forma inminente. Era un tema de injurias leves. Abrió la carpeta y se encontró con la habitual denuncia breve a la que seguía un buen dosier de capturas de pantalla con una conversación del todo bochornosa. Suspiró y miró a María Vélez, la jueza, que negaba con la cabeza.

—Aún nos quedan cuatro de estos hoy. Estas máquinas las carga el diablo. A la gente le resulta muy sencillo escribir por el dichoso teléfono. Estoy segura de que la mayoría de ellos se arrugarían en un frente a frente. Harta me tienen todos a base de insultos y amenazas de pacotilla. Si por mí fuese, la pena sería la retirada del móvil durante un mes. Verías como la tontería se acababa de inmediato. Con la de instrucciones de enjundia que tengo por hacer...

La ocurrencia la jueza le arrancó una carcajada y esta le correspondió con una sonrisa.

—Me alegro de que te rías. Te veo muy seria hoy, Virginia. ¿Estás bien? Ya sabes que me puedes comentar cualquier cosa que te preocupe.

Virginia se lo agradeció y enseguida respondió que no le ocurría nada. Pero era cierto que necesitaba hablar con alguien de lo que le pasaba. Quizá al salir del juzgado llamaría a su amiga Tere. Ella siempre la aconsejaba con tino y mucho criterio; el que parecía que ella no tenía. Observó a María mientras esta ojeaba la siguiente causa que iba a enjuiciar y dudó en si debía confiarle que estaba colaborando con Laredo. Estaba segura de que, a pesar de que María tenía un proceder muy distinto a Mario, no lo veía con malos ojos. Tenía muy buena relación con ella e incluso su opinión podía arrojar más luz al tema. Pero lo descartó, a fin de cuentas, no se trataba de su causa y Mario podía molestarse. Por otra parte, la experiencia profesional la había convertido en una mujer cautelosa. Nunca había tenido un encontronazo con María ni le había dado motivos para que le reprochase ninguna cuestión profesional, pero con el volumen de trabajo que tenían en el juzgado, colaborar con otro podía convertirse en un arma de doble filo si en alguna ocasión surgía una incidencia.

Se abrió la puerta del juzgado y se reprodujo el esquema de juicio que ya habían realizado al menos dos veces aquella mañana.

Cuando acabaron las vistas ya eran cerca de las dos. Volvió a mirar los mensajes del móvil y vio uno de Mario. Le decía que ya habían hablado con Elena y que la esperaba con Alfredo para comentarlo. Un sudor frío le recorrió la espalda. Todavía debía pasar por su despacho y dejar listos algunos escritos que tenía sobre la mesa y que urgía terminar. Le constaba que Alfredo, aunque a veces alargaba su turno por la tarde, salía a comer al mediodía a casa de su madre, que vivía muy cerca, por lo que supuso que, si se demoraba, se quedaría a solas con Mario. Y después de la charla del día anterior, no se veía con valor.

Sin pensarlo dos veces, envió otro mensaje a Alfredo y le pidió que, como excepción, le hiciera el favor de quedarse a comer en el juzgado con ellos, que quería saber su opinión como fiscal. La propia excusa se le antojó absurda, pues lo único que debían comentar era lo que les había dicho la forense. Con todo, Alfredo no mostró sorpresa ante la propuesta y accedió. Tras ello, escribió a Mario para decirle que se verían con Alfredo en el restaurante de los juzgados a las tres menos cuarto. Mario contestó un escueto «ok» en el que ella, víctima de sus inseguridades, leyó disgusto y decepción.

A las tres menos cinco salió rápidamente de su despacho y bajó las escaleras hacia el restaurante de la Ciudad de la Justicia. Alfredo y Mario ya estaban instalados en una mesa. Los dos la saludaron de forma distendida y Mario, ante la sorpresa de Alfredo, se levantó, la rodeó por la cintura y le dio un beso en la mejilla Un beso lo bastante largo como para que el fiscal detectase una intimidad entre ellos que llevaba tiempo sospechando, y Virginia leyese en él toda una declaración de intenciones. El juego había cambiado, habían pasado de pantalla y se aproximaban a la fase final. Mario ya no iba a disimular más, ni ante ella ni ante nadie. Y ella, dadas las circunstancias, decidió que tampoco lo iba a hacer.

El camarero se acercó para tomar nota antes de lo que Virginia hubiera deseado, lo que la obligó a elegir con rapidez. Estaba nerviosa, así que decidió no arriesgar. En cuanto al primer plato, descartó la sopa, la ensalada y la pasta a la boloñesa. Ni sorber, ni inoportunas manchas de aceite al pinchar la lechuga, ni horrendos restos de tomate en las comisuras de la boca. Ensaladilla rusa, entonces Y en cuanto al segundo, ni espinas que se le atravesasen en la garganta, ni salsa con riesgo de salpicar su blusa al partir una albóndiga, ni canelones que tardarían una infinidad en enfriarse bajo el gratinado. Le quedó el librito de lomo. Y, por supuesto, nada de alcohol.

—¿Y bien? —preguntó una vez el camarero se fue con la comanda anotada.

Fue Alfredo quien respondió mientras Mario se dedicaba a mirarla sin disimulo. Qué difícil se lo iba poner si continuaba de esa forma, pensó. El fiscal resumió la conversación con la forense en una frase.

—Elena confirma que no son necesarios los análisis porque no saldrá nada, pero que no se puede descartar esa opción.

—A ver, a ver... —inquirió Virginia.

—Pues eso, que la aconitina ya no sería detectable en los análisis que pudiéramos hacerle a Eric. Pero que cada cuerpo reacciona de distinta forma a esta sustancia. En resumen, que lo que pudo ser mortal para Zoe, pudo causar tan solo un malestar al otro niño. Varía en función de la dosis ingerida, el peso y las condiciones físicas de cada uno.

Virginia asintió y enarcó las cejas.

—Así que no podemos asegurar que el malestar de Eric se debiese a esa sustancia, pero tampoco lo podemos descartar, por lo que...

Mario dejó sobre la mesa la jarra de cerveza a la que acababa de dar un trago y concluyó:

—... se nos amplía la lista de sospechosos a nada menos que un colegio entero. Pero eso solo si podemos situar los síntomas de Zoe al momento anterior a la fiesta de cumpleaños. Como bien me recordaste el viernes cuando hablamos —Virginia enrojeció al instante—, Vicky Soler declaró que la niña se encontró mal a la salida del colegio, lo que ella atribuyó a la inminente celebración de cumpleaños. Habló de un dolor de barriga. Deberíamos indagar algo más sobre si se trató de un síntoma de inquietud o le dolía algo más. Sabemos que después de la fiesta ningún niño se sintió mal, por lo que hemos descartado el suministro de la sustancia en el centro de recreo. Así que solo hay dos opciones: o la envenenaron después de la fiesta o antes de salir del colegio. Y en ese caso, no solo habrían envenenado a Zoe sino también a Eric.

—Así es, y eso es como no tener absolutamente nada. Al contrario, nos complica la instrucción. Cualquiera puede ser sospechoso. Hay centenares de personas en un colegio entre profesores, padres, monitores, personal de limpieza. No acierto a ver cuál podría ser el móvil ni por qué habrían elegido a Zoe y a Eric. ¿Un asesino indiscriminado? ¿Un trastornado? Es como buscar una aguja en un pajar —observó Alfredo.

Virginia miró a sus dos compañeros, cavilando por dónde deberían empezar para tirar del hilo que desenredaría la madeja. Y antes de que pudiera siquiera lanzar una idea, Mario expuso lo que habían estado pensando. Empezarían por citar de nuevo a la madre de Zoe. En cuanto le comentaron que su hija había sido envenenada, no dudó en apuntar a James sin plantearse siquiera cualquier otra opción.

—Hay algo en esa mujer que no me encaja —dijo el juez—. El día que declaró parecía más preocupada por inculpar al padre que afectada por la muerte de su hija.

—Creo que la estás prejuzgando, Mario. Las reacciones y las emociones humanas son extrañas. A veces nos cuesta interpretarlas —apuntó Virginia.

Nada más decirlo, hizo un paralelismo con su propia situación emocional y rogó para que Mario no le hubiera dado esa lectura. Pero, como cabía esperar, también hizo la misma conexión de ideas.

—Es posible que tengas razón. Yo, en esto de las emociones, no soy precisamente lo que se dice un entendido. La verdad es que me pierdo.

—Yo... tampoco...

Alfredo los miró alternativamente con el ceño fruncido.

—¿Tú, Virginia? Si eres la reina de las emociones, las captas todas al vuelo —apuntó ajeno a lo inoportuno del comentario—. En cualquier caso, y sin que yo sea tampoco un experto en emociones, aquí coincido contigo, Mario. A mí también me parece más creíble el padre.

Virginia los miró, sorprendida, y no les rebatió. La camaradería masculina se abría paso ante ella día tras día y a todos los niveles: profesional y personal. En cualquier caso, la propuesta de interrogar de nuevo a Vicky Soler le pareció adecuada y se centraron en coordinar sus agendas para encontrar día y hora cuanto antes.

# 15

Vicky Soler entró en el despacho del juez y su característico perfume se expandió por la estancia de inmediato. En esta ocasión su aspecto era, si cabe, todavía más impoluto que en la primera declaración. Su maquillaje, discreto, pero no carente de dedicación y destreza. Llevaba un vestido que le entallaba la figura a la perfección y le ceñía el busto en el punto límite entre la sensualidad y la provocación.

Virginia reaccionó con mayor rapidez que sus compañeros, y tras echarle un rápido vistazo, se giró hacia ellos para estudiar el efecto que les había causado la testigo. Alfredo tenía los labios apretados y los torcía ligeramente con desaprobación o desconfianza. Mario estudiaba a la testigo con los ojos algo entornados y la boca demasiado entreabierta para su gusto, quizá como resultado de un agrado que le provocó una punzada de celos. El juez, en una reacción inesperada, se giró hacia ella y le dirigió una mirada neutra sin que Virginia tuviese tiempo para modificar el disgusto que todavía tenía dibujado en el rostro.

La madre de Zoe se sentó ante ellos y respondió con amabilidad al saludo de Laredo, que le recordó quién era Alfredo y le presentó a Virginia, respecto de la que justificó su presencia en el despacho con la breve explicación de que se trataba de una fiscal experimentada en situaciones de esta índole. Virginia bajó la mirada en un intento de ocultar la sonrisa que le provocó el eufemismo utilizado por el juez para calificar los hechos que los tenían allí reunidos. Hablar de «situación de esta índole» era mucho más amable que deslizar el término de asesinato u homicidio.

La señora Soler miró a Virginia con una sonrisa.

—La señora Gibert y yo nos conocemos. Bueno, más bien nos tenemos vistas. En la puerta del colegio de Zoe, ¿no es así?

Virginia asintió con un leve movimiento de cabeza y con rapidez reprodujo mentalmente lo sucedido en la entrada del Faith School la tarde en que se reunió con Amparo y Adela, la madre de Eric. Estaba segura de no haber mantenido contacto visual con ella. Pero era cierto que antes de que Adela se diese cuenta de la presencia de Vicky y las alertase de ello, estuvo un buen rato frente a la puerta del colegio esperando con las niñas. Observó a Mario, que le dirigió una mirada en la que leyó la incomodidad causada por la sorpresa.

Alfredo acudió en ayuda de ambos.

—Precisamente por ese motivo se encuentra aquí mi compañera, señora Soler. Como se dice coloquialmente, el mundo es un pañuelo, y da la casualidad de que como la señora Gibert lleva a su hija al mismo colegio que Zoe, días atrás supo de una circunstancia que nos posibilita abrir una nueva vía de investigación. Y de eso queríamos hablar con usted.

Mario y Virginia miraron a Alfredo con una sonrisa en la que le transmitieron agradecimiento y aprobación. Y Vicky Soler entornó los ojos en gesto de interés y se irguió en la silla.

El juez tomó la palabra.

—Así es. —Y para reforzar el motivo de la presencia de Virginia, cuya finalidad era tan solo la de observar y analizar a la testigo, le cedió la palabra—. Virginia, creo que es mejor que lo expongas tú, que eres quien conoce de primera mano esta nueva información.

Virginia reaccionó con rapidez, agradeció al juez el turno de palabra que le había cedido y le explicó a la testigo que, por pura casualidad, había sabido que el día en que falleció su hija un compañero de la misma clase también se encontró mal.

—¿Después de la fiesta? —El gesto de sorpresa de Vicky Soler era indisimulable.

Virginia negó con la cabeza y la madre de Zoe abrió los ojos y la boca todavía más sorprendida.

—Entonces... ¿antes?

—Así es. Un compañero de su hija salió del colegio claramente indispuesto y no fue a la fiesta de cumpleaños.

—¡Eric, claro! Es el único niño que faltó. Y eso lo supiste... perdón, lo supo usted la tarde que la vi en la puerta del colegio. Aquella tarde fui a por las bolsas con el material de la pobre Zoe. Pero ¿cómo lo supo? Es decir, ¿cómo surgió el tema?

—Por casualidad. —Mentira, pensó Virginia. Miró de soslayo al juez, que no le quitaba ojo. Parecía disfrutar ante la convicción con la que ofrecía sus explicaciones—. Esa tarde fui a recoger a mi hija, y me quedé esperando a que la madre de una amiguita saliese con su hijo mayor, Dani. También lo debe de conocer usted.

Vicky asintió.

—Pues bien, cuando la madre de Dani salió con su hijo, iba acompañada de Eric y de su madre. La vieron a usted mientras recogía unas bolsas en la puerta lateral del colegio y, ya sabe cómo son estas cosas, surgió el tema de la muerte de su hija. Y en el curso de la conversación, la madre de Eric comentó que se asustó mucho al conocer la noticia, porque su hijo también se encontró mal esa tarde y se temió lo peor.

La primera en hablar fue la propia Vicky. Su postura corporal ya era distinta. El inicial gesto ansioso y expectante, propio de una actitud defensiva, dio paso a una visible relajación. La mandíbula se le destensó y los ojos, aun sin delatar sonrisa, se curvaron en un gesto afable.

—Entonces, el punto de mira está en el colegio.

Punto de mira. Mario frunció el ceño. Vicky continuó con sus conclusiones.

—Claro, debí suponerlo. ¡No lo recordé! ¡Es que ni lo pensé!

—¿Qué es lo que no recordó? —preguntó Laredo con un tono algo cortante.

—La fiesta del patrón del colegio, la merienda. Cuando Zoe salió, ya se encontraba mal y le resté importancia. Pensé que se trataba de nervios por la fiesta. Es verdad que se quejó un poco de la barriga y supuse que quizá se habría despistado y que habría comido algo con gluten. Esas cosas suelen pasar. Son críos. Pero no até cabos con lo de Eric. Los dos salieron mal del colegio. Y Zoe... ¡Oh, Dios mío! Solo fue un desgraciado accidente. Y Eric tuvo más suerte que mi pobre niña.

Arrancó a llorar con desconsuelo a la vez que se sujetaba la cabeza con desesperación.

Ahora fueron el juez y ambos fiscales quienes quedaron totalmente desconcertados. No solo quedaba claro que Zoe se encontró mal al salir del colegio, lo que, como temían, les complicaba la investigación, sino que además era celíaca, igual que Eric, lo que apuntaba a un nexo común, por extraño que pudiera resultar para la instrucción. Uno de ellos se sintió tan mal que no pudo asistir a la fiesta, y la otra falleció. Este nuevo dato lo cambiaba todo; desviaba las sospechas del entorno familiar, que se reducía a los padres de Zoe, y las ampliaba, más bien las diluía de manera desalentadora, a un amplio número de sospechosos.

Aprovechando que Vicky sollozaba con la cabeza gacha, Laredo, Alfredo y Virginia se miraron con el deseo de comentar el abanico de posibilidades que se acababa de abrir ante ellos.

Cuando la testigo se recompuso un poco, levantó la mirada y lanzó la pregunta que todos esperaban: Y ahora, qué.

Laredo carraspeó para alargar el momento de dar respuesta, lo que provocó una indisimulada expectación en Vicky. Con una serenidad de ánimo y una capacidad admirable de reconducir el interrogatorio, el juez fue a por la segunda de las cuestiones que pretendía indagar.

—Señora Soler, no sé si ha entendido muy bien lo que la señora Gibert acaba de exponer. Es cierto que Eric se encontró mal al salir del colegio. Pero una cosa es la celiaquía y otra muy distinta que te suministren una sustancia que, como puede imaginar, no forma parte de un menú de merienda escolar. Así que tengo que insistirle en que la muerte de su hija no fue accidental. De modo que seguimos con la incógnita de quién pudo suministrar esa sustancia y con qué motivo. Sin embargo, hay algo que me ha llamado mucho la atención. Y se trata de su reacción. Se ha sentido... diría que aliviada al pensar que la muerte de Zoe pudo ser fruto de un accidente. Y eso es comprensible. Por supuesto, ante la devastación que provoca una muerte, no hay comparación entre una causa accidental o una provocada, que le añade un mayor dolor. Pero en nuestra última conversación apuntó sin reparos que su marido podía haber suministrado aconitina a su hija. Dígame, ¿sigue creyendo que el señor Clifford pudo tener algo que ver con la muerte de su hija?

Vicky se tensó de nuevo y sus manos empezaron a temblar. Se las sujetó fuertemente con los dedos entrelazados, pero el temblor no pasó desapercibido a todos los presentes en la sala.

—No entiendo qué es lo que está sucediendo ni por qué me han llamado. Me dicen que otro niño se encontró mal ese día y que, por lo tanto, la causa de la muerte de Zoe pudo tener origen en el colegio. Luego me dicen que, aunque hubiera sido causada en el Faith School, no dudan de que se trata de un envenenamiento, y ahora parece que lo que más les preocupa es lo que yo piense o cómo reaccione. Dígame, señoría, ¿cómo se supone que tengo que reaccionar? Tengo la sensación de que diga lo que diga y haga lo que haga, estoy en el punto de mira. —Laredo frunció el ceño, ante esa expresión dos veces repetida—. Dice que le extraña mi reacción, señoría. ¿Qué hay de extraño? Como comprenderá, si Zoe no falleció por accidente, prefiero que el responsable sea un desconocido a mi propio marido. Eso no quita que me reafirme en lo que dije el otro día: James es un celoso de manual, está obsesionado conmigo, no quiere el maldito divorcio y lo veo capaz de cualquier cosa. Dicho esto, ¿realmente estoy siendo interrogada como testigo?

Mario la miró durante unos segundos y asintió.

—Supongo que no tengo que seguir declarando si no quiero, ¿verdad? —El juez volvió a asentir—. Pues bien, preferiría dar por finalizada esta conversación. Creo que les he dicho todo lo que sé sobre la muerte de Zoe. Les pido por favor que investiguen y hagan lo que consideren que tengan que hacer. Estoy tan despistada como ustedes. Eso sí, me gustaría saber por dónde van a continuar indagando, porque supongo que, con esta nueva información, el tema, más que aclararse, se ha complicado.

Virginia chasqueó la lengua y negó con la cabeza, y tanto el juez como Alfredo la miraron y guardaron silencio ante la consigna habitual: no continuar interrogando y dejarle el tema a ella.

Pensó con rapidez. Los cambios de actitud u opinión de Vicky carecían de toda relevancia jurídica. Todos en aquel despacho lo sabían, incluso ella, que no estaba versada en leyes. La señora Soler había visto enseguida que el número de sospechosos se había ampliado de forma exponencial y que dirigir la acusación contra el colegio resultaría muy difícil. Era casi imposible saber quién ni con qué motivo había suministrado la sustancia a ambos niños. Además, no conseguirían una prueba forense que demostrase que Eric también había sido envenenado. Pero a la vista de estos nuevos datos, todos eran conscientes también de que sería imposible dirigir una acusación contra James Clifford. Había surgido una duda razonable que impediría que la acusación contra Clifford prosperase. Y esa duda la constituía todo un colegio.

La posibilidad de que alguien del Faith School fuera el culpable era remota. La inexistencia de móvil, aplastante. Y Virginia tenía un pálpito: el padre de la niña tenía algo que ver con los hechos. Conocía el manejo de las sustancias. Y Vicky, aunque acabase de manifestar alivio al desviar las sospechas hacia el colegio, había apuntado con contundencia hacia un posible caso de violencia vicaria. Quizá era el miedo lo que le impedía insistir en ello. El miedo y la inteligencia. Si acusaba a su marido y este se libraba por la duda razonable que sin duda plantearía en su defensa, podía verse en un enorme problema. Así que, si querían reconducir la situación y continuar indagando en esa línea, solo podrían hacerlo de dos formas: rebajando las suspicacias de Vicky e investigando la hipótesis del envenenamiento en el colegio para descartarlo con contundencia.

Tomó la palabra y se dirigió a la testigo con una sonrisa afable. La informó de que, de momento, intentaría sondear a otros padres del colegio, con la excusa de que ella era madre de una alumna. Así no crearían una alarma innecesaria. Por razones obvias, la discreción era esencial. Empezaría por hablar con dirección, y lo haría de inmediato, en cuanto dejase listas las cosas más urgentes que tenía en su juzgado. La finalidad inicial de esa charla era saber si algún niño más, además de Eric y Zoe, se encontró mal el día de la fiesta del patrón. A partir de ahí, sacarían nuevas conclusiones.

Al finalizar la declaración, Virginia salió con Vicky y bajó con ella con la única excusa de encaminarse a su juzgado, tal como había acordado con Mario y Alfredo. Tenía que ganarse su confianza y tantear, si era posible, si les ocultaba cualquier detalle de importancia. Entraron en el ascensor junto a una agente judicial que llevaba un carrito metálico lleno de expedientes para archivar. Tanto Vicky como ella se mantuvieron en silencio durante el escaso tiempo que duró el trayecto de bajada, mientras

Virginia pensaba cómo iniciar una conversación distendida e informal en el vestíbulo de los juzgados. No fue necesario: Vicky propuso ir a la cafetería y Virginia aceptó la invitación.

—Aunque quizá le va mal. Ha dicho que tenía que pasar por su juzgado antes de ir al colegio.

Estaba claro que Vicky Soler los había escuchado con suma atención. Virginia asintió y vio la ocasión idónea para ausentarse un momento y comentar con Mario y Alfredo las impresiones que les había causado la declaración de la madre de Zoe. Así que respondió que, si no tenía prisa, subiría a su juzgado a firmar un tema urgente y bajaría en no más de diez minutos. Le rogó que le pidiese un cortado y se metió de nuevo en el edificio de los juzgados penales.

# 16

Miércoles, 3 de marzo de 2021. 12:30 horas
Juzgados de Barcelona

Virginia aporreó las teclas de todos los ascensores con urgencia. Entre subir y bajar iba a perder unos cuatro minutos, y ardía en deseos de hablar con Mario y Alfredo. Justo cuando se cerraba la puerta de su ascensor, se abrió la del confrontante, del que salió la jueza María Vélez. Se cruzaron la mirada unos segundos, antes del cierre de las puertas, y creyó leer en el rostro de la jueza una expresión de desconcierto. Virginia levantó la mano a modo de saludo y María le sonrió y asintió con la cabeza, lo que la tranquilizó. Tragó saliva con dificultad y pensó que cada vez le costaba más interpretar las reacciones ajenas ante las cosas que consideraba que hacía mal. El sentimiento de culpa le afectaba en su habilidad natural para leer las emociones de los demás. Y esos días se sentía en deuda con demasiada gente: con María, con Fernando, con Mario y con ella misma. Ocultar a María que colaboraba con Laredo, habérselo intentado esconder también a Fernando, engañarse sobre esos sentimientos. Estaba cansada de tanto disimulo.

Con paso automático y sumida en sus rumiaciones, se encontró dentro del despacho de Laredo. Mario y Alfredo la miraron con expectación.

—¿Ya está?

—¡Ah! No... —Reaccionó Virginia, Mario la escudriñó con la mirada.

—¿Estás bien?

Virginia enrojeció. No. No estaba bien. En realidad, estaba hecha un lío. Descentrada. Le vino a la mente la imagen de María sonriéndole mientras se cerraban las puertas del ascensor y deseó haber agarrado las puertas del suyo, abrirlas con fuerza e irse a tomar un café con aquella mujer tan serena, tan centrada. María, una jueza inteligente, con su pareja y sus dos hijos y una vida aparentemente apacible y normal, fuera lo que fuera que significasen esas palabras. Suspiró, miró a su compañero y al juez y se rehízo en un instante.

—Se ha acordado de que he dicho que tenía que pasar por mi juzgado a dejar unos temas resueltos antes de ir al colegio. Me espera en la cafetería.

Mario frunció el ceño y comentó con suspicacia que Vicky le parecía una mujer demasiado atenta a los detalles más nimios.

—Me da que le has cogido cierta tirria a la señora Soler —observó Virginia con retintín y miró el reloj—. En unos cinco minutos debería bajar. Así que, vamos al grano. Sensaciones...

—Os escucho —apuntó el juez con un tono cortante. No le había gustado la observación de Virginia sobre su posible falta de parcialidad.

Virginia hizo caso omiso y apuntó con un gesto a Alfredo.

—Bien, ahora comentaba con Mario que hay algo extraño en la señora Soler; sintió alivio cuando vio la posibilidad de que se tratase de un mero accidente que también afectó a otro niño, es decir, cuando el foco de la investigación...

—El famoso punto de mira —interrumpió Laredo con sorna tras chasquear la lengua.

Virginia le clavó la mirada y él le guiñó un ojo, que a ella le provocó un pellizco en el vientre.

—Sigo —continuó Alfredo sin poder ocultar una media sonrisa ante el apunte de Laredo—. Digo que sintió alivio cuando vio que el foco se apartaba de la familia. Pero cuando Mario le hizo la aclaración y le recordó que no hablaban de un accidente sino de un envenenamiento, volvió a justificar su inicial imputación contra James e hizo una descripción de él bastante lamentable. Se justificó, por supuesto, en cuanto recuperó la compostura. Es una mujer inteligente. De ahí la explicación de que prefiere que el culpable sea un tercero a su marido. Pero tanto Mario como yo creemos que, si tan convencida estuviera de que estamos ante un caso de violencia vicaria, no hubiera actuado de esa forma. Hubiera mantenido su acusación contra James Clifford a ultranza.

Virginia opinó que el hecho de que la señora Soler se alegrase ante la posibilidad de cerrar el tema por muerte accidental no era extraño: en una situación tan dura como aquella no dejaba de ser comprensible que quisiera pasar página cuanto antes. Apuntó también la posibilidad de que Vicky, ante la constatación de que Clifford podía salvarse por haber surgido una duda razonable, tuviese temor en insistir en el tema de la violencia vicaria.

—No, ni siquiera desde esa perspectiva me parece comprensible —rebatió el juez—. Lo esperable ante la muerte de un ser querido, y ya no digo si se trata de un hijo, es querer averiguar lo sucedido, sean cuales sean sus consecuencias, incluso aunque estas le puedan dañar a uno. El miedo nunca es excusa ante el crimen de un ser querido.

Virginia pensó de inmediato en la muerte de Diego, su marido. Aunque al inicio todo apuntó a una muerte accidental y se hubiera archivado como tal, fue ella misma la que impulsó que se investigase hasta el final a pesar de ser consciente de que sería la principal sospechosa. Cruzó una mirada con Mario llena de significado y los ojos se le humedecieron, cogió el abrigo y el bolso y se fue.

Mario fue tras ella. No había querido dañarla, pero sus palabras habían sido desafortunadas. No quería que Virginia pensase que contenían una intención hiriente en respuesta a su comentario sobre su posible falta de objetividad con Vicky Soler.

Alcanzó a Virginia cuando cruzaba el umbral de la puerta de su despacho, la agarró del brazo y cuando ella se giró la miró a los ojos.

—Lo siento. En ningún momento estaba pensando en lo de Diego.

Virginia le devolvió una mirada dulce y bañada en lágrimas.

—Lo sé.

Mario exhaló con fuerza y le dio un ligero beso en los labios sin preocuparse por la presencia de Alfredo, que desvió la mirada con disimulo. Virginia atrapó la calidez de aquel beso que le recorrió el cuerpo en una corriente electrizante. Le acarició una mejilla a Mario en un gesto rápido, pero de extrema intimidad. Él cerró los ojos para atesorar el momento y cuando los abrió, la observó mientras se alejaba por el pasillo con gesto decidido hacia su objetivo.

* * *

Cuando Virginia llegó a la cafetería, Vicky hablaba por el móvil, en una mesa que enfrentaba a las escaleras de acceso general a las plantas de los juzgados, por donde ella se había ido.

La sorprendió por detrás, proveniente del acceso privado de los funcionarios del juzgado. Y se acercó con sigilo, de forma que Vicky solo reparó en su presencia cuando sintió un movimiento a sus espaldas. Sin girarse, cortó la conversación de forma abrupta. A Virginia le pareció ver la palabra AMOR como identificación de la persona con quien hablaba.

—¡Ay, hola! Ha tardado un poco. ¿Ha pasado algo más?

—¿Algo más? ¿A qué se refiere?

Vicky Soler carraspeó.

—Es un decir. Pedí el cortado unos tres minutos antes de la hora a la que calculé que llegaría, como usted me dijo, pero ya debe de estar frío.

Virginia lo miró y apretó levemente los labios. Demasiado oscuro para su gusto. El reborde parduzco de la capa superior vaticinaba que contenía restos de posos de café. Miró hacia la barra y supo al instante quién había preparado el mejunje. Le dio un sorbo y comprobó que estaba espantoso. Atacó con rapidez, no quería perder el tiempo.

—¿Con quién estaba hablando, con el padre de Zoe?

Vicky negó con la cabeza.

—¿Tiene usted nueva pareja, señora Soler?

Vicky frunció el ceño y entrecerró los ojos intentando analizar a la fiscal.

—¿Eso importa?

—En un supuesto de violencia vicaria es bastante relevante. De hecho, puede ser el motor del arranque de los agresores; por celos, ya me entiende.

La madre de Zoe negó tener pareja sentimental y Virginia intentó indagar de nuevo en los motivos de la separación con James para ver si en un ambiente más distendido la mujer añadía algún elemento relevante. Pero Vicky repitió palabra por palabra lo que había declarado y rehuyó entrar en más detalles hasta que Virginia se vio obligada a desistir.

Tras un tenso silencio, fue Vicky quien tomó la palabra y retomó el tema de la hipótesis del envenenamiento en el colegio.

—Me ha parecido que el juez apuntaba en esa línea, pero tengo la sensación de que no cree mucho en ella. Yo no sé de investigaciones judiciales, pero no es algo que descartaría a la ligera. Ha dicho usted que iría ahora mismo al colegio, ¿no? ¿Por dónde piensa empezar?

Virginia acabó con el cortado de un segundo trago e hizo una mueca de desagrado. Ciertamente estaba demasiado frío. Levantó la mano en un gesto de atención al camarero y pidió un agua; no soportaba que esos pequeños puntos negros se le quedasen pegados a los dientes. Se giró hacia Vicky, que la miró con una sonrisa más impostada que real, esperando su respuesta.

—De momento me limitaré a indagar de forma muy somera. Hay que investigar sobre si hubo más casos de niños afectados ese día, si todos eran celíacos, qué se les dio y demás circunstancias. Es importante evitar levantar cualquier alarma en el colegio.

Vicky preguntó sobre cómo procederían en el caso de no obtener más datos por esa vía. Si la descartarían o si mantendrían todas las opciones en paralelo.

—Tendremos que valorarlo. Piense que hablamos de un envenenamiento, señora Soler.

Vicky se quedó unos segundos en silencio en los que Virginia la miró sin parpadear. Fue apenas imperceptible, pero tanto la espalda como los hombros de su interlocutora se relajaron levemente, como si hasta el momento hubieran estado sujetos por un armazón. De repente, la expresión facial de Vicky se contrajo en una mueca y empezó a llorar. Agarró a Virginia de ambas manos y, como en una súplica, le dijo que necesitaba acabar con el tema.

A Virginia le conmovió. Toda su fachada de fortaleza había cedido ante la angustia y la desazón. Le apretó las manos y le sonrió con afabilidad.

—Lo sé, Vicky. Es terriblemente duro. Pero hay que pasar por este proceso. No podemos cerrar el tema a la ligera. ¿No necesitas saber qué ocurrió con tu hijita? Solo te pido una cosa: no tengas miedo, por favor. No tengas miedo de contarme todo lo que creas que debes decirme. No se puede vivir dando la espalda a la realidad.

Vicky, por toda respuesta, lloró con mayor desconsuelo.

# 17

Virginia salió del juzgado en compañía de Vicky y se despidieron en la puerta. Eran cerca de las dos de la tarde y no tenía intención de volver a su despacho. Sin embargo, le pareció una hora intempestiva para presentarse en el colegio de su hija sin avisar. Además, supuso que el director estaría comiendo. Estuvo tentada de llamar para anunciar su visita, pero desechó la idea; quería contar con la ventaja que proporciona una conversación inesperada.

Eligió una cafetería cercana a la Ciudad de la Justicia para tomarse un pequeño bocadillo y matar el tiempo que quería dejar transcurrir antes de llegar al colegio.

Poco antes de las tres de la tarde, entró con paso decidido en el vestíbulo del Faith School y solicitó entrevistarse con el director. Tras una breve llamada por el intercomunicador, la recepcionista la acompañó a una de las salas de visita adyacentes a la recepción de la escuela en las que se solían realizar las tutorías con los padres de los alumnos.

Virginia se sentó en uno de los sillones de escay y echó un vistazo a la sobria decoración de la sala. Un sencillo crucifijo en una de las paredes, una tarima de madera encima del antiguo radiador, sobre la que descansaba un desvencijado cenicero de vidrio en desuso, una pequeña mesa baja de melamina con los bordes desconchados y, sobre ella, diversos números antiguos de la revista del colegio eran todo el ornamento de aquella estancia. Ojeó alguna de las revistas en busca de caras conocidas y, para qué negarlo, con el deseo de localizar al padre Juan y hacerse una idea del talante que sugería su aspecto.

Había visto al padre Juan en contadas ocasiones y tratado de forma cercana tan solo una, cuando mantuvo la entrevista con él para matricular a Alba en el colegio. En aquella ocasión le pareció un hombre demasiado atractivo para ser sacerdote. Le echó unos pocos años más que ella. Alto, de complexión atlética, con el pelo algo canoso pero abundante, y un rostro franco y afable, de mandíbula fuerte y cuadrada, y mirada directa. Cuando se lo comentó a su amiga Tere, echaron unas risas a costa del pobre hombre y, como era de esperar, su amiga la reprendió por fijarse en aquellos aspectos tan terrenales de un hombre de fe, pero al final le soltó una de sus barbaridades. Todavía lo recordaba: «Ya sabes que, como decían en aquella serie... ¡ya me acuerdo! *El pájaro espino*. "Debajo de la sotana hay un hombre"». Se le escapó la sonrisa al recordar la conversación.

Oyó unos pasos que se aproximaban y a continuación el chasquido del pomo de la puerta, que se resistía a abrirse con suavidad. Virginia se puso en pie para saludar al director.

El padre Juan entró con gesto serio y preocupado, muy distinto al semblante afable que acababa de recordar. Virginia no supo leer en su mirada si se debía al disgusto por lo inoportuno de su visita o a que, de algún modo, había adivinado el motivo. Tras los saludos de rigor, el padre hizo un gesto con la mano, la invitó a sentarse en uno de los sillones, y tomó asiento frente a ella.

Virginia decidió ser lo más directa posible.

—Padre, ante todo le pido disculpas por no haber pedido cita. —El religioso asintió con incomodidad—. Vengo del juzgado.

—Lo imagino. Entiendo que está usted aquí para comentar algo referente a la muerte de esa pobre niña, Zoe Clifford. Me consta que se está investigando. —Negó con la cabeza en muestra de aflicción—. Pobre criatura, a veces, nuestro Señor... Pero esa muerte así, tan repentina... ¿Se sabe qué le ocurrió?

Virginia vio que podría abordar la cuestión de forma más directa de la que había previsto.

—A Zoe la envenenaron.

—¡Dios santo!

El director abrió los ojos con consternación y empezó a respirar con dificultad. Su semblante se enrojeció con rapidez y Virginia temió que fuese a sufrir un colapso, por lo que intentó serenarlo dándole aire con una de las revistas que se encontraban sobre la mesa.

El pobre hombre hizo un gesto con ambas manos para procurar tranquilizarla e indicar que ya estaba mejor. Más sereno, echó mano del teléfono de sobremesa y, tras preguntarle a Virginia si deseaba tomar agua o alguna infusión, pidió una tila para él y un té para ella. Mientras esperaban a que les trajesen las bebidas, Virginia expuso lo que habían averiguado hasta el momento y se centró en la cuestión que más le interesaba: la merienda de la fiesta del patrón del colegio.

Antes de que acabase la explicación, el padre Juan, llevándose un dedo a los labios, interrumpió el relato y esperó a que se abriese la puerta de la sala. Un sacerdote entró con una bandeja y dejó sobre la mesa las dos infusiones. El director cogió una de las dos tazas sin detenerse a leer la etiqueta de la bolsita para ver si era la suya.

—Muchas gracias, padre Esteban.

El religioso hizo un ademán de asentimiento y se dispuso a salir de la sala, no sin antes clavar sus ojos en Virginia de una forma que a ella le pareció impropia en un hombre que había realizado voto de castidad.

Ella le mantuvo la mirada, más por el impacto que le había provocado que por cualquier otra razón, y notó que las pupilas del religioso se dilataban a la vez que la punta de una lengua, que se le antojó desagradable, se paseó levemente entre sus labios entreabiertos. Virginia echó de forma inconsciente su torso hacia atrás y no pudo evitar una ligera mueca de desagrado, ante la que el religioso reaccionó de inmediato. El hombre bajó la cabeza a modo de reverencia y salió con rapidez de la sala.

El padre Juan no pareció captar nada de lo ocurrido en esos breves instantes, absorto como estaba en el tema que les ocupaba. Cuando la puerta se cerró y los pasos del hermano se oyeron ya lejanos, la invitó a proseguir.

—Pues bien, en cuanto supimos que Eric también se encontró mal al salir del colegio el mismo día de la muerte de Zoe, averiguamos que ambos eran celíacos y que tomaron una merienda distinta al resto de los alumnos, de forma que existe la posibilidad de que...

—¡Bueno, eso me tranquiliza! —exclamó el padre Juan—. La niña falleció por una crisis alérgica, pobrecita. Me ha espantado cuando ha dicho que fue envenenada. Ya sé que se dice que el gluten es veneno para las personas alérgicas, pero por un momento me he temido que estábamos ante algo terrible. Entiéndame, no deja de ser espantoso el motivo de la muerte de esa pobre niña, pero se trata de un terrible accidente.

Virginia le dirigió una mirada llena de desconcierto. Del mismo modo que había ocurrido con Vicky Soler, el padre Juan había pensado en una intoxicación por celiaquía.

Cuando Virginia lo sacó de su error y centró el tema en el suministro del acónito, el padre Juan frunció el ceño y el horror de su propia deducción le hizo abrir la boca en un gesto de sorpresa al que siguieron unas palabras dubitativas.

—Perdone usted, señora Gibert, ¿está sugiriendo que ambos niños fueron envenenados aquí, en el colegio? Es decir, que esa sustancia que dice...

—Aconitina o acónito.

—Eso. ¿Sugiere que se la pudo suministrar alguien de este centro?

—O del servicio de *catering*. Pero supongo que en tal caso hubiera habido mucha más gente afectada, tanto de este colegio como de otros centros a los que suministrasen los productos. Además, un envenenamiento masivo y provocado no es algo habitual. Las afectaciones multitudinarias suelen ser por un producto en mal estado, no por la administración de una sustancia letal de forma generalizada.

El religioso negó, cabizbajo, con evidente consternación.

—No, eso no lo veo posible. Los productos que damos en estas ocasiones especiales a los alumnos celíacos o con alguna intolerancia alimenticia no provienen del *catering*. Suelen ser galletas, magdalenas o dulces que compramos exprofeso en el supermercado y acostumbran a ir envasados en raciones individuales. Lo que no puedo asegurarle es cómo se les suministró la merienda a esos niños. Es decir, qué se les dio exactamente y si llevaban o no el envoltorio, en cuyo caso...

—Alguien pudo manipularlos —terminó Virginia—. ¿Sabe quién sirve los alimentos a los alumnos en esas ocasiones?

—Tenemos contratado un servicio de monitores. Se ocupan del comedor, la vigilancia en los recreos, meriendas y demás. El día de la fiesta del patrón vino personal de refuerzo. Dios mío, hubo casi veinte personas entre el comedor y el patio. ¿Están ustedes seguros de que el veneno pudo ser suministrado en el colegio? Quizá Eric se encontró mal por cualquier otro motivo. Incluso por la celiaquía. Más de una vez lo hemos sorprendido zampándose parte de la merienda de un compañero.

Virginia observó la expresión consternada del padre Juan. A pesar de su azoramiento, ello no le impedía ser analítico con el tema y albergaba las mismas dudas. Le confesó que no estaban seguros de que la hipótesis del envenenamiento en el colegio fuera fiable. Que, de hecho, les faltaba el posible móvil para matar a Zoe. Que era médicamente imposible detectar restos de aconitina en Eric, pero que la forense no podía descartar que su sintomatología en el día en que falleció Zoe derivase de la ingesta de la misma sustancia. Por tales razones tenían la obligación de indagar en cualquier vía de investigación que se abriese ante ellos.

El padre Juan se tranquilizó un poco, viendo que las posibilidades de imputar un acto criminal al colegio eran difusas. Con todo, un halo de intranquilidad envolvía su semblante.

Al momento, Virginia empezó a agitarse en su sillón.

—¿Se encuentra usted bien, señora Gibert? La veo pálida.

Virginia pidió ir al servicio, y una vez allí, vomitó, aliviando con ello su malestar. No obstante, enseguida le sobrevino otra oleada de arcadas y mareos. Respiró hondo y se lavó la cara con agua fría. Cuando salió del lavabo, el director ya estaba en el distribuidor de las salas de visita, dispuesto a acompañarla hasta la recepción. Antes de llegar al vestíbulo, el padre Juan solicitó a Virginia discreción con el asunto. No convenía causar una alarma innecesaria en el colegio. Ella le pidió la misma confidencialidad y le prometió que si la investigación avanzaba en esa línea sería el primero en saberlo.

Virginia hubiera querido esperar por las inmediaciones la escasa hora que quedaba hasta que Alba saliese del colegio. Pero se sentía tan mal que solo quería llegar a casa. Una vez en la calle, no se vio capaz de tomar el metro y paró el primer taxi que pasó. Concentró todas sus fuerzas en aguantar los quince minutos de trayecto hasta casa de sus padres sin vomitar.

Hacía mucho tiempo que no se encontraba tan mal.

# 18

A Mario Laredo nunca lo habían inquietado las tormentas, ni siquiera cuando era pequeño. Adoraba la proximidad de las nubes, el furioso viento que las acompañaba y el aroma de petricor que impregnaba la tierra cuando, por fin, la lluvia lo invadía todo. Aseguró las ventanas de toda la vivienda menos la de su habitación, que dejó abierta de par en par, no sin antes tomar las precauciones necesarias para que el agua no empapase el ordenador y los enseres que tenía sobre el escritorio situado bajo ella. Bajó ligeramente la persiana para deleitarse con el sonido de la tempestad y aspirar el frescor que traía con ella, echó sobre el nórdico la manta del sofá para mitigar el frío que empezaba a sentirse en la habitación y, tras ello, se metió en la cama. Reguló la luz con el temporizador y desistió de leer la novela que tenía sobre la mesita. Por una noche, rompería su rutina y se relajaría con el rugido de los truenos, cada vez más próximos al destello de luz de los relámpagos que los precedía.

Inspiró con profundidad y placer. La noche era perfecta, pero lo hubiera sido más, pensó, de tener a Virginia a su lado. La imaginó recostada junto a él con la cabeza sobre su pecho. Le acariciaría el pelo en silencio mientras la intensidad de la tormenta crecía. Ella haría dibujos imaginarios sobre su piel y levantaría el rostro buscándolo con la mirada. Se besarían, primero de forma lenta, tanteando los labios ajenos, y luego con más urgencia, con besos largos y húmedos que los invitarían a desnudarse. Él apagaría la tenue luz para contemplarla de forma intermitente bajo el destello violeta de los relámpagos. La imaginó sobre él, con su silueta sinuosa, recortada a contraluz, y con la melena cobriza meciéndose como hebras de seda en una balsa de agua quieta e inerte...

Inerte.

Unos mechones de pelo de color cálido como el fuego le acariciaron el rostro y cerró los ojos, complacido. Qué maravilla ese estado de vigilia que funde el deseo con la ensoñación. Solo tenía que dejarse llevar por ese estado de profunda relajación.

Dejó de oír los truenos, y el olor del petricor desapareció dejando paso a un antiguo aroma conocido. Intentó abrir los ojos, pero ya no pudo. Y supo que esa caricia en su rostro no venía de Virginia, ni siquiera era el delirio de un sueño.

Casandra nunca se le había acercado tanto como esa noche.

Tomó aire y se giró hacia su hermana, dispuesto a abrir los ojos de la mente. Y allí estaba, tan pequeña, tan pálida y desvalida con sus cabellos rojos como el cobre. Más brillantes incluso que cuando vivía. Notó que una lágrima muy azul se deslizaba sobre su mejilla de cera y se la quiso secar con la mano, pero el cuerpo no respondía a sus órdenes.

Casandra separó los labios, azules como el anochecer de aquel día de tormenta y emitió un ligero soplido helado, al que siguió una palabra, solo una que ni siquiera oyó, sino que leyó de su boca: «Virginia». Tras ello, un grito espeluznante, una sacudida y el regreso de los sentidos.

Se irguió en la cama y se tocó el cuello y el pecho. Estaba empapado en sudor. Dio un pequeño toque sobre la pantalla del móvil y le sorprendió ver que eran más de las tres de la madrugada. De repente, acudió a su mente el recuerdo de su hermana, la conciencia del miedo y la urgencia. No lo dudó ni un instante: marcó el número de Virginia y deseó que contestara. Insistió dos veces más, sin éxito, y tuvo la certeza de que se debía a algo muy grave.

No se le pasó por la mente que estuviese durmiendo y tuviera el móvil apagado o en silencio. Marcó el teléfono fijo de casa de los padres de Virginia y esperó los segundos necesarios para despertar a Alicia o a Alberto, al que más pronto saliese del sueño profundo y recuperase la destreza suficiente para tomar el auricular. Atendió el teléfono Alicia. Apenas la dejó hablar. Le ordenó con prisa que acudiese a la habitación de su hija para ver cómo estaba. Alicia reaccionó con la rapidez que sigue a los requerimientos que no dan opción a cuestión alguna y echó a correr hacia la habitación de Virginia.

Mario oyó, y casi sintió, los zarandeos de la madre. «Esta niña no reacciona». Llamó al padre a gritos. Pasos por la casa. Agitación. Acto seguido, los lloros asustados de una niña pequeña con el sueño roto. Más pasos, estos aproximándose al teléfono, un golpe, el auricular estampado contra el suelo. Y a continuación, la voz de Alberto Gibert. Una breve explicación llena de espanto. «Tiene el pulso débil y respira de forma extraña». «No hay que perder tiempo; llamad a una ambulancia». Se encargó de ello el propio Mario.

Una vez seguro de que el servicio de urgencias se dirigía al domicilio de Virginia, se refrescó la cara, aún congestionada por los sueños inquietos y la tensión de los últimos minutos, se vistió con el primer vaquero que encontró al abrir el armario y un jersey de algodón, también tomado al vuelo, y se echó a la calle dispuesto a afrontar una noche larga y angustiosa.

La tormenta había cesado. El silencio y la calma se deslizaban sobre la capa de humedad que brillaba en la calzada. Levantó el sillín de la moto para coger el casco y una gamuza para secar el asiento y se dispuso a arrancar, pero sintió un pequeño pinchazo en el esternón y la garganta se le estrechó impidiéndole respirar con profundidad. Se puso el casco y le invadió una desagradable sensación de ahogo que lo obligó a quitárselo de inmediato.

Miedo.

Se llevó una mano al pecho para masajearse ligeramente el punto donde le oprimían los malos vaticinios y notó la piel todavía sudorosa a pesar del frío de la noche. Levantó el asiento de nuevo y devolvió el casco a su lugar. Aquella noche no conduciría.

Cuando llegó al hospital, la sala de espera estaba casi vacía. Eran más de las cuatro de la madrugada, la hora crítica, la de la muerte. Al acceder a la sala oyó el sobrecogedor silbido de un desfibrilador, que quedó enmascarado por el tintineo de unas monedas escupidas por una máquina de café e infusiones ante la que trajinaba una mujer con los ojos hinchados por el cansancio y el desvelo.

Encontró al padre de Virginia sentado en una de las incómodas sillas de plástico que contribuían a que el lugar fuese tan desapacible. Inmóvil, con la espalda envarada como una estatua de cera y los ojos clavados en la puerta de acceso a los boxes de urgencias.

Puso una mano sobre el hombro del señor Gibert con delicadeza y este se levantó y lo miró con agradecimiento y alivio. La entereza lo mantuvo en pie el tiempo justo para darle un apretón de manos, seguido de un breve abrazo que acabó con un temblor y una ligera pérdida de equilibrio que Mario interceptó, invitándolo a tomar asiento de nuevo.

Alberto Gibert le explicó lo poco que sabía, apenas nada. Que al llegar la atendieron de inmediato, pero que no tenía más noticias. Y en un susurro, como si el murmullo restase importancia a las palabras, le confesó que, por unos terribles minutos, su esposa y él la habían dado por muerta; que no sabía qué era lo que lo había impulsado a llamar a su casa a esas horas de la noche, pero posiblemente le había salvado la vida.

Mario no fue capaz de responder, la emoción le estrechó la

garganta. Se limitó a colocar una mano sobre uno de los brazos del señor Gibert. No se le ocurrió ninguna palabra tranquilizadora ni encontró la forma de explicar el motivo por el que los había llamado con tanta urgencia. Ni él mismo era capaz de entenderlo, sumido como estaba en un mar de confusión, pues una cosa era soñar con su hermana y otra muy distinta que lo que oía en sueños trascendiese a la realidad. Aceptar esto último suponía romper muchas barreras. E intuía que la premonición, el aviso, la conexión con Casandra, aun con la distancia de la muerte, en definitiva, la reanudación del juego escondido después de tantos años se debía a algo más grave de lo que era capaz de imaginar.

Cuando sintió que había recuperado la compostura y fue a sugerir al señor Gibert la posibilidad de acercarse a recepción para preguntar si tenían alguna novedad sobre el estado de Virginia, el hombre irrumpió con una cuestión que dejó sin aliento a Mario.

—Fernando no sabe nada. Me refiero a lo que acaba de ocurrir. Mientras esperábamos a la ambulancia nos centramos en atenderla... Y Alicia, que se ha quedado en casa con la nena, me ha dicho que no se ve con valor de llamarlo. Mi mujer es muy alarmista y no se maneja nada bien en estas situaciones. Además, el pobre chico, allá, en Empúries... Dios nos libre de que le dé por salir corriendo a estas horas y tengamos una desgracia. Pero lo cierto es que deberíamos avisarlo, ¿no crees? A fin de cuentas, Fernando es...

El señor Gibert carraspeó y clavó su mirada de ojos vidriosos en Mario, que luchaba por contener las lágrimas. Puso una mano sobre una de las rodillas del juez y le dio unas ligeras palmadas a la vez que cabeceó, negando.

—Mi hija cree que no me doy cuenta de nada, Mario, pero la conozco más de lo que se imagina y sé muy bien lo que le pasa.

Veo cómo le brillan los ojos cuando cuelga el teléfono después de hablar contigo y también cómo, desde que compartisteis aquella investigación de la causa Alondra, su relación con Fernando empezó a ser distinta. No sé lo que hay entre vosotros...

Mario negó con la cabeza con gesto contundente y abrió la boca dispuesto a explicar que en el viaje a Vitoria no ocurrió nada, pero el señor Gibert lo invitó a guardar silencio con un claro gesto de la mano.

—No me tienes que dar ninguna explicación. Es solo que... Mira, Mario, Virginia quiere mucho a Fernando, y tanto Alicia como yo lo adoramos. Y entiéndeme, queremos que sea feliz. La muerte de su marido fue una debacle y no queremos verla sufrir.

—Señor Gibert, yo no quiero que piense que mi intención es romper su estabilidad.

—¿Romper? No, Mario. Creo que no me estoy explicando con claridad —interrumpió Alberto Gibert—. Las relaciones de pareja no las rompe nadie, hijo. Se rompen desde dentro. Y Fernando y mi hija son y no son. Aún recuerdo aquellos escasos meses que fuisteis novios. Virginia te adoraba y de golpe todo se acabó. A mí no me explicaron nada, ni ella ni mi mujer, pero supuse que no se debió a nada que hiciese mi hija.

Mario asintió y bajó la cabeza. Un acto de vanidad, una idiotez absurda, la mayor de las deslealtades de la que se arrepintió durante años dio al traste con una relación maravillosa.

El señor Gibert entendió lo ocurrido con una simple mirada.

—Me temo que, después de aquello, nunca volvió a sentir esa pasión que vi en su mirada. Aparecieron Fernando y Diego y recuperó la alegría. Los dos la querían con locura. Siempre pensé que Fernando hubiera sido mejor marido para mi hija que Diego. Son más parecidos. Pero en esto del amor hay un elemento casi más importante que los afectos y son las circunstancias. Y las circunstancias fueron que una parte del corazón de mi hija quedó herido y atrapado en un recuerdo del que ni siquiera era consciente. Fernando tiró la toalla una vez, hace muchos años, y le dio miedo luchar por ella. Estoy seguro de que me entiendes. Mi hija se casó con Diego, pero siempre le faltó algo. Y Fernando y ella están juntos porque no está Diego. Pero en su momento, ni él luchó por ella ni ella lo eligió. Y aunque seguramente hay mucho amor y ningún hombre conocerá jamás a mi hija como Fernando, y ninguna mujer a Fernando como ella... ellos, en realidad, no se han elegido. Lo que me pregunto es si contigo... Lo que no querría es verla sufrir.

La megafonía de la sala de espera irrumpió con un chasquido al que siguió una voz impersonal que indicó que los acompañantes de Virginia Gibert podían dirigirse al box número cinco.

Los dos se levantaron de forma precipitada, y Mario, aun deseando abalanzarse hacia la puerta de acceso a los boxes, cedió el paso al señor Gibert.

—Le espero aquí fuera.

El padre de Virginia agarró a Mario por el brazo y tiró de él a lo largo del pasillo.

—Ni hablar. Te vienes conmigo. Si tienen que echar a uno de los dos ya nos lo dirán. Además, eres juez.

Una enfermera los condujo al box y, antes de abrir la puerta corredera, les indicó que ya había pasado lo más crítico y que en breve acudiría la doctora a darles el informe de la situación. Los miró a ambos con gesto inquisitivo y el señor Gibert explicó que él era el padre de la paciente y Mario la persona gracias a la que su hija se encontraba a salvo. La enfermera detuvo su mirada en Mario, y le sonrió con un gesto afable.

—Pues su hija ha tenido muchísima suerte. Está bien, pueden entrar los dos, pero déjenla descansar.

Abrieron la puerta y encontraron a Virginia dormida. Su respiración era superficial y agitada. Tenía la cabeza girada hacia un lado y la piel del rostro blanquísima. Sus pecas eran apenas pequeñas marcas que salpicaban el rostro. Estaba inmóvil, salvo por un ligero temblor en el pulso de la sien y las venas del cuello. Ahí tumbada, cubierta hasta la clavícula con una sábana y con el pelo cobrizo desmadejado sobre la camilla, parecía desvalida. Llevaba una vía en uno de los brazos, y un monitor le controlaba las constantes, que informaban de un ritmo estable.

Mario sintió un arrebato de ternura y tuvo el impulso de besarla en la mejilla y acariciarle el rostro. Su padre se adelantó con idéntico gesto y él se mantuvo al margen.

Cuando ella notó la proximidad de su padre, abrió los ojos y se giró, sonrió y enseguida los volvió a cerrar, fruto de la medicación y del cansancio.

—¿Cómo estás, cielo? Menudo susto nos has dado. Si no llega a ser por Mario, Dios sabe lo que hubiera pasado.

—¿Mario?

—Sí, cariño, está aquí conmigo.

Virginia elevó la cabeza con esfuerzo y la imagen del monitor de constantes empezó a marcar un ritmo alterado. A los pocos segundos se abrió la puerta del box y apareció la enfermera meneando la cabeza con preocupación. Se acercó a la paciente y la observó.

—Me parece que van a tener que salir. —El señor Gibert y Mario miraron a la sanitaria de forma inquisitiva—. No se preocupen, no parece nada importante, pero no quiero que se altere y creo que esta señorita se nos ha emocionado demasiado. Les dejo un minuto más y salen, ¿de acuerdo? Vayan a la sala de espera y enseguida les llamará la doctora.

El señor Gibert se despidió de su hija y, sin dar opción, salió tras la enfermera, dejando a Mario ese minuto a solas con Virginia.

Él no perdió tiempo. Se acercó a ella y la tomó de la mano. El monitor empezó a dar señales alteradas de nuevo y Virginia chasqueó la lengua con fastidio, lo que arrancó una carcajada del juez.

—¿Te has emocionado? Me encanta este chisme.

—No te rías. No es nada gracioso estar conectada a...

—¿Un chivato?

—No te lo creas tanto. Estoy dopada hasta las cejas.

—Pero ya estás mejor, y déjame que te diga que estás preciosa, y muy sexi, con esta bata de hospital aquí tumbada. Si no fuera por el terrible susto que llevo y porque en cualquier momento podría entrar la dichosa enfermera, quizá me saltaría alguna norma.

—Como cuál... —Virginia sonrió levemente.

—Ya sabes: la de esperar a que te decidas.

El rostro de Virginia se ensombreció. La decisión. La encrucijada en la que ella sola se había colocado y que Mario y Fernando la habían invitado a resolver.

Mario cambió de tema de inmediato.

—Ahora en serio, ¿cómo te encuentras? ¿Qué te ha pasado? ¿Comiste algo en mal estado? ¿Te han dicho algo?

Virginia encogió los hombros y negó con la cabeza.

—No tengo ni idea. Al mediodía, cuando estaba hablando con el director del colegio, empecé a sentirme mal y la cosa empeoró a lo largo de la tarde. De lo demás, ni me acuerdo. Sé que llegaron unos sanitarios a casa y tengo recuerdos intermitentes de la ambulancia, camino del hospital. Creo que en algún momento incluso llegué a perder la conciencia. ¿Qué es lo que te ha hecho llamar de madrugada, Mario? Mi padre me ha dicho que estoy bien gracias a ti.

—Es mejor que no te lo cuente ahora. Te podría alterar.

—¡Oh, por favor! No me vengas con esas. Me alteraré más si no me lo explicas.

Mario dudó por un instante, pero decidió que no era el mejor momento para hablarle del sueño que había tenido con Casandra y de su mensaje.

—No, en otro rato. Tengo que salir ya. La enfermera ha dicho un minuto y debo de llevar más de tres.

Se oyeron unos pasos ligeros que se aproximaban al box y Mario se incorporó para salir antes de que le llamasen la atención. Pero Virginia le cogió de la mano.

—Mario... —Su voz sonó como un ruego y él la miró con un arrebato que no pudo disimular—. Me da algo de angustia estar aquí y creo que... me quedaría mejor si me dieras...

Mario se agachó y le dio el beso que estaba deseando darle desde que había entrado en el box. Ella se lo devolvió exhalando una calidez que no invitaba a despegar los labios. El monitor de constantes empezó a alterarse de nuevo y la puerta del box se abrió con un gesto brusco, dando paso a la enfermera, que los miró entre enfadada y risueña. Mario chasqueó la lengua, pero sonrió con satisfacción.

—Eso sí que no. Soy la enfermera jefa y en mi turno no permito estas cosas. Caballero, ya puede ir saliendo. Y usted, a descansar, que la veo demasiado animada para el susto que nos ha dado a todos.

Cuando Mario llegó a la sala de espera, el calor de los labios de Virginia sobre los suyos se mantenía intacto y la sonrisa se le escapaba por las comisuras de la boca. Se esforzó por impostar un gesto de mayor seriedad, aunque no hizo falta, la escena que vio le heló la sangre.

El señor Gibert se encontraba hablando con la doctora, que le daba una explicación con gesto serio. Se acercó, y Alberto, totalmente abrumado, le hizo partícipe del diagnóstico.

—Virginia ha sufrido una intoxicación.

La doctora miró a Mario y negó con la cabeza.

—No es exactamente una intoxicación. No estamos hablando

de algo relacionado con el marisco o cualquier otro alimento en mal estado. Creemos que se trata de una sustancia tóxica. La paciente ha mostrado signos neurológicos y tenemos que realizar una serie de análisis para ver si la localizamos.

Mario sintió que la respiración se le aceleraba y el pulso le latía en los oídos. Una fuerte intuición le provocó un arrebato de miedo y, tras él, lo invadió la culpa. Si no hubiera involucrado a Virginia en la investigación, no estaría tumbada en aquella camilla.

—¿Podría hablar con usted a solas? —le pidió.

La doctora lo invitó a un aparte y escuchó con atención las explicaciones de Mario a la vez que asentía. Tras ello, se acercaron de nuevo al señor Gibert, le hicieron partícipe de las sospechas con toda la delicadeza que pudieron y le comunicaron que Virginia se quedaría ingresada. Que en pocas horas subiría a planta y que a primera hora de la mañana ya podría estar acompañada. El pobre hombre empezó a llorar, víctima de la preocupación y del miedo.

—Pero ¿quién querría hacerle daño a mi hija?

Mario rogó a la doctora que diera órdenes de que nadie se acercase a la paciente a parte del personal sanitario, y de su familia. Tras ello, los dos hombres salieron del hospital con profundo abatimiento.

# 19

Aquel beso se mantuvo en la memoria de ambos durante toda la noche.

A primera hora de la mañana, Virginia ya se vio con ánimo de atender el teléfono. La doctora la había informado de la conversación con Laredo de hacía unas horas. Así que sabía que no se podía descartar que su estado se debiese a la misma sustancia ingerida por Zoe. Ella misma le explicó a Mario que ya la habían subido a planta y de que continuaba esperando el resultado de los análisis.

Hacia media mañana recibió una llamada del padre Juan, y le extrañó.

El sacerdote se mostró errático y Virginia no supo adivinar la finalidad de la llamada. No le dijo nada nuevo, nada distinto a la tarde anterior, y se limitó a insistir en su preocupación por la posibilidad de que el envenenamiento de Zoe Clifford hubiera tenido lugar en el colegio.

Virginia se encontraba aturdida y todavía muy cansada. La mente se le nublaba de forma intermitente y no podía pensar con la claridad habitual, pero intuyó que no debía desvelarle al sacerdote que estaba ingresada. Si el resultado de los análisis daba positivo en aconitina había altas posibilidades, casi la certeza, de que se la hubieran suministrado en el colegio.

—No, Padre, ya le dije que no debía preocuparse en exceso en estos momentos.

—¿En estos momentos?

—Me refiero a tal como está la instrucción de las diligencias. Pero en cualquier caso, ya le comenté que no soy la fiscal que lleva el asunto. La visita de ayer se debió más al interés y a la colaboración en la resolución del tema que a una actuación judicial. Pero entiendo que pueda sentirse inquieto. Yo ahora...

Sintió un mareo repentino y pensó que iba a desmayarse. Con los ojos cerrados y mientras tomaba aire para recuperarse, oyó la voz del padre Juan repitiendo su nombre con preocupación.

—¿Sucede algo? ¿Se encuentra bien?

—Sí, estoy bien. Era una cosa que debía atender. Le decía que le sugiero que hable con el juez Laredo. Yo... —El mareo apareció de nuevo y la voz se le quebró—. Disculpe, no me encuentro muy bien en estos momentos.

—¿Es por lo de ayer?

—¿Cómo?

—Ayer ya se encontró mal durante la reunión.

—Sí, es... —eligió las palabras con tiento—, lo que tenía ayer.

Abrumada por la situación, y viendo que en cualquier momento podría desvanecerse, se zafó de la llamada e invitó al sacerdote a hablar con Mario, que a buen seguro tendría más reflejos que ella.

—Padre, en unos minutos le enviaré un correo con los datos de contacto del juez. Creo que será mejor que hable directamente con él. Como le he comentado, es quien lleva la investigación.

—Bueno, quizá no hay nada más que comentar.

Virginia notó al sacerdote incómodo, pero, con todo, insistió en que se comunicase con Mario de inmediato. La llamada la parecía extraña e injustificada y quería ver cómo se manejaba el religioso ante Laredo. Así que nada más colgar, envió el correo electrónico al director del colegio y un mensaje de WhatsApp a Mario para resumirle lo que acababa de ocurrir y alertarlo ante su posible llamada.

M: ¿Le has dicho que estabas ingresada?

V: No, ¿se lo tendría que haber dicho?

M: No te sabría decir. Tampoco tenemos la confirmación de que se trate de acónito. Posiblemente, cuando te ha preguntado si te encontrabas mal por «lo de ayer» se refería al malestar que tenías, sin más. Pero es extraño.

V: Todo es extraño. Especialmente, porque todavía no me has explicado qué es lo que te impulsó a llamarme esta madrugada.

M: Te lo explicaré. Te dejo, que por lo visto ya lo tengo en espera.

V: Ok, ya me cuentas. Acaba de entrar la doctora.

M: ¿Sí? Ya me dirás si hay novedades.

\* \* \*

La voz del sacerdote sonó congestionada y hasta gangosa. Laredo pudo adivinar su expresión facial aun sin verlo. Supuso que debía de tener las cuerdas vocales atenazadas por los nervios y el rostro enrojecido por la inquietud.

—Muchas gracias por atenderme, señoría. Lo cierto es que no sé muy bien por qué lo llamo. La señora Gibert insistió. Lo que sucede es que estoy muy preocupado por esta investigación. No tengo claro lo que buscan y cómo puede afectar todo esto al colegio.

Laredo avivó la conversación para centrar la cuestión y le preguntó sin subterfugios qué era lo que lo inquietaba.

El padre Juan carraspeó y se dispuso a exponer una cuestión que le resultaba incómoda.

—Usted sabe cómo está la sociedad actualmente con la Iglesia. Cualquier cosa se magnifica, y si se llegase a saber en la comunidad educativa, y no digo ya si hablamos de las familias de nuestros alumnos, que existe la remota posibilidad de que el fallecimiento de Zoe Clifford tuvo lugar por algún hecho relacionado con el colegio, las consecuencias serían de una magnitud que no quiero imaginar.

Mario se mordió la lengua. Si por «cualquier cosa» se refería a los casos de abusos que habían salido a la luz en distintas congregaciones durante los últimos años, el término «magnificar» resultaba inadmisible y hasta obsceno, pero no era el momento de abrir brechas con el sacerdote. Por otra parte, la preocupación era comprensible.

—¿Y qué es lo que quiere pedirme?

—Discreción.

El juez esbozó una sonrisa.

—Bien, en esto coincidimos. A usted no le interesa levantar una alarma innecesaria, y yo preciso avanzar en esta investigación sin cerrar ninguna posibilidad, lo que exige que las partes presuntamente implicadas sepan lo menos posible sobre las pesquisas.

—¿Las partes implicadas? ¿Se refiere al padre de la niña?

—¿Por qué dice el padre?

—No sé. Supongo que porque está en proceso de separación con su mujer y...

—Miles de parejas se separan y divorcian cada año y, por fortuna, no van matando a sus hijos.

—Alguien tiene que haber envenenado a la niña, y a esas edades solo se relacionan con su familia. He dicho el padre porque me consta que ese señor se maneja bien con las sustancias medicinales.

El móvil vibró sobre la mesa y la pantalla se iluminó con un mensaje entrante: «Es aconitina».

Laredo se quedó helado y estuvo a punto de cortar la comunicación con el padre Juan. Agradeció no tenerlo delante, y con la excusa de que tenía que atender una llamada urgente que despacharía con rapidez, le pidió que esperase unos segundos y silenció el auricular para poder pensar. Sopesó rápidamente si era mejor continuar con la conversación telefónica o citarlo para ver cómo se manejaba el padre Juan en una declaración en las dependencias judiciales. Concluyó que seguir al teléfono le aportaría una ventaja, la del factor sorpresa cuando le informara del estado de Virginia. Los resultados del análisis se acababan de conocer, por lo que, si el padre Juan tenía que ver algo con el suministro de la sustancia, a buen seguro no contaba con que fuese a preguntarle por ello.

—Disculpe la espera, Padre. Ya estoy de nuevo con usted. He tenido una llamada urgente. De hecho, era de la señora Gibert. —Laredo se mantuvo unos segundos en silencio esperando una reacción que no llegó—. ¿Sigue ahí?

El padre Juan carraspeó y contestó afirmativamente.

—El caso es que no se encuentra nada bien.

—Eso me pareció ayer, y hoy tampoco la he notado repuesta.

—¿Sí? Me gustaría que me concretase cuándo empezó a notar que se sintió indispuesta.

—Hacia el final de la reunión comenzó a encontrarse mal. —Laredo frunció el ceño. La respuesta esperable, si el sacerdote tenía algo que esconder, era haber referido síntomas desde el inicio de la entrevista con Virginia—. Claro que, a veces, las personas, por pudor, no solemos comentar estas cosas si no estamos en un entorno de confianza.

—No entiendo a qué se refiere.

El padre Juan redujo el volumen de voz.

—Ya sabe, cosas de mujeres. A veces ellas se encuentran muy mal en esos días, es lo que me pareció. El malestar, las náuseas. Incluso pensé si estaría embarazada. Esta mañana le pregunté cómo se sentía y me dijo que todavía regular. ¿Sucede algo grave?

Había llegado el momento.

—Tan grave que si no llega a ser porque… —Pensó en el sueño y a punto estuvo de referirse a la Divina Providencia, pero lo omitió—. En fin, que podría haber sufrido la misma terrible suerte de Zoe Clifford.

El padre Juan emitió todo tipo de lamentaciones y lanzó ruegos al cielo, mientras el juez se mantenía en silencio, esperando que recuperase la compostura. Su instinto le dijo que la reacción del religioso era sincera, pero tenía que asegurarse de que su intuición era correcta.

—Y usted, Padre, ¿cómo se encuentra?

Al otro lado del hilo se instaló el silencio incómodo que precede a las situaciones violentas. Tras unos segundos, un profundo carraspeo y un tono con cierta carga de indignación.

—¿Intenta decirme algo?

—Presumo que si dirige un colegio es usted una persona inteligente, por lo que creo que me ha entendido perfectamente.

—Por supuesto. Y por ello sé que hay preguntas que no se pueden inferir, y una respuesta extemporánea puede conllevar una lectura perniciosa. Sobre todo, en su sector. Cómo dicen ustedes, *excusatio non petita accusatio manifesta*. No quisiera dar una respuesta de la que se concluya un equívoco. Los delitos son muy parecidos a los pecados, hay que definirlos con cuidado.

Laredo sonrió para sí mismo. El sacerdote ganaba tiempo y lo tanteaba. Le entró al juego.

—Además de la necesidad de discreción en este tema, también tenemos algo en común la Iglesia y la judicatura. No en vano, durante muchos siglos anduvieron de la mano y no para bien. Pero así es, una excusa no solicitada puede ser interpretada como la asunción de una culpa.

—Por eso mismo, ante una acusación tan grave como la que infiero de su pregunta, prefiero que se me digan las cosas con toda claridad. ¿Está sugiriendo yo envenené a la señora Gibert?

Porque si es así, mucho me temo que voy a cortar esta conversación y buscar asesoramiento legal.

El sacerdote se escabullía y no era en absoluto lo que Laredo quería.

De repente un siseo al otro lado del hilo. ¿Estaba el padre Juan rezando? Lo imaginó tocando la cruz que seguramente debía de colgar sobre su pecho, o mirando con fe el crucifijo que presidiría su despacho, y se sorprendió acariciando el pisapapeles de vidrio que tenía sobre su mesa. Cuán cierto era que todo el mundo necesita un dispositivo de sentido. Para el sacerdote era la religión, y ¿para él? La última cruz que había mirado con cariño fue la de hierro colado que él mismo encargó para la sepultura de su hermana. Una cruz muy similar a la que hacía dos años vio en el cementerio de Argomaniz, cuando viajó hasta allí con Virginia. Pero el encargo para la tumba de su hermana se debió más a un acto de afecto que de fe. Fe, una palabra que perdió todo su sentido con la muerte de Casandra y la tristeza agónica de sus padres hasta el final de sus días.

Miró el pisapapeles que descansaba sobre el expediente de Zoe Clifford y lo apartó un poco, aunque hubiera podido adivinarlo con los ojos cerrados. Bajo la media esfera de vidrio vio el anagrama del Faith School. La fe lo llamaba a gritos. Pero ¿en qué? ¿En Dios, en su hermana, en un más allá garantizado por la Iglesia, pero sin espóileres hasta el juicio final? Cerró los ojos y respiró con profundidad. Se la iba a jugar.

—Escúcheme, Padre. No sé por qué, ni estoy seguro de que sea correcto que le adelante lo que pienso, pero tengo la viva sensación de que usted no tiene nada que ver con lo que le ha ocurrido a la señora Gibert.

—¡Gracias a Dios! —exclamó el sacerdote.

—Pero lo cierto es que ha sido intoxicada. Se encontró mal antes de salir del colegio y de allí fue directamente a su casa. Eso nos deja pocas opciones. Le pido que intente recordar quién les sirvió las infusiones y a poder ser averigüe quién las preparó.

El padre Juan respondió que las bebidas ya venían preparadas en dos tazas.

—¿Idénticas?

—Cada taza llevaba su propia infusión. Además, tengo la costumbre de utilizar una taza en concreto. Una que me regaló mi hermana de un viaje que hizo al Vaticano. Es uno de los pocos caprichos que me concedo y que conocen en la cocina del centro.

—Por lo tanto, si alguien hubiera tenido la intención de envenenar a la señora Gibert y supiera de esa costumbre, lo hubiera tenido muy fácil.

El sacerdote suspiró y admitió la certeza de aquella conclusión. Laredo le agradeció su sinceridad.

—Padre, le pediría que...

—Cuente con ello, señoría. Averiguaré lo que esté en mi mano. No obstante, desearía que quedase algo muy claro.

—Dígame.

—Sea lo que sea que averigüe, lo sabrá sin reservas. Ya le he dicho al inicio de esta conversación que todos sabemos la fama que envuelve a la Iglesia en estos momentos que corren. Se han cometido muchas barbaridades y se han ocultado cosas muy graves, inadmisibles. Y aunque aseguraría que nadie de mi congregación, ni por supuesto yo, procedería de esa forma, al final la Iglesia es como la judicatura: la forman las personas, y las tropelías de unos pocos nos arrastran a otros. No están ustedes tampoco en su mejor momento en el *ranking* de la opinión pública. Con ello, quiero insistirle en que mantenga la discreción.

Laredo sonrió. Resultaba curioso aquel paralelismo que el religioso había trazado entre tan distintas ocupaciones.

—No se preocupe, Padre. Además de en la prioridad de guardar toda discreción, y en el concepto de lo que yo llamo delito y usted pecado, coincidimos por lo visto en un tercer elemento: la necesidad de cuidar nuestra imagen ante la opinión pública —admitió el juez con pesar.

—Pues bien, manos a la obra. Y que Dios nos ampare.

# 20

Viernes, 5 de marzo de 2021. 03:00 horas
Clínica de la Misericordia
Calle Escorial, Barcelona

Que Virginia siempre había sido muy mala enferma no era un secreto para su madre. Tampoco lo era que confinar a madre e hija en una habitación sería una bomba de relojería. Pero pretender que Alicia Mara dejase a su hija sola en el hospital, aunque aquella le insistiese en que no necesitaba compañía, era una batalla perdida.

No habían pasado ni veinticuatro horas desde su ingreso, pero a Virginia le parecía que llevaba encerrada una eternidad. El día se le hizo largo y pesado y ya no notaba ningún síntoma extraño, pero la doctora, muy rigurosa, había prescrito que pasase una noche más en observación.

Después de recibir la llamada del padre Juan e informar de los resultados de las analíticas a Mario, apenas había vuelto a hablar con él. Este se limitó a decirle que había mantenido una larga conversación con el religioso, pero no quiso extenderse en explicaciones. También fue inflexible; le pidió que descansase y le aseguró que le contaría la entrevista con todo detalle en cuanto le diesen el alta.

Todos le parecían irritantemente severos: la doctora, su madre y Mario. Fantaseó con vestirse y largarse de allí, pero la mirada firme de su madre y alguna reprimenda velada de las enfermeras, que le reprocharon su falta de paciencia, abortaron el plan de fuga.

Virginia no estaba hecha para la inactividad, ni siquiera sabía lo que era. Y su propia impaciencia la asustó. Se levantó varias veces de la cama para pasear por el pasillo de la planta y miró con discreción el interior de las habitaciones que tenían la puerta abierta, muchas de ellas ocupadas por pacientes que llevaban más tiempo que ella ingresados. Se notaba en las expresiones de los enfermos y de sus acompañantes, revestidas de resignación. Algunos incluso se tuteaban con las enfermeras, conocían sus turnos, se saludaban por el nombre y hasta comentaban cuestiones personales. Se preguntó cuánto tardaba una persona en alcanzar ese estado de aceptación, y si ella, llegado el caso, sería capaz de lograrlo. Tan solo llevaba unas horas allí y ya echaba en falta el ritmo frenético del que siempre se quejaba. Quizá se quejaba sin motivo, pensó.

Le sobrevino un repentino mareo y regresó a su habitación más desanimada que cuando había salido. Aceptó que su ingreso era necesario y se acostó de nuevo en la cama. Alicia se acercó a su hija y le tocó los pies. Era la segunda vez que lo hacía.

Virginia torció el gesto con impaciencia. Sabía que su madre se preocupaba por ella, pero aquello era superior a sus fuerzas.

—¡Mamá! —se quejó.

—¿Seguro que no quieres que pida otra manta? Tienes los pies helados —preguntó Alicia inmune al bufido de su hija.

—Siempre los tengo fríos. Me encuentro bien, de verdad. —Suavizó el tono de voz y se esforzó en sonreír a su madre. A fin de cuentas, estaba con ella con toda su buena voluntad y no tenía culpa de las decenas de cosas que le rondaban por la cabeza—. Mamá, insisto por enésima vez, y no te enfades, ¿por qué no te vas a casa? No es necesario que duermas incómoda. te pasarás una semana con dolor de cervicales. Aquí ya no hay nada que hacer hasta las cuatro de la madrugada, cuando imagino que me traerán el desayuno, a juzgar por la hora a la que han servido la cena. ¡Por el amor de Dios, a las siete de la tarde la han traído! Creo que hoy he cenado una hora antes que Alba.

Un cruce de miradas y los firmes labios de su madre apretados en un rictus de enojo, le dieron la respuesta. Así que echó mano del móvil y empezó a escribir a Fernando.

V: Ojalá estuvieras aquí.

F: Si no fuera porque te conozco, hasta me parecería una declaración romántica. Pero mucho me temo que es un grito desesperado. Tu madre te está sacando de tus casillas.

V: Ni te lo imaginas. Me ha tocado los pies dos veces en menos de diez minutos. Comprueba si tengo fiebre, me ofrece agua a cada momento. En fin. Sé que soy una desagradecida, pero es que todo esto me supera.

F: Solo te quiere. Tú haces lo mismo con Alba.

V: ¡Alba tiene tres años, Fernando! No me ha dejado hacer nada en todo el día.

F: Estás en un hospital, cielo. ¿Qué se supone que debías hacer?

V: Leer, por ejemplo, o escuchar una canción entera sin tener que quitarme los auriculares cada dos por tres. En fin, que si hubiera sabido que tenía intención de quedarse toda la noche, te hubiera pedido que vinieses y que ella se hiciera cargo de Alba.

F: ¿Y pasar una excitante noche en un hospital? Tú con esa bata abierta por detrás, tan accesible. Y el riesgo... ¿Qué me dices del riesgo de que entre una enfermera en cualquier momento?

Virginia arrancó a reír y su madre la miró con complacencia.

—Cómo me alegro de verte más contenta, cariño.

Virginia le sonrió y pensó que era un poco injusta con su madre. Solo un poquito. Le susurró que estaba chateando con Fernando, y Alicia sonrió de forma más amplia todavía. Miró la pantalla del móvil, Fernando continuaba escribiendo.

F: Sabes que tu madre no hubiera dado opción. Cuando toma una decisión es muy cabezona. De hecho...

V: Ni se te ocurra decirlo.

Fernando envió una serie de emoticonos carcajeándose, que fueron rebatidos con otro con la expresión de una boca cuadrada.

F: Haz una cosa: dile que tienes sueño e intenta relajarte, que tampoco te vendrá mal. Mañana en cuanto te den el alta, te recojo y para casa.

Cruzaron algunos mensajes más y se desearon buenas noches, tras lo que Virginia impostó que la vencía el sueño y puso la cama en posición horizontal.

Su madre apagó la luz del techo y dejó encendida la lamparita de lectura situada tras la butaca que ocupaba, y en unos pocos minutos Virginia concilió el sueño sin necesidad de fingir.

Hacia las nueve y media de la noche se abrió la puerta y un hombre de mediana edad con pantalón, camisa y guardapolvo negro entró en la habitación con sigilo. Alicia Mara se sorprendió tanto como pareció sorprenderse él. El hombre se quedó muy quieto unos instantes en los que Alicia se puso en pie para acercarse. En un primer momento pensó que se trataba de alguien que venía a relevar a un familiar de otro paciente y se había equivocado de habitación. Pero en cuanto estuvo frente a él y vio el blanco alzacuellos que resaltaba sobre aquella indumentaria oscura, salió de su error y sonrió con complacencia.

—Ave María Purísima, Padre —lo saludó con deferencia.

El religioso sonrió con timidez.

—Buenas noches. ¿Todo bien por aquí?

Alicia, con ganas de hablar, le explicó al sacerdote el motivo por el que su hija se encontraba en observación y le confesó que, aunque en un primer momento se preocupó mucho, gracias a Dios ya estaba casi recuperada y que en pocas horas le darían el alta.

El sacerdote le dirigió algunas palabras de consuelo y echó un vistazo rápido a la habitación.

—Me da la sensación de que está usted tan pendiente de su hija que se ha olvidado un poco de sus propias necesidades. No ha cenado, ¿verdad? O me equivoco.

Alicia sonrió con complicidad beatífica y admitió que así era. El religioso simuló una bondadosa reprimenda, diciéndole que eso no podía ser y que tenía que estar en condiciones de cuidar a su hija a la mañana siguiente, tras lo que se ofreció para quedarse unos minutos con la paciente, mientras ella bajaba a la cafetería a por un bocadillo y algo de beber.

Tras un breve forcejeo dialéctico, el hombre logró vencer la resistencia de Alicia bajo el apercibimiento de que la cafetería cerraría en breve y que pasar una noche en ayunas en un hospital no era lo más recomendable.

Unos veinte minutos más tarde, Alicia regresaba a la habitación con un bocadillo de queso y un botellín de agua de medio litro. Abrió la puerta y susurró que ya estaba de regreso, pero nadie le dio respuesta. Le pareció extraño, pero no le dio mayor importancia. Quizá algún otro paciente hubiera precisado los servicios del religioso y, además, su hija dormía plácidamente y no necesitaba una vigilancia estricta.

Se sentó en la butaca y sacó el bocadillo del sobre de papel intentando hacer el menor ruido posible. El pan estaba tan gomoso como cabía esperar; se lo comió resignada.

Cuando acabó de cenar, fue a lavarse las manos y los dientes en la pila del estrecho lavabo de la habitación y miró con repelús la cuña y la botella masculina para la orina, que colgaban de dos ganchos de plástico anclados a la pared de la ducha. Tras ello, se acercó de nuevo a la cama de su hija y le tocó la frente con cuidado de no despertarla. La encontró bien de temperatura y sonrió con tranquilidad. Se recostó en la butaca y se adormiló.

Hacia las tres de la madrugada, percibió un sonido inusual y entreabrió los ojos. El ligero ruido que le había llamado la atención procedía de la cama de su hija. Se levantó de golpe y se acercó a ella. La miró y se le heló la sangre. Tenía el pulso débil y la respiración era rápida y entrecortada. La llamó varias veces por su nombre y la zarandeó con cuidado sin conseguir que despertase. Salió al pasillo y empezó a gritar, presa de la desesperación y del miedo.

# 21

Alberto Gibert dejó a su nieta en el colegio a las ocho de la mañana, tan pronto abrieron las puertas, tras una insoportable noche de inquietud y el despertar nada fácil de la pequeña. Le costó lidiar con la rabieta de Alba, que no estaba acostumbrada a levantarse sin las atenciones de su madre, de Fernando o incluso de su abuela, por mucho que él estuviera presente en el día a día de su nieta. Tras el fracasado intento de que la pequeña se comiese unos cereales, pasó al vaso de leche, y ante su rotunda negativa, acabó echando mano de un batido de chocolate, que Alba aceptó con una sonrisa. Lo mismo ocurrió con los coleteros color granate del uniforme, que se arrancó de la cabeza y tuvieron que ser sustituidos por otros de mariposas rosas llenos de lentejuelas —ya se las apañaría con la profesora, pensó desesperado—. Por supuesto, el desayuno que le puso en la bolsita de tela para la hora del recreo consistió en un sobre de galletas con formas de animales. Y, con todo, la niña se quedó llorando en la recepción del colegio.

Cuando se disponía a salir en dirección al hospital, se topó con el padre Juan, que se extrañó, no tanto por la presencia del abuelo en el colegio, sino por la temprana hora en la que dejó a la niña y el nerviosismo que observó de ambos. Y es que el señor Gibert era un libro abierto y la inquietud había hecho mella en su talante tranquilo y afable.

El religioso le preguntó sin rodeos por el motivo por el que dejaban a Alba en horario de preaula. Y Alberto Gibert, que sabía del tema lo poco que Mario Laredo le explicó la noche en que su hija ingresó en el hospital y que se concretaba al hecho de que la sustancia suministrada a Virginia era la misma que había provocado la muerte de Zoe Clifford, optó por ser prudente. No sabía en qué punto se encontraba la investigación, pero tenía dos cosas muy claras: la primera era que nunca hasta entonces había oído hablar del acónito; y la segunda, que el único punto en común entre Zoe y su hija era el Faith School. Así que midió sus palabras y se limitó a decirle que su hija estaba ingresada en el hospital.

—Lo sé —respondió el padre Juan—. Hablé ayer con ella. Me dijo que se encontraba algo mejor. ¿Qué ha ocurrido, ha empeorado?

El señor Gibert enmudeció. No comprendía por qué motivo el director había hablado la mañana anterior con su hija, pero, en cualquier caso, la conversación debía de haber estado relacionada con el asunto de Zoe Clifford, así que extremó todavía más sus precauciones y se sorprendió improvisando una mentira que le quedó bastante convincente.

—Nada de importancia. Le recomendaron pasar una noche más en observación y esta mañana a primera hora ya está previsto que le den el alta. Precisamente ahora mismo voy al hospital a por ella y a por mi mujer, que se ha quedado a pasar la noche allí. Fernando está fuera de Barcelona y me quedé anoche al cargo de Alba. Por eso he venido temprano.

Y sin más, se excusó y salió corriendo hacia la clínica de La Misericordia para recoger a su esposa, sí, pero no a Virginia que, por las últimas noticias recibidas, estaba a punto de regresar a planta tras pasar unas horas críticas en la unidad de cuidados intensivos.

\* \* \*

Fernando se quedó solo en la habitación vacía, agotado por el esfuerzo de intentar tranquilizar a su suegra —aun cuando no se encontraba en disposición de dar ánimos a nadie—, y de informar a su suegro, en cuanto llegó, de lo ocurrido en las últimas horas de forma menos alarmista que la adelantada por su esposa.

Respiró hondo y agradeció esos momentos de soledad y silencio que transcurrirían desde que los señores Gibert abandonaron la clínica hasta que subiesen a Virginia a planta. Necesitaba pensar con calma. La preocupación era tan intensa como la rabia que sentía; no tenía duda de que Virginia se encontraba en aquella situación por su colaboración en la causa que instruía Mario Laredo, y eso era más de lo que podía soportar. Todavía no había podido verla a pesar de haberlo intentado. Anuló su reunión tan pronto recibió el aviso de Alberto a primera hora de la mañana. Le supo mal que, de nuevo, no lo hubieran llamado cuando Virginia empeoró en plena madrugada. Sabía que los señores Gibert lo hacían con buena fe para evitar que saliese de Empúries a aquellas horas a todo correr. Pero, pese a todo, le dolió.

Al llegar al hospital, se colocó una mascarilla que llevaba encima, vestigio de la pandemia del COVID, e intentó acceder a la UCI. Se saltó con decisión las dos primeras puertas vaibvén en las que unos carteles advertían la prohibición de acceso a personas no autorizadas. Y avanzó por un largo pasillo dejando atrás el movimiento y las voces de otras zonas del hospital, que se fueron difuminando hasta quedar sustituidas por el pitido sobrecogedor de los aparatos médicos, que mantenían conectados a la vida a los silenciosos y solitarios ocupantes de la zona crítica.

Casi lo consiguió.

Convencido del éxito de su gesta, empujó la tercera puerta, pero un auxiliar de enfermería le cortó el paso con un gesto que supo que no daría lugar a negociación alguna. Fernando, dio un paso atrás ante la mirada firme y ceñuda del sanitario. Ninguna justificación resultó convincente, tampoco ningún ruego sobre el estado de Virginia. La paciente se encontraba estable y suficientemente recuperada para subir a planta, lo que ocurriría en breve. Ni una palabra más. El protocolo a rajatabla, y la prudencia también, más en un área donde no resulta inusual que las esperanzas se vengan abajo y en la que hay que lidiar con familiares que magnifican cualquier atisbo de mejoría.

Lo mandaron hacia la habitación. Y a esperar.

De ello ya hacía hora y cuarto. El tiempo suficiente para convencer a los señores Gibert de que todo seguía un buen curso, y lograr que se fuesen a casa bajo la promesa de mantenerlos informados con puntualidad. Alicia estaba desfallecida por el cansancio y la tensión, que aflojó tan pronto supo que su hija estaba fuera de peligro, y Alberto dibujaba en su rostro el cansancio de una noche de insomnio. Todos necesitaban silencio para procesar lo que estaba ocurriendo, y distancia para mitigar los nervios, que crecían de forma exponencial cuando hablaban del tema.

Se oyó el ruido metálico de unas ruedas que se acercaban con rapidez y la puerta de la habitación se abrió con un golpe, que dio entrada a la camilla empujada por un sanitario que venía haciendo bromas con Virginia.

—Pues ya está. Se acabó la siesta —dijo el camillero con el tono habitual que debía de utilizar con los pacientes para distraerlos de la incómoda sensación de ser transportados por el hospital.

Detrás de la camilla, dos enfermeras en rápida coordinación se colocaron a ambos lados de la cama y empezaron la tarea de desplegar la sabana encimera para trasladar a Virginia.

Fernando, en una reacción automática, tomó parte de la rutina, se apartó para dejar paso a los sanitarios y se encaminó hacia la puerta. Al pasar junto a la camilla se agachó, susurró un hola y le dio un beso furtivo a Virginia, como si estuviese haciendo algo incorrecto. Una enfermera lo miró con una sonrisa de asentimiento y le pidió que cerrase la puerta. Esperó en el pasillo unos minutos en los que oyó el tono distendido de la charla que los sanitarios mantenían dentro de la habitación y el trajín de movimientos que culminó con la salida de la camilla y de una de las enfermeras, y el permiso, entonces sí, para entrar en la habitación.

Encontró a Virginia semincorporada, con la bata hospitalaria bien colocada y las sábanas impolutas y tensas sobre su cuerpo. En cuanto la enfermera acabó de ajustar el gotero y los informó de que la avisaran ante cualquier eventualidad, se quedaron a solas. Fernando le dio un beso más y la abrazó tembloroso, todavía asustado por la angustia de las horas que acababan de superar. Después, con calma, le dio una breve explicación de dónde estaban sus padres y de que Alba se encontraba perfectamente en el colegio.

Virginia asintió con una sonrisa que no fue suficiente para enmascarar su semblante serio y agotado, como si el paso de aquellas pocas horas por la unidad de cuidados intensivos hubiera sido más intenso, más largo, y Fernando intuyó que, además de la afectación física, la preocupación se había hecho con ella.

—¿Te han dicho lo que ha ocurrido? —le preguntó.

Virginia negó con la cabeza.

—Supongo que los efectos del acónito deben de cursar como los de cualquier otro cuadro de intoxicación: hasta que el alérgeno no desaparece del cuerpo en su totalidad no se puede descartar que la histamina ataque a cualquier órgano. —Se aventuró a decir Fernando, que había sufrido reacciones alérgicas a algunos medicamentos.

Oyó un movimiento detrás de él y, cuando se giró, se encontró con una mujer poco mayor que ellos, ataviada con una bata blanca y un portafolios en la mano, que se adentró en la habitación concentrada en las notas que venía leyendo. Levantó los ojos y los miró con afabilidad a través de unas grandes gafas de pasta de color rojo, que le daban un aire algo más juvenil que la edad que delataban las canas que salpicaban la media melena de pelo ondulado que descansaba sobre sus hombros. Virginia le sonrió y la saludó dirigiéndose a ella como doctora. Ella asintió a modo de saludo con una mirada que no pretendía ocultar el gesto serio y preocupado que ambos intuyeron que precedía a la noticia que iba a darles.

—Disculpe, no la hemos oído entrar —respondió Fernando.

—No se preocupen. Olvidé llamar a la puerta, venía concentrada en el resultado de los análisis. —Su mirada se ensombreció, y tanto Virginia como Fernando le devolvieron un gesto preocupado—. Arrojan un alto nivel de aconitina.

La doctora frunció los labios y pareció concentrarse en sus pensamientos, como si intentase dar respuesta a lo que le rondaba por la mente.

—Supongo que... —empezó Fernando.

La doctora negó.

—He oído lo que decía cuando he entrado en la habitación. Y su suposición, si es eso lo que iba a decir, es errónea. Es cierto que ante un cuadro de *shock* anafiláctico y mientras la histamina se encuentra activa, se desplaza por los vasos sanguíneos y puede activarse en cualquier órgano. Pero no es eso lo que le ha ocurrido a Virginia. Como les decía, la analítica nos da un alto nivel de aconitina en sangre. Un nivel... superior al de la primera analítica.

—No entiendo... —musitó Virginia, más por el espanto de lo que suponía aquella noticia que por albergar alguna duda sobre lo que la doctora acababa de confirmarles.

—¿Quién ha accedido a esta habitación además del personal sanitario? —preguntó con seriedad la doctora.

Fernando y Virginia se miraron con estupefacción. Solo habían estado los padres de Virginia y él. Y así se lo dijeron a la doctora.

—¿Están seguros?

Asintieron.

—Saben que nos encontramos ante un gran problema, ¿verdad? —La doctora los miró de forma alternativa y centró su atención en Virginia, a quien empezó a hablar con cercanía, pero con suma claridad—. Mira, Virginia, los análisis no admiten ninguna interpretación: alguien te ha suministrado otra dosis de acónito y eso ha sucedido mientras estabas ingresada en este centro. El protocolo exige que dé cuenta de ello a la dirección del centro para valorar las medidas a adoptar. Pero antes de activar la alarma quisiera estar segura de que nadie más, aparte de las personas que me has dicho, ha pisado esta habitación, porque si es así, la única explicación es que la sustancia te la haya suministrado personal sanitario de este centro o... que alguien se haya hecho pasar por sanitario, y entonces...

Virginia reaccionó con rapidez, y la fiscal que era pasó por delante de su propia persona. Alguien había atentado contra su vida. Quizá no con intención de matarla, pues al estar en un centro hospitalario las posibilidades de salir con vida eran altas, pero sí con la clara finalidad de asustarla. El hecho de que el envenenamiento fuese con acónito no era casual, era un claro aviso. Y no le cupo duda de que sus pesquisas en el Faith School eran el desencadenante de la situación en que se veía inmersa. Con todo, no acababa de entender qué habría impulsado al autor de los hechos a atentar contra ella, cuando no había averiguado nada que fuera capaz de identificar como un elemento incriminatorio contra nadie. A no ser que la finalidad fuese otra: la de despistar el foco de la investigación. Si ya suponía una complicación que el abanico de sospechosos del asesinato de Zoe Clifford se hubiese extendido a un centro escolar, introducir en la causa un nuevo hecho que implicaba ampliar las sospechas a nada menos que todo un hospital, era demasiado: personal sanitario, pacientes, familiares, visitantes... Un panorama desolador.

Se incorporó en la cama dispuesta a tranquilizar a la doctora. Coincidía con ella en que era preciso valorar la situación antes de dar la voz de alarma.

—Le ruego que no comente el caso todavía —le pidió—. No recuerdo que ayer ocurriese nada sospechoso. Acostumbro a fijarme en las personas, y todo el personal sanitario que entró a esta habitación vino en uno u otro momento con un compañero, por lo que dudo que accediese alguien de fuera. Pero es cierto que me dormí enseguida, así que déjeme que hable con mi madre, que estuvo aquí conmigo, y también con...

Miró a Fernando.

—¿Con el juez Laredo? —interrumpió la doctora. La mirada de Virginia fue reveladora—. Lo cierto es que había pensado en llamarlo. Pero si lo hace usted, seguro que le explicará lo ocurrido con mayor claridad que yo. No obstante, Virginia, acabas de subir de la UCI y no quiero que te agotes. Lo más urgente es que hables con tu madre. Lo demás, puede esperar unas horas.

—No se preocupe, doctora, nos repartiremos las llamadas —atajó Fernando. Virginia lo miró y adivinó al instante lo que iba a proponer—. Creo que lo mejor será que Virginia contacte con su madre, y yo pondré a Laredo en antecedentes. No creo que sea conveniente que Virginia esté toda la mañana al teléfono y aborde temas que puedan alterarla.

La doctora asintió y los miró con preocupación.

—Está bien. Por mi parte, daré instrucciones a la jefa de enfermería. En esta habitación no van a entrar más que los sanitarios designados por ella o por mí. Y en cuanto a la comida —se dirigió a Fernando—, preferiría que o bien usted o los padres de la paciente se la traigan de casa. No podemos exponernos a más riesgos. —Miró a Virginia—. Una tercera dosis de ese veneno podría ser fatal.

Fatal.

La sentencia de la doctora quedó suspendida entre aquellas cuatro paredes.

## 22

Virginia despachó la llamada en dos minutos. Atendió el teléfono su padre, a quien intentó tranquilizar sin éxito. El señor Gibert no tenía un pelo de ingenuo. Su hija había pasado la noche en la UCI y le acababa de pedir que preguntase a su madre si recordaba si pocas horas antes había recibido alguna visita sospechosa en su habitación. Con todo, evitó hacer preguntas que supo que le respondería con evasivas y confió en que su hija supiera cómo abordar aquella preocupante situación.

Alberto despertó a su esposa, que nada más llegar a casa se había tomado una de sus pastillas para conciliar el sueño y cayó rendida en cuanto se vio tranquila, en su cama y con su hija a salvo.

Alicia oyó la pregunta de su marido entre la bruma de la ensoñación. Le pareció oír la palabra «importante» y negó con la cabeza. Tras la interrupción, cayó de nuevo en un intenso sueño y sintió una gran placidez cuando su marido cerró la puerta de la habitación cegando la luz de la mañana que se reflejaba en el pulcro suelo de terrazo.

La llamada de Fernando a Mario Laredo duró algo más y no fue tan pacífica. Para ello, se ausentó de la habitación sin que fueran necesarias las explicaciones.

Virginia supuso que no iba a ser cordial. Estaba en el hospital por la ayuda que estaba prestando en la investigación que llevaba Mario. Agradeció no tener que ser testigo de esa conversación. Cuando Fernando salió de la habitación, sintió la odiosa garra que le oprimía el pecho cada vez que pensaba en aquel conflicto emocional que creía irresoluble. Un conflicto que corría paralelo con la investigación de la muerte de Zoe Clifford, y ahora, para acabar de complicarle la vida, con la del intento de su propio asesinato. La garra aflojó sus uñas y unas irreprimibles ganas de llorar le subieron desde el pecho a la garganta, donde consiguió mantener las lágrimas bajo control a base de profundas respiraciones. Detestaba engañarse a sí misma; de los tres problemas que tenía entre manos —su situación amorosa, la investigación judicial y el atentado que acababa de sufrir—, el más importante debiera haber sido el que afectaba a su propia vida, sin embargo, la mera mención del nombre de Mario Laredo por parte de la doctora la había sobresaltado con más fuerza que la noticia de su envenenamiento y eso era algo carente de toda lógica. O no. En realidad, no, porque lo cierto es que supo que no iba a morir. Lo supo con una claridad tremenda en las escasas horas que pasó en la UCI mientras una pequeña mano desconocida, pero de algún modo muy cercana, no dejó de acariciarle el cabello y susurrarle palabras ininteligibles al oído hasta que dejó atrás el momento más crítico.

Fernando se fue hasta el final del pasillo, a la sala de espera, y agradeció encontrarla vacía. Inspiró y espiró varias veces. Estaba acostumbrado a lidiar con reuniones de negocios de elevada complejidad. Era experto en técnicas de negociación, por lo que no solo era capaz de controlar sus emociones, sino que calaba rápidamente a sus opositores. Sin embargo, en esa ocasión, la ira que sentía amenazaba con dar al traste todo el protocolo que le habían enseñado en la escuela de Harvard. Detestaba a Mario Laredo, y se había prometido no recriminar a Virginia ninguna cuestión más con respecto a cómo gestionase su relación con el juez en espera de que zanjase el conflicto emocional que planeaba sobre ellos desde hacía años. Pero su colaboración en aquella investigación la había puesto en serio peligro, y no confiaba en ser capaz de controlar los reproches que se le acumulaban en la boca y que luchaban por erupcionar con virulencia.

Y no pudo. En cuanto oyó la voz de Laredo, su lengua cobró vida propia. Al carajo Harvard y las técnicas de negociación.

—¿Le ha ocurrido algo a Virginia? —La voz del juez sonó congestionada por una preocupación indisimulable que fue recibida por Fernando con rabia. ¿Quién era Laredo para preocuparse de aquel modo por su pareja?

—Le ha ocurrido que casi ha muerto por tu culpa —respondió, mientras apretaba el puño que tenía libre hasta clavarse las uñas en la palma de la mano —. Supe que pasaría algo grave desde que la involucraste en esta investigación. Cada vez que apareces en su vida, traes contigo la desgracia.

Unos segundos de silencio sirvieron a Laredo para calmarse —el «casi ha muerto» le indicó que algo muy grave había ocurrido, pero que Virginia estaba fuera de peligro—, y también para admitir que los reproches de Fernando, más allá de la animadversión que le tenía, en parte eran objetivos.

Fernando, por su parte, aprovechó ese intervalo para recomponerse y recuperar el ánimo. No soportaba perder el control.

—¿Me explicas lo que ha ocurrido, por favor? —respondió por fin Laredo infundiendo calma al mensaje y un sincero ruego.

Fernando negó con la cabeza y enarcó las cejas, agradeciendo que el juez no pudiera verlo. «Fernando... por favor...». A mí no me vengas con esas, pensó. Notó cómo se encendía de nuevo, pero enseguida controló su reacción y contestó utilizando el mismo sistema de comunicación que el juez.

—Pues verás, Mario... — Y le explicó todo lo ocurrido en las últimas horas, sin olvidar ninguno de los detalles, incluido el temido protocolo del hospital, que amenazaba con dar la voz de alarma de que un posible asesino campaba a sus anchas suministrando a los pacientes sustancias letales.

La respuesta de Laredo no se hizo esperar.

—Salgo enseguida, voy hacia allá.

Cuando Fernando fue a decirle que ni se le ocurriera, el juez ya había cortado la comunicación. Miró la pantalla del móvil y estuvo a punto de volver a llamarlo, pero no lo hizo. No hubiera servido para nada.

Mario llegó en veinte minutos y encontró a Fernando esperando en la zona de los ascensores de la planta en la que estaba ingresada Virginia. Se dieron un apretón de manos, más por formalismo que por deferencia, y retiraron el contacto de forma rápida y simultánea, como si les escociese.

La mirada de Fernando era de clara hostilidad y Mario intuyó que se encontraba en aquel vestíbulo para interceptarlo. Algo en su mirada hizo que Fernando captase aquel pensamiento.

—¿No creerás que te estaba esperando?

—Acostumbro a no creer nada —mintió el juez.

—He salido porque están limpiando la habitación. Pero ya puestos, lo cierto es que no me apetece en absoluto la idea de compartir una visita contigo y Virginia. Y tampoco creo que le convenga vernos a ambos juntos en la habitación, dadas las circunstancias.

Mario, a su pesar, coincidió con Fernando. Así que se limitó a asentir con la cabeza.

—Por otra parte —siguió Fernando—, las visitas están restringidas. Las directrices de la doctora han sido claras: es conveniente que Virginia esté acompañada en todo momento por alguien de su familia o...

—O de su confianza. Supongo que por más rechazo que te cause, estás seguro de que yo no le he suministrado el acónito —interrumpió Mario.

Fernando no respondió y se limitó a mirarlo con seriedad.

Mario bajó la mirada y echó un vistazo a su reloj de pulsera, un Tag Heuer de caja redonda de acero con esfera azul oscuro y correa de piel de un gusto exquisito. Eran casi las doce de la mañana.

—De hecho, he pensado que, dada la hora, podría quedarme haciendo guardia en la habitación mientras vas a recoger a la niña al colegio.

Fernando enarcó las cejas con una expresión irónica.

—¿Y por qué debería ir a recoger a Alba? No puedo creer lo que estoy oyendo. ¿De verdad pretendes organizarnos la logística familiar? Alba come en el colegio, así que no la recogeré hasta las cinco. Alicia vendrá sobre las cuatro y media para que pueda llegar a tiempo.

El juez apretó los labios y miró a Fernando a los ojos.

—¿Podemos sentarnos ahí un momento? —Señaló con un gesto de cabeza unas sillas de PVC ancladas a la pared—. Desde ahí tendremos controlado el pasillo, y si el personal de limpieza sale de la habitación podremos ver si alguien accede.

Fernando echó un vistazo al pasillo.

—En fin, veamos qué es lo que me tienes que decir.

Se dirigieron hacia la hilera de sillas y se sentaron dejando una entre medio. Laredo se aclaró la garganta con un carraspeo.

—Creo que deberías ir a recoger a Alba ahora mismo. En realidad, creo que sería preferible que Alba no fuese al colegio durante unos días.

—Virginia no parece preocupada por ese asunto y me imagino que si considerase que corre algún riesgo, me lo habría dicho.

Laredo negó con la cabeza.

—Tendría que estar ya en casa y, sin embargo, acaba de salir de la UCI tras varias horas inconsciente. Le acaban de decir que la han envenenado de nuevo. No está en condiciones de pensar con claridad. Posiblemente ni siquiera se ha planteado la posibilidad de que su hija esté en peligro.

Fernando se levantó de la silla con la intención de dar por finalizada la conversación. Y Mario hizo lo propio, plantándose ante él.

—¿En peligro? ¿Qué clase de peligro? Mario, me parece que no eres quién para opinar ni decidir nada sobre este asunto. Alba no es tu hija.

Un silencio incómodo se instaló ante ambos.

El juez inspiró con profundidad y relajó el gesto.

—Te diría de entrar a preguntarle, pero ninguno de los dos queremos crear una situación tensa. No obstante, te pido un voto de confianza y debo insistir en que Alba tiene que salir de ese colegio ahora mismo.

Fernando cerró los ojos mientras exhalaba un profundo suspiro, y al abrirlos, extendió ambas manos como si quisiera concederle a Laredo una tregua.

—Dame un motivo.

—Estoy casi seguro de que a Virginia le suministraron el acónito en el Faith School. Ayer estuve hablando con el padre Juan sobre nuestras sospechas, y le dejé bastante claro que era muy posible que Zoe Clifford hubiera sido envenenada en el colegio. El sacerdote se mostró muy colaborador y se comprometió a averiguar quién había preparado la infusión que tomó Virginia. Pero lo que ha ocurrido horas después me hace pensar que...

—¿Sabe Virginia que hablaste con el padre Juan?

Laredo le refirió la conversación que había mantenido con ella el día anterior, incluso que él mismo le había dicho al Padre que Virginia había sido envenenada y que sospechaba el colegio.

—Y aunque el padre Juan me pareció creíble, jamás imaginé que horas después alguien accedería al hospital. Y alguien tan loco como para hacer eso tiene a su alcance a una niña de tres años...

—Mario, te repito lo que te he dicho antes: cada vez que te acercas a Virginia...

—¿Vas a ir a recoger a la niña o no?

Fernando le prometió que Alba no se quedaría a comer durante unos días en el comedor escolar y que además daría órdenes de que no se le proporcionase ningún alimento. A Mario le pareció una medida insuficiente, pero evitó decir nada más.

—¿Quieres que me quede mientras vas a recogerla?

—Ni hablar. Ahora hablaré con Alicia. —Fernando carraspeó con incomodidad—. ¿Quieres pasar a ver a Virginia? Me quedo fuera y entras un momento.

Mario negó con la cabeza.

—Tienes razón en que sería una situación muy tensa. Ella sabe que estás tú y... Eso sí, ¿te puedo pedir una cosa? —Fernando entornó los ojos—. Prefiero que no le digas que he venido. No quiero que elucubre sobre los motivos por los que no he entrado a verla y creo que ni tú ni yo quedaríamos en buen lugar.

Fernando asintió. Él hubiera deseado lo mismo de estar en la situación del juez.

Ambos se dieron un nuevo apretón de manos, esta vez sin tanta tensión y se separaron para dirigirse en direcciones opuestas: Fernando hacia la habitación y Mario hacia la zona de ascensores.

Mario envidió a Fernando profundamente y deseó estar en su lugar, como pareja de Virginia, parte de su vida y figura paterna de su hija.

Y Fernando envidió a aquel hombre que se marchaba con las manos en los bolsillos, con su aparente soledad a cuestas, pero con un pedazo del corazón de Virginia atrapado en su pecho.

## 23

Se oyó un revuelo digno de una escena de una película de Almodóvar.

—¡Alto, alto! ¡No puede entrar en esa habitación!

—Disculpe, esta es la habitación 67, la de Virginia Gibert, ¿no?

—Sí, y no puede entrar. ¿Qué lleva usted ahí? ¡No será comida! No puede entrar y menos con alimentos.

—Son minicruasanes de chocolate. Oiga, ¿por qué me mira de esta forma? ¡Ni se le ocurra tocar esa bolsa! Por el amor de Dios, ¿acaso cree que voy a envenenar a mi amiga?

La voz inconfundible de Tere animó a Virginia a levantarse de la cama. Se calzó las zapatillas con rapidez y se dirigió hacia la puerta de la habitación. Cuando la abrió, la enfermera jefa estaba apercibiendo a su amiga con llamar a seguridad, y esta le respondía con su habitual desparpajo y una actitud algo provocadora.

—Llame, llame, que nos vamos a reír. Usted no sabe que mi amiga es fiscal, ¿verdad? Ya puede venir aquí quien quiera, que no me marcho de este hospital sin verla. Y no toque esos cruasanes. ¡Qué obsesión, por favor!

Tere se giró al ver que la mirada de la enfermera se había desplazado hacia un punto situado detrás de ella. Al ver a Virginia en el marco de la puerta, la cogió de la mano y se aferró a ella con gesto de satisfacción.

Virginia agradeció a la enfermera su celo. A fin de cuentas, solo hacía que cumplir órdenes, y esas directrices se habían acordado para su propia seguridad.

La enfermera justificó su actitud y rogó que la avisaran cuando se previese alguna visita excepcional, a lo que Virginia asintió, indicando a la sanitaria que su amiga le había dado una sorpresa. Dicho esto, entró en la habitación con Tere, cerró la puerta y le dio un abrazo intenso y largo, de esos a los que siguen miradas que hablan por sí solas.

Cuando Tere la agarró por los hombros y la separó para verle la cara, los ojos de Virginia estaban a punto de derramar todas las lágrimas contenidas.

—Ay, mi niña, me parece que tienes muchas cosas que contarme.

Virginia asintió sin atreverse a hablar. Porque, de hacerlo, no podría dejar de llorar. Hasta entonces no le había explicado a nadie el peso que soportaba dentro, y los últimos acontecimientos habían incrementado su sensibilidad.

—Siéntate, cielo. —Tere dio una palmada sobre el colchón y la invitó a sentarse en el borde de la cama—. De momento no hables. Vamos a empezar por comernos estos cruasanes que he traído y que esa loca ha estado a punto de confiscarme.

Virginia soltó una carcajada y, al entrecerrar los ojos, dos lagrimones se deslizaron por sus mejillas. Tere se las secó con una de las pequeñas servilletas de la panadería.

—Eso está mejor. No hay nada que no se solucione con un dulce y la compañía de una buena amiga.

Virginia la abrazó de nuevo.

—No sabes cuánto agradezco tenerte, Tere. —Su amiga la besó en la mejilla—. Han ocurrido demasiadas cosas en estos últimos días. Esta es solo una de ellas. Quería haberte llamado, pero todo se ha precipitado de tal forma que... Ahora te contaré. ¿Cómo has sabido que estaba ingresada? ¿Te lo han dicho mis padres?

—Intuición, querida. Ya sabes que estamos conectadas. Esta

mañana, cuando dejé a los niños en el cole, te fui a escribir y vi que llevabas demasiadas horas sin estar en línea. Te llamé y el móvil salió como fuera de servicio. Llamé a casa de tus padres y... bueno, están preocupadísimos. Atendió el teléfono tu padre y casi me rogó que pasase a verte. Y si tu padre me pide eso, cielo, es que estás metida en un buen lío. Así que le he dicho que no hace falta que vengan esta tarde, porque me quedo contigo el resto del día. —Echó un ojo a la puerta del lavabo, que estaba cerrada—. A todo esto, ¿estás sola?

Virginia asintió. Fernando había ido a recoger a Alba para llevarla a comer a casa. En ese instante, agradeció mucho la presencia de Tere y la perspectiva de contar con su compañía el resto del día. Tenía una necesidad enorme de hablar con ella.

—No sé ni por dónde empezar, si por el tema de investigación que estoy llevando y que me ha traído directa al hospital o por el tema... amoroso.

Tere le dedicó una media sonrisa y la miró con picardía.

—Seamos prácticas: si empiezas por la cuestión amorosa nos extenderemos hasta el infinito. Así que explícame primero qué es lo que ocurre con esa investigación y luego entraremos en el tema con mayúsculas. De paso, ese nudo que tienes en la garganta se irá deshaciendo y cuando lleguemos al asunto que me interesa estarás más serena.

Virginia expuso todas las circunstancias que rodearon la muerte de Zoe Clifford e incidió en el hecho de que la niña iba al mismo colegio que Alba.

—Ya es casualidad que esa investigación haya caído en tu juzgado, ¿no?

La mirada de Virginia le sirvió de respuesta y Tere se levantó de golpe, dio una fuerte palmada y lanzó una carcajada.

—¡Lo sabía! No ha caído en tu juzgado, ¿verdad? Sino en el de Mario. ¡Oh, por favor, eres incorregible! Y en esta ocasión, ¿cómo ha ocurrido? Vino a buscarte él o... —Otra mirada llena de significado de Virginia y otra palmada al aire de Tere—. ¡Fuiste tú a buscarlo! Si es que te estoy viendo. A la que te enteraste de que él llevaba la instrucción, te faltó tiempo para acercarte a husmear. Y ya se sabe, fuego y mecha. Lo que nos va a costar que me expliques esa investigación sin entrar en...

—No lo digas otra vez, por favor —espetó Virginia.

—¿El qué? ¿Te refieres al tema con mayúsculas? —Tere trazó unas letras imaginarias en el aire con su dedo índice: TEMA. Y Virginia le bajó la mano sin poder contener la risa. Su amiga era única en quitarle hierro a cualquier asunto por complicado que fuese—. Si es que es el tema, Virginia, el tema con mayúsculas. Pero va, no te interrumpo más. ¡Oh, por favor, si es que os imagino! Y... ¿ha venido a verte? Me refiero aquí, a la clínica.

—Sí, la noche que entré en urgencias, de madrugada. De hecho, fue él quien avisó a mis padres porque intuía que me estaba ocurriendo algo.

Tere la miró con estupefacción e hizo una inspiración honda.

—Veo que me tienes que contar muchas cosas. Solo una pregunta más y dejo el tema. —Sonrió—. ¿Te besó? ¿Te besó en urgencias?

Virginia asintió con timidez. La bruja de su amiga era capaz de leerle la mente y de adivinar todo lo que había ocurrido.

—Explica.

—Has dicho que solo era una pregunta más.

—Explica —insistió Tere sin dar opción.

—Yo se lo pedí —respondió poniendo los ojos en blanco.

—¿Tú se lo pediste? —Tere se mordió el labio inferior con un gesto que arrancó una nueva carcajada en Virginia—. Claro, él jamás se hubiera atrevido a hacerlo en esas circunstancias. Pero ante la propuesta, no se resistió. Si es que tú estás guapa hasta con bata de hospital. Tú se lo pediste... —murmuró—. Está bien.

Vamos a olvidarnos, de momento, de todo esto. Continúa con lo de la investigación.

Virginia le explicó todo lo que había averiguado hasta la fecha y se detuvo en el punto de su segundo envenenamiento, ya en el hospital. Tere frunció el ceño, y tras meditar unos segundos, lanzó una conclusión reveladora:

—Por lo que veo, el foco está en el padre Juan. Y es lógico. Es la única persona, fuera del estricto entorno familiar y de Mario, que supo de tu ingreso en el hospital, por lo que todo apunta hacia él, ya sea como autor o como instigador de un tercero. Pero se me plantean dos dudas: la primera es que me parece muy arriesgado por su parte. Si llegas a morir, se hubiera visto inmerso en un serio problema. De hecho, el intento de asesinato ya es todo un problema. Supongo que ese hombre no debe de tener un pelo de tonto y puede suponer que las sospechas recaerían sobre él. —Negó con la cabeza.

—Pero si no ha sido él, ¿quién?

—Quizá deberías averiguar si alguien más puede haberse enterado de que estás en el hospital. Puede que el padre Juan lo comentase con alguien, y ese tercero sea quien te envenenó tanto en la primera ocasión como ayer, en el hospital. Habrá que ver qué es lo que le explicó en concreto a Mario. Él te ha dicho que confía en ese sacerdote, ¿no?

Tere vaciló, dudosa.

—¿En qué estás pensando?

Tere ensortijó uno de sus rizos entre sus dedos mientras daba vueltas a la cuestión.

—No sé, quizá me dejo llevar por el sensacionalismo de las novelas negras y las series de investigación, pero en muchas ocasiones cuando algo apunta de forma tan clara en una dirección es que a alguien le interesa que sea así.

Virginia se quedó mirando a Tere con expresión pensativa. A

ella también se le había pasado por la cabeza esa idea. Por eso le daba vueltas una y otra vez a la conversación con el padre Juan, porque buscaba un dato que hubiera pasado por alto y que debía de ser tan poderoso como para que alguien se arriesgase a acabar con su vida. Hasta el momento, todos los esfuerzos habían sido en balde. Por más que repasaba lo ocurrido, lo cierto es que no lograba dar con ningún dato revelador.

—¿Y la segunda duda? Has dicho que había dos cosas que te suscitaban dudas.

Tere elevó la mirada hacia la izquierda, tratando de recordar.

—¡Ah, sí! La persona que vino ayer por la noche y se arriesgó a entrar en esta habitación tenía que disponer de un dato: el centro en el que estás ingresada y el número de habitación. Dudo mucho que Mario facilitase esos datos al padre Juan, de forma que, fuese él u otra persona, debió de llamar a todos los hospitales de Barcelona hasta dar con este, lo que me parece improbable, o alguien se lo dijo. A ver, la mañana siguiente a tu ingreso, ¿quién llevó al colegio a Alba?

—Mi madre.

—¿Y no ves capaz a tu madre de comentar el tema en la puerta con alguna amiga de confianza? Ya sabes que luego la información corre como la pólvora.

Virginia asintió. Tendría que llamar a sus padres de nuevo, en esta ocasión para indagar sobre ese aspecto. Suspiró con pesar. Tere tenía razón, no disponían de ningún indicio sólido que les permitiese concluir quién había accedido a su habitación. Volvían a estar en la casilla de salida.

# 24

Mario salió del hospital demudado. Toda la entereza que había mostrado ante Fernando se diluyó en cuanto se cerraron las puertas del ascensor.

Se había prometido dejar en manos de Virginia la decisión que determinaría su futuro, su vida, sin interferir de ninguna forma. Y es que solo a ella correspondía elegir entre dar un paso adelante en su relación con Fernando o zanjar esa historia y empezar junto a él una nueva etapa. Pero se sentía en desventaja. Mientras Fernando compartía una cotidianidad con ella, a él le quedaban los momentos de conexión profesional; unos momentos que ni siquiera tenían continuidad, sino que eran excepcionales.

Con todo, esas horas o días eran intensos y servían para demostrarle que entre ellos había algo tan poderoso que resistía el paso de los años y los periodos de distancia. Y esos periodos no eran más que fracciones de tiempo, mera cronología, pues su amor, su atracción, como quiera que se llamase aquello que los unía, era tan potente que funcionaba como una goma elástica; cuanto más se estiraba en direcciones opuestas, más enérgico era el acercamiento, que renacía inmediato, furioso, apasionado a poco que ambos bajasen la resistencia que se autoimponían.

Se había presentado en el hospital con intención de verla, pero tras la conversación con Fernando, se fue sin poder visitarla. Ser consciente de su rol, de estar en un segundo plano, lo llenaba de ansiedad y se preguntaba si no debía quebrantar su propósito de no interferir en la decisión de Virginia y tomar una actitud más activa. Quizá mantenerse a la expectativa podía sugerirle un equívoco fatal.

Anduvo sumido en tales pensamientos y, de repente, se vio frente a los edificios de los juzgados. La mera idea de entrar y abordar el ingente trabajo que tenía sobre la mesa fue demasiado para él, y pasó de largo hasta llegar al parque de La Alhambra, situado a unos escasos quinientos metros. Traspasó la verja de entrada y buscó un banco donde sentarse un rato y despejar la mente para poder volver al trabajo con otro estado de ánimo.

Oteó a izquierda y derecha en busca de uno que estuviera entre sol y sombra y vio uno próximo a la zona cercada para perros. Se fijó en que dentro de aquel lugar solo había un hombre con un pequeño carlino que no parecía que fuese un animal escandaloso, así que se dirigió hacia el banco.

Al acercarse, el hombre se giró y durante unas fracciones de segundos ambos se sorprendieron de la presencia del otro. Ninguno debía estar en aquel lugar a tal hora.

—¿Mario?

—¿Alfredo?

El fiscal consideró preciso justificarse, aunque no le debía rendir cuentas al juez. Se acercó a la verja de madera y le explicó que el perro no era suyo, sino de su madre, que vivía en las proximidades. Y que como estaba enferma, se había acercado a verla y de paso a sacar a pasear al carlino. Tras ello, abrió el cerrojo de la cancela y salió del arenal junto con el perro. El pequeño animal se acercó a Laredo y husmeó sus piernas con su hocico chato. El juez esbozó una mueca extraña, no de abierto desagrado, pero sí de incomodidad.

Alfredo tiró de la correa para apartar al carlino.

—¿No te gustan los perros?

—No, no. Es que... —dudó—, en realidad siempre me han

gustado los perros más grandes, más... atléticos. Como los setter o los bracos de Weimar. Y estas razas me parecen extrañas.

Alfredo sonrió.

—Hay una raza para cada persona. No veo a mi madre saliendo a correr con un setter a su lado. En cambio, este ángel se recuesta a sus pies y le ha devuelto la alegría. Y a propósito de alegría —repasó al juez con una mirada de arriba abajo y no se le escapó que estaba triste—, permíteme que te diga que te veo fatal. ¿Qué ocurre?

—Muchas gracias, esas palabras son precisamente lo que necesito oír.

—Es que es así. Este asunto te está desbordando, y mucho más desde que Virginia está en el hospital.

—La han envenenado de nuevo —confesó el juez con abatimiento. Alfredo abrió los ojos con estupefacción—. Alguien le ha suministrado otra dosis de esa... mierda en el propio hospital. Está viva de milagro.

Alfredo agarró al juez de un brazo y lo condujo hasta el banco, se sentó a su lado y se giró para mirarlo de frente. Era momento de aplicar la lógica y ponerse en acción. Del mismo modo que Tere hacía en ese mismo instante con Virginia, Alfredo valoró los hechos ocurridos, que lo llevaron a una conclusión similar.

—O Virginia tocó hueso en su conversación con el padre Juan, lo que me parece improbable porque por lo que te dijo no obtuvo ningún hecho de relevancia, o estuvo tan cerca que se han arriesgado a matarla. Aunque...

—¿Aunque?

—También cabe la posibilidad de que a alguien le beneficie que nuestras pesquisas apunten hacia el colegio.

Mario miró a Alfredo con los ojos entornados.

—¿Y quién podría ser esa persona, James Clifford?

—No lo sé. —Alfredo cavilaba a medida que hablaba—. En el

caso de que se trate de él, si el colegio no tiene nada que ver en esto, llegará un momento en el que todo caerá como un castillo de naipes. Es decir, que no le puede cargar el mochuelo al colegio sin base alguna.

—Sí, pero habrá conseguido algo muy importante —apuntó el juez con evidente fastidio.

Alfredo asintió. Ambos sabían de lo que hablaban: al autor de los hechos le convenía que hubiera el mayor número de posibles sospechosos para crear una duda razonable que impidiera su condena. Laredo continuó:

—Hasta el momento no contamos con ningún elemento solvente para sustentar la acusación contra James Clifford por la muerte de su hija, y el envenenamiento de Virginia en el hospital nos complica las cosas. Es altamente improbable que Clifford sepa que está hospitalizada, así que no veo cómo ligarlo con ese hecho. Además, tampoco disponemos de datos objetivos que nos permitan imputarle el primero de los envenenamientos, el que la obligó a ingresar.

—Bien —resolvió Alfredo—, a la vista de los hechos, vamos a tener que remangarnos e ir cortando maleza. Toca volver atrás. Si queremos centrar el foco en el colegio resulta esencial averiguar quién suministró los alimentos a Zoe y Eric. Según le comentó el padre Juan a Virginia, el día de la fiesta del patrón hubo un refuerzo de monitores y les dieron bollería envasada. El único que puede saber lo que realmente ocurrió es ese niño, Eric. Habrá que hablar con él. Dado que Virginia ya ha contactado con su madre, lo mejor sería que llamase ella. Pero no sé si debido a su estado...

Mario negó con la cabeza. Por supuesto, Virginia era la más adecuada para hacer esa llamada, pero no quería darle trabajo en aquellos momentos. Aunque sí que le escribió un mensaje para pedirle el teléfono y, de paso, para decirle algo más.

Tal como había acordado con Fernando, no le informó de que había ido hacía unas dos horas a la clínica, y se limitó a decirle que él había sido quien le había contado lo ocurrido. Después, le preguntó cómo se encontraba y le pidió si podía averiguar el teléfono de la madre de Eric. Virginia le dijo que enseguida se lo pediría a Amparo y que en cuanto lo tuviera, se lo enviaría por WhatsApp. Pero cuando Virginia le preguntó por qué necesitaba su número, Mario aprovechó para conseguir lo que más le interesaba:

M: Dime cuál sería un buen momento para acercarme a verte y te cuento.

Virginia comprendió lo que significaba aquel «buen momento» y le contestó con rapidez:

V: Ahora mismo estoy con Tere, que ha venido con intención de quedarse hasta bien entrada la tarde. Puedes venir cuando quieras. Como si quieres venir ya.

Ese «ya» obró como un sortilegio. El abatimiento que había contraído el pecho de Mario cedió ante ese adverbio tan breve como significativo. Una respiración profunda expandió sus costillas y llenó sus pulmones. Y los hilos invisibles que habían tejido líneas de dolor en las comisuras de su boca y de sus ojos se soltaron para dar paso a una expresión relajada y casi de felicidad.

El cambio fue tan espectacular que no pasó desapercibido a Alfredo, que miró al juez con una sonrisa benevolente.

—¿Una buena noticia?

Mario se mordió los labios manifestando su dificultad para hablar de temas personales.

Alfredo, sin embargo, insistió.

—Creo que a mí me lo podrías contar, ¿no? —El juez le clavó una de sus indescifrables miradas con sus ojos color ámbar—. Hace unos minutos estabas abatido, casi desencajado. Y ahora, tras cruzar unos breves mensajes con Virginia, pareces haber rejuvenecido diez años. Y eso solo lo provoca una emoción.

El juez sonrió, bajó la mirada y entrelazó sus dedos retorciéndolos. Con todo, siguió sin abrir boca.

—Vamos, Mario. Se te nota. Se os nota a los dos.

En ese punto Laredo reaccionó.

—¿Tú crees que a los dos? ¿Ella también?

El fiscal asintió con una sonrisa.

—Ve a verla, anda, yo me ocupo de hablar con la madre de Eric. Luego te llamo y comentamos.

Laredo se levantó del banco y su figura imponente, revestida de un optimismo recuperado, sorprendió al fiscal e hizo dar un paso atrás al carlino. Sin más, se giró y empezó a caminar en dirección a la salida del parque. Cuando llegó a la verja de la puerta, recibió un mensaje en el móvil. Lo miró temeroso de que fuera una contraorden de Virginia, pero el mensaje era de Alfredo. Se giró hacia él, que lo miraba desde el banco con expresión divertida.

«¿No olvidas algo?».

Mario chasqueó la lengua. No le había facilitado el teléfono de la madre de Eric y sintió una vergüenza tremenda. Levantó la mirada de la pantalla y se encontró de nuevo con la sonrisa irónica de su compañero. Con un tecleo rápido reenvió el contacto que le acababa de pasar Virginia y, tras ello, un breve mensaje.

«Menos cachondeo, que soy el juez».

# 25

Adela no encajó nada bien la llamada de Alfredo Castillo. Recordaba con incomodidad la merienda forzada a la que la había llevado Amparo. En su momento se vio obligada a aceptar aquella encerrona, y lo hizo porque no quería disgustar a Amparo y por la pobre Zoe Clifford. A fin de cuentas, ante un drama como aquel, era una obligación cívica, y hasta moral, contribuir al esclarecimiento de los hechos si realmente creían que su testimonio podía ser de ayuda. Pero esta segunda llamada la alarmó. Sabía que la fiscal no estaba al frente de la investigación de forma oficial, pero pensó que no le hubiera costado nada avisarla de que iba a recibir esa llamada.

Alfredo notó al instante el cortafuegos que ponía su interlocutora, que repetía constantemente que todo lo que sabía sobre los hechos ya se lo había explicado a Virginia, e insistía una y otra vez en que su marido no estaba allí con ella, como si hablar con el fiscal fuera a meterla en un lío del que tuviera que rendirle cuentas con posterioridad. Sin embargo, no se amilanó ante la clara resistencia de Adela a colaborar y cambió su inicial tono afable por otro más cortante y efectivo, escudándose en que se limitaba a trasladarle las órdenes directas del juez.

Adela, ante la disyuntiva entre disgustar al juez o a su marido, no se vio con opción y, muy a desgana, aceptó el requerimiento del fiscal. A su pesar, iría al juzgado con el niño, y cuanto antes mejor, para acabar de una vez por todas con tantas preguntas. De hecho, sugirió ir al día siguiente, ya que Eric no estaba acudiendo al colegio esos días.

Alfredo dio por sentado que el pequeño estaba enfermo, y aun con la contrariedad que ello les suponía, le ofreció la posibilidad de esperar a que se recuperase, pero se encontró con una respuesta que lo sorprendió.

—No. No se trata de eso. Eric está en casa porque me da miedo que vaya al colegio.

—¿Y eso?

—Desde que murió Zoe tiene pesadillas.

—Disculpe, aunque supongo que es una respuesta normal ante un hecho traumático. La muerte de una compañera de la misma edad no debe de ser nada fácil de procesar. Y si su hijo es especialmente sensible, quizá...

Adela lo interrumpió.

—Son esas pesadillas... Eric dice que ve ha visto a Zoe en sueños agarrada de la mano de una niña muy parecida a ella, y que tiene miedo de que vengan a por él. —Alfredo sintió un escalofrío que le recorrió el cuerpo—. Está convencido de que no debe ir al colegio. Y yo... también tengo miedo, ¿sabe? La pediatra me dice que se le pasará antes de lo que creo y que no lo fuerce. Si en unas dos semanas esta situación persiste, abordaremos el tema de otra forma, ya sabe, con un terapeuta. Así que, si quieren, incluso podemos ir hoy mismo. No sé hasta qué hora están ustedes. Cuanto antes acabemos con esta tortura, mejor.

Alfredo le pidió que esperase unos minutos y llamó a Mario, que en aquel preciso instante acababa de llegar a la clínica. Le lanzó la pregunta con rapidez.

—Tengo a la madre de Eric al teléfono. Dice que puede venir con el niño hoy mismo. Le digo que sí, ¿verdad? ¿Cuánto tiempo necesitas para volver al juzgado?

El juez miró el reloj. Era casi la una y media del mediodía. Si subía a ver a Virginia, aunque fuese un instante, no lograría llegar antes de las dos, una hora intempestiva para hacer la declaración.

Le pidió al fiscal que la citase a las cuatro de la tarde y le rogó que si le proponía llegar a otra hora que se amoldase a ella. Era imprescindible escuchar al pequeño cuanto antes.

Alfredo cortó la llamada no sin antes decirle que volvería a llamarlo en unos minutos para resumirle la conversación. Tras ello, le confirmó a Adela la disponibilidad del juez para explorar a Eric ese mismo día, y se dispuso a revisar la causa.

\* \* \*

Mario llegó a la clínica tan pronto como le permitió el tráfico. En esta ocasión, sí que cogió la moto, que había dejado aparcada frente al juzgado horas antes, cuando recibió la funesta llamada de Fernando con la noticia del envenenamiento de Virginia.

En aquel momento, la preocupación y las preguntas que le torpedeaban la mente le aconsejaron coger un taxi y olvidarse de conducir. Ahora, la mente también le bailaba, pero de otra forma; Virginia estaba fuera de peligro y le había pedido que fuese a verla. Por otra parte, la llamada de Alfredo comunicándole que iban a escuchar a Eric esa misma tarde, le levantó el ánimo. Estaba dispuesto a llegar a donde fuera para averiguar quién había acabado con la vida de Zoe Clifford y había intentado hacer lo mismo con la de Virginia.

Cuando entró en el vestíbulo del centro clínico era hora punta: entradas y salidas, cambios de turno, médicos y personal sanitario que salía a comer, acompañantes que hacían lo propio e intercambios de visitas. Esperó apenas unos segundos en el vestíbulo de los ascensores y cuando vio que el primero se llenaba, abrió la puerta de acceso a las escaleras y las subió de par en par. Tres pisos del tirón a grandes zancadas.

Al llegar a la puerta de la habitación de Virginia, una voz dándole el alto sonó a sus espaldas. Se giró y vio venir braceando a una mujer de mediana edad con uniforme sanitario. Enseguida dedujo que su función era controlar el acceso a la habitación y le pareció bien, así que detuvo el paso. Pero no precisó darle ninguna explicación, pues tras ella iba la doctora que atendió a Virginia la noche que entró por urgencias, quien lo saludó e informó a la auxiliar de que aquella visita sí que estaba permitida.

Esos segundos detenidos ante la puerta de la estancia, sirvieron a Laredo como breve descanso para recomponerse y recuperar un poco el ritmo agitado de su respiración. Con todo, cuando dio unos toques en la puerta y la abrió, continuaba jadeando.

Encontró a Virginia sentada junto con Tere en el sofá de polipiel situado bajo la ventana. En un primer momento, la intensa luz del amplio ventanal, que alumbraba a ambas mujeres por su espalda, solo le permitió distinguir sus siluetas. Se quedó quieto, mudo, y se pasó la lengua por los labios mientras decidía si debía darle un beso en la mejilla o atreverse un poco más.

Virginia tampoco habló. El corazón desbocado, los ojos fijos en la silueta imponente de Mario con el pelo algo revuelto, la americana doblada sobre uno de los brazos, la camisa impecablemente blanca remangada hasta los codos, dejando ver los brazos estilizados, pero a la vez fuertes y fibrosos, de piel tostada hasta en invierno. Y los ojos, ese color ámbar que brillaba más que nunca a la luz del sol. Se fijó en su boca y se detuvo en el gesto de su lengua humedeciéndose los labios. Entreabrió los suyos y al instante sintió un codazo en las costillas y un susurro en la oreja: «Cierra la boca, cielo». Saltó del sillón y se acercó a él. Descalza como iba, sus ojos quedaron a la altura de su boca. Se puso de puntillas y lo abrazó.

Mario bajó la cabeza y la hundió en la curva de su cuello.

Ambos oyeron en la lejanía la voz de Tere, que les decía que salía a comer y que volvería en un rato. Cuando separaron sus cuerpos, la puerta de la habitación se cerró y se quedaron solos.

Se sentaron en el sofá de nuevo y entrelazaron las manos.

—¿Cómo estás?

—Bien, bien. Me alegra que estés aquí. —Bajó la mirada—. Si no te lo llego a pedir, ¿hubieras venido?

Mario la miró con cariño y a punto estuvo de decirle que hacía apenas unas horas había estado allí. Pero no lo hizo. Fernando había cumplido su palabra y ahora él no podía revelárselo. Cerró los ojos y, muy a su pesar, se mantuvo fiel a su propósito.

—Claro que sí. Hubiera venido.

Virginia sonrió con un gesto de inseguridad y Mario lamentó que se sintiera decepcionada por algo que no era cierto. Suspiró y le apretó las manos.

—Cuando Fernando te llamó... ¿te pidió que no vinieras?

Mario negó con la cabeza.

—Estoy aquí. Eso es lo que importa. Y recuerda que él también está preocupado. Los dos... Bueno, dejemos este tema. No sabes lo mal que lo he pasado. Si llegas a...

—Morir.

Mario la miró a los ojos. Un destello de un verde dorado iluminó la mirada de Virginia. Su gesto era serio y profundo.

—Las cosas cambian mucho cuando estás a punto de morir, ¿sabes? Todo se ve con mayor claridad.

Mario tragó saliva con dificultad. Temió que Virginia se sintiese decepcionada. Quizá creía que él se había mantenido demasiado distante y ahora le decía que veía las cosas con mayor claridad. Sin embargo, ella sonrió.

—¿Me contarás hoy cómo supiste que tenías que llamar a mi casa hace dos noches?

Él volvió a pasarse la lengua por los labios, temeroso de revelarle el motivo que lo impulsó a realizar aquella llamada. Virginia se acercó y le dio un beso en los labios.

—Si vuelves a hacer ese gesto, no voy a poder resistirme —le dijo cuando separó sus labios de los suyos.

Mario inspiró con profundidad y sonrió. Virginia lo miró con el ceño fruncido y una media sonrisa.

—Permíteme que te diga que estás muy raro. Demasiados suspiros y esos labios que te vas a destrozar a mordiscos. No pareces tú, el inquebrantable y temido juez Laredo.

Mario esbozó una amplia sonrisa. Tampoco se reconocía en esa amalgama de dudas e inseguridades. Cuántos silencios, cuántos temores.

En ese momento sonó el teléfono de Mario y lo sacó del bolsillo de su americana. Era una videollamada de Alfredo. Ambos se miraron y asintieron. Mario contestó. Tras los saludos y una breve explicación de Virginia sobre su estado, Alfredo les contó la conversación que acababa de mantener con Adela, incluida la referencia a las pesadillas de Eric con Zoe Clifford. A Mario lo sacudió un temblor que fue percibido por Alfredo incluso a través de la pequeña pantalla del teléfono.

—¿Qué ha sido? ¿Estás temblando?

—Eso parece, Alfredo —respondió Virginia ante el silencio incómodo del juez—. Precisamente le estaba diciendo a Mario que lo encuentro extrañísimo.

Antes de que Mario se viese obligado a darles algún tipo de explicación, sonó el teléfono de Virginia y ambos dirigieron la mirada hacia la pantalla del móvil que descansaba sobre las rodillas de ella. Era Alicia. Virginia, creyendo que se trataba de una llamada para preguntarle sobre su estado, hizo un gesto con la mano, sacudiéndola al aire, en señal de que se la devolvería más tarde. Pero a los pocos segundos la pantalla se iluminó de nuevo con la entrada de un mensaje:

A: Acabo de recordar que alguien entró en la habitación anoche.

Mario finalizó la conversación con Alfredo de inmediato.

# 26

Minutos antes, los nervios habían estallado en casa de los señores Gibert.

Alicia se despertó poco antes de la hora de comer. Cuando apareció en el comedor, el brillo del sol que iluminaba la sala le provocó un latigazo de dolor en los ojos y un pinchazo en las sienes. Lamentó haber dormido tanto tiempo a deshora.

Alberto trasteaba por la cocina preparando la comida. Cuando oyó los pasos de su esposa asomó la cabeza por el marco de la puerta y la saludó con una sonrisa en los labios. Alicia intentó corresponderle de la misma forma, pero resultó más bien una mueca de dolor.

—No tendrías que haberme dejado dormir tanto rato. Tengo un dolor de cabeza espantoso. —Logró decir con voz queda a fin de no aumentar las molestias que sentía, mientras se masajeaba la zona superior del arco de las cejas y con las palmas de las manos protegía sus ojos de la luz—. ¿Qué se sabe de la niña?

Su marido respondió que, desde la llamada que les hizo al poco de llegar casa para preguntarles si alguien había accedido a su habitación la noche anterior, no había ninguna novedad.

Alicia detuvo el masaje, abrió las manos de forma que los índices quedaron sobre las cejas y los pulgares apoyados en la articulación del maxilar y miró a su marido con los ojos entornados.

—¿Que quién entró en la habitación?, ¿cuándo...?

Entonces fue Alberto quien le lanzó una mirada escrutadora, temeroso de que Alicia no recordase la conversación de hacía unas horas, cuando la desveló del profundo sueño o, todavía peor, que ni siquiera hubiera sido consciente de ello. Enseguida salió de dudas.

—Antes, cuando te he preguntado...

—¿Antes...? ¡Ay, por Dios!

Su marido le explicó el diagnóstico de la doctora y el motivo de la llamada de Virginia.

—¿Y por qué no me has despertado para algo tan importante?

—Lo he hecho, y me has respondido que no, ¿cómo iba a suponer que estabas dormida?

—Pues deberías haberte asegurado.

—En cualquier caso, no entró nadie, ¿no?

—Me temo que sí. Voy a llamarla ahora mismo.

Virginia no daba crédito a lo que su madre le explicaba. Su voz temblorosa la conmovió tanto como se asustó. Desencajada por la noticia, le pidió a su madre que se lo contase de nuevo con detalle, y la avisó de que Mario estaba con ella y que pondría el teléfono en modo altavoz.

—Llevabas dormida un rato cuando alguien abrió la puerta y entró en silencio. Pensé sería una enfermera, pero me sorprendió ver que se trataba de un sacerdote. A aquellas horas... Estuvimos hablando un poco, lo justo para que se diese cuenta de que no había rastro de que yo hubiera cenado, y se ofreció a quedarse contigo para que bajase a la cafetería. Yo... no desconfié, ¡era un sacerdote! Quizá debí haberlo hecho. Bajé a por un bocadillo y un agua y cuando regresé ya se había ido.

—Lo dudo —respondió Mario—. Alicia, ¿recuerda algo que le llamase la atención en ese sacerdote? ¿Cómo supo que lo era, se presentó como tal, le dio su nombre?

Alicia, abrumada por tanta pregunta, les explicó los pocos detalles que recordaba. El hombre vestía pantalón y camisa negros y reconoció que era un sacerdote por el alzacuellos. No le dio su nombre, aunque suponía que sería un dato fácil de averiguar si se preguntaba al servicio religioso de la clínica.

—Mucho me temo que no nos sabrán dar razón de él, pero lo comprobaremos, por supuesto —afirmó Laredo—. Una cosa más. Intente recuperar la escena desde el primer momento. ¿Se sorprendió al verla? ¿Le dijo algo extraño?

Ante esa pregunta, Alicia emitió un grito.

—¡El saludo! No había caído hasta ahora. Me correspondió de manera muy extraña.

—¿En qué sentido, mamá? —la animó Virginia invitándola a seguir con el relato y temiendo que su madre empezase a divagar.

—Yo lo saludé como se hace con cualquier religioso. Le dije: «Ave María purísima». —Mario y Virginia cruzaron una mirada y enarcaron las cejas al mismo tiempo. A saber por dónde saldría Alicia—. ¿Qué hubieras contestado tú, Virginia?

Virginia enrojeció ante la idea de soltar la respuesta delante de Mario, y evitando mirarlo, respondió:

—Sin pecado concebida.

—Exacto. ¿Y sabes lo que dijo? Se limitó a decir buenas noches. ¡Buenas noches! Créeme que me sorprendió, y mucho. Pero claro, estos curas modernos de hoy en día no guardan las formas como antes. No sé si es importante, pero entre eso y lo otro...

—¿Qué es lo otro, señora Gibert? —preguntó Mario.

—Alicia, llámame Alicia, Mario. Lo otro es lo cortado que se quedó cuando entró en la habitación y me vio. De hecho, nos asustamos los dos, porque como ya os he dicho entró sin llamar a la puerta. Yo no pensé que fuese nada raro, quizá fue mi despreocupación al ver su indumentaria de sacerdote. Pero después de lo que ha pasado, es extraño que entrase de forma tan sigilosa.

Virginia y Mario se miraron con idéntica expresión. La observación de Alicia sobre el saludo del sacerdote podía ser más relevante de lo que parecía. Que hubiera omitido responder a su saludo con la fórmula habitual solo podía significar dos cosas: que esperase encontrar a Virginia sola en la habitación y se quedase realmente sorprendido por la presencia de un testigo, o que no fuese sacerdote y hubiera utilizado esa vestimenta como disfraz. En ese último caso, con una intención clara: asegurarse de que si alguien lo veía o su imagen quedaba registrada, las sospechas se dirigiesen hacia el Faith School.

—Mamá, una cosa más, ¿lo conocías? Me refiero al sacerdote. ¿Recuerdas si lo has visto en alguna ocasión en el colegio de Alba?

—No. De eso estoy segura. Pero supongo que no todos los sacerdotes de la congregación tienen funciones educativas, ¿no?

Cuando finalizaron la llamada, Virginia se levantó del sofá y, tomando a Mario de la mano, salió de la habitación para dirigirse al control de enfermería. El juez la siguió sin preguntar, adivinando sus intenciones.

Una vez frente al mostrador, pidieron hablar con la enfermera jefa, que salió de inmediato del pequeño cuarto contiguo. Al ver la expresión de ambos y la petición de que tenían que hablar con ella sobre algo muy urgente, miró hacia ambos lados con incomodidad, los invitó a volver a la habitación y fue tras ellos.

—Según lo que me quieran decir es mejor guardar prudencia. Son órdenes de la doctora.

Virginia rememoró el rifirrafe entre la enfermera y Tere y esbozó una sonrisa que ahogó al instante. La expresión circunspecta de aquella mujer y su continua referencia a la prudencia y al cumplimiento de órdenes le hacían gracia pese a las circunstancias en las que se encontraban. Una vez en la habitación, la miró con seriedad, le explicó lo que les acababa de contar su madre y le preguntó por el servicio religioso de la clínica y sus horarios.

La enfermera frunció el ceño y negó con la cabeza. Empezó a titubear.

—No sé si debería llamar a la doctora —dudó.

—¿Por qué debería hacerlo?

—El protocolo, quizá...

Mario sacudió la cabeza con incomodidad. Echó un vistazo a la placa con el nombre que la sanitaria llevaba sobre la bata y le habló con el tono de autoridad que solía emplear en los interrogatorios.

—Mire..., Rosa, no se preocupe por el protocolo. Enseguida se lo comunicaremos a la doctora. De hecho, ella misma ha pedido esta mañana a la señora Gibert que averiguase si alguien entró en esta habitación ayer por la noche, y ya sabemos que así fue. Esto es un tema que trasciende del protocolo del hospital y no sé si sabe que soy juez, así que le agradeceré que me responda.

Virginia miró a Mario con el ceño fruncido. Él era juez, sí, pero ella, fiscal. No pudo evitar intervenir.

—Exacto. Y yo soy fiscal, y me han envenenado —puntualizó.

—Así es. Responda, por favor, a la pregunta que le ha hecho la señora Gibert.

La enfermera carraspeó y respiró hondo.

—La clínica dispone de servicio religioso, pero el capellán de turno no viene cada día. Y desde luego nunca acude a una habitación si no es requerido. Además, solo están aquí los miércoles y los sábados por la mañana. Por tanto, es imposible que ese sacerdote pertenezca al servicio de este centro. Lo que no entiendo es cómo consiguió acceder a su habitación sin que nadie lo interceptase. Claro que, quién va a desconfiar de un religioso...

Mario y Virginia se miraron. Tanto Rosa como Alicia coincidían en la apreciación: un sacerdote no generaba desconfianza.

—Está bien, Rosa, muchas gracias por su colaboración.

La enfermera se despidió con un gesto de cabeza que pareció un saludo militar, y al salir de la habitación se cruzó con Tere, que en aquel momento entraba provista de un vaso de cartón con café y una bolsa de *snacks*. Rosa lanzó una mirada a ambos productos y estuvo a punto de decir algo, pero la mirada impertérrita de Tere y saber que estaban presentes un juez y Virginia abortaron cualquier conato de reproche.

Mario echó un vistazo rápido a su reloj de muñeca.

—Caray, Mario. Cuánta delicadeza. No tienes más que decirlo y me largaré un rato más. —Le guiñó un ojo a Virginia, cuyas mejillas se arrebolaron al instante.

El juez lanzó una carcajada y la sacó de su error.

—En absoluto. Precisamente me va de perlas que vengas porque creo que me voy a ir ya.

—¿Ya? —Se lamentó Virginia con voz de clara desilusión.

—¡Mírala! —Rio Tere—. Parece que nuestra enferma va perdiendo la vergüenza.

Mario se giró hacia Virginia y, tomándola de las manos, le explicó el motivo de su repentina marcha. Ni siquiera había tenido tiempo de explicarle su conversación con el padre Juan y comentarle que iba a hacer la exploración de Eric a primera hora de la tarde. Desde que había llegado a la clínica, los hechos se habían precipitado a ritmo vertiginoso. La observó con pesar, apenas habían podido mantener una conversación tranquila en esa escasa hora.

Ambos se levantaron del sofá y Mario, de la misma forma que había hecho días antes delante de Alfredo, le rodeó con brazo la cintura, la atrajo hacia él y en esta ocasión no se limitó a besarla en la mejilla, sino que le dio un breve beso en los labios, ante la mirada sorprendida de Tere, quien, por una vez, no supo qué decir y se limitó a sonreír con timidez.

# 27

Los niños no deberían pisar un juzgado, pensó Mario. Los años de ejercicio no habían modificado su parecer. Detestaba ver a los pequeños esperando en los pasillos con ese gesto cohibido y temeroso por más que se les intentase dulcificar la situación. Lamentaba tener que explorar a Eric, pero no le quedaba otra opción.

El pequeño lo observó con sus ojos de un azul gris apagado. Mario se fijó en esa mirada algo esquiva que reconoció como propia. Pronto sabría el motivo.

Dejó que Alfredo empezase a preguntar. A fin de cuentas, era el fiscal, y aunque no era especialista en menores, sí que el instituto de la fiscalía controlaba el protocolo con más soltura que él. Por otra parte, contaba con la confianza que le confería haber hablado con Adela aquella misma mañana.

Alfredo no se anduvo por las ramas.

—Hola, Eric, soy Alfredo Castillo, fiscal de este juzgado y este señor es Mario Laredo, el juez. ¿Sabes por qué te hemos hecho venir?

El niño asintió.

—Lo que vamos a hacer ahora se llama exploración judicial, que es el término que utilizamos cuando tenemos que hablar con un menor de edad. Por eso está tu madre aquí contigo.

Eric entornó los ojos.

—¿Qué es lo que hace un fiscal?

Alfredo se sorprendió. Mario sonrió. El chico era listo, quería situarse antes de empezar a hablar.

—Te explico. Esto es un juzgado de instrucción. Instruir quiere decir que investigamos cuando creemos que ha sucedido algo que puede ser un delito. Nuestra función es obtener toda la información posible para ver cómo sucedieron los hechos y si hay alguien que pueda ser culpable. El juez es el encargado de ordenar todo lo que considere conveniente para llevar a cabo esa investigación. Y los fiscales tomamos parte en ella, le proponemos al juez que ordene hacer las pruebas que creemos necesarias para averiguar lo que ha ocurrido, y cuando ya hemos agotado todas las posibilidades de investigación, le decimos lo que creemos que ha pasado, qué delito se ha cometido y quién puede ser el culpable para que se haga un juicio.

—Como en el Cluedo, vaya. Casi siempre gano. A mí me gusta la investigación.

Alfredo lanzó una carcajada ante el azoramiento de Adela.

—¿Y entonces mandan a la cárcel al culpable? —continuó Eric.

—No siempre. Hay delitos que no conllevan esa pena de privación de libertad.

—Pero quien haya matado a Zoe, sí que irá a la cárcel. —El rostro del pequeño se ensombreció y dirigió una mirada tímida a Laredo.

Mario asintió.

—Está bien. ¿Y qué quieren saber?

Alfredo le preguntó sobre la merienda del día del patrón en el colegio.

—¿Recuerdas quién fue el monitor o monitora que os la dio a Zoe y a ti?

El niño frunció el ceño y negó con la cabeza.

—¿Monitor...?

Laredo se incorporó levemente y acercó su torso a la mesa. El niño continuó hablando:

—Cuando hay una fiesta y nos dan el desayuno o la merienda,

los que tenemos alergias o intolerancias tenemos que ir a buscarlo a enfermería. Y siempre nos dan lo mismo, unos *muffins* con chispitas de chocolate.

—¿Y recuerdas quién os atendió en enfermería esa tarde, Eric? —inquirió Laredo.

—¡Claro! El de siempre. El padre Esteban.

—¿Estás seguro, Eric? El padre Juan nos dijo que esa tarde contrataron a muchos monitores para servir la merienda.

El niño volvió a sacudir la cabeza en un gesto de fastidio.

—El padre Juan no se entera de nada. Los monitores se encargan de la comida del mediodía, pero en las ocasiones especiales, no. Siempre hay que ir a enfermería.

—¿Siempre, Eric? ¿Este día no fue una excepción?

El pequeño asintió con rotundidad y de repente fijó la mirada sobre un extremo de la mesa de Laredo. El juez se estremeció cuando vio que colocaba su pequeña y blanca mano sobre el pisapapeles de vidrio.

Un espasmo le contrajo las entrañas cuando vio que Eric tomaba el objeto y lo manoseaba.

—Ve con cuidado, por favor, que no se te caiga.

—¡Eric! Deja eso en su sitio —irrumpió Adela.

Sin embargo, el pequeño siguió acariciando el objeto ante la inquietud cada vez mayor de Mario.

Eric levantó la mirada y sus ojos azules desvaídos se iluminaron con una extraña intensidad. Los clavó en los del juez.

—Esto fue de la niña.

Adela se llevó las manos a la cara y luego miró a Alfredo.

—¿Lo ve? Es lo que le he dicho antes. Está obsesionado. —Miró a su hijo y le puso una mano sobre uno de sus pequeños hombros—. No, cariño, eso no es de Zoe. Déjalo en su sitio, por favor.

Eric negó con la cabeza.

—Ya sé que no es de Zoe. Es de la otra niña, la que se le parece, la que la acompaña por la noche.

La madre de Eric se puso a llorar y Laredo cerró los ojos y respiró hondo, mientras Alfredo intentaba encontrar algo adecuado que decir en aquella tensa situación. Sin embargo, Mario se le adelantó y se dirigió al pequeño con un tono de absoluta seguridad y calma.

—Eric, no debes preocuparte por nada. Todo pasará muy pronto y dejarás de tener esas pesadillas. Mientras tanto, si tienes alguna más, no tengas miedo. No te va a pasar nada malo y se acabarán enseguida. Te lo prometo.

Tras ello, se levantó y agradeció al pequeño y a la madre su colaboración.

Cuando se quedó a solas con Alfredo, este le recriminó que hubiera asegurado al pequeño con tanta ligereza que sus pesadillas desaparecerían. La madre de Eric estaba sumamente preocupada y la pediatra del pequeño se había planteado una intervención psicológica.

Mari le dirigió una triste sonrisa al fiscal.

—Te aseguro que no se lo he dicho a la ligera. Nunca haría nada semejante.

—Quizá si me lo explicases lo entendería algo mejor.

Laredo asintió, pero echó una mirada rápida al reloj. Por la hora que era estaba casi seguro de que encontraría al padre Juan disponible y quería comentarle tanto la visita del supuesto sacerdote la noche anterior a la habitación de Virginia como el testimonio de Eric. Ardía en deseos de saber quién era ese padre Esteban.

Muchos interrogantes pasaban por su mente. Pero tenía algo claro, confiaba en el padre Juan, y tal y como estaba el tema, tenía que dar crédito a su intuición.

# 28

Tere echó un repaso a Virginia y le pareció que tenía muy buena cara.

—La verdad es que es un fastidio que continúes ingresada. Te veo fantástica y se supone que ya no deberías tener restos de esa sustancia por el cuerpo, ¿no?

Virginia ardía en deseos de salir de la clínica y recuperar la normalidad cuanto antes, pero la doctora había sido inflexible.

—Hasta que no hayan pasado al menos veinticuatro horas desde la UCI no hay nada que hacer. Recuerda que esta mañana todavía estaba en la unidad de críticos. Mucho me temo que me quedaré aquí el sábado por la tarde. Y según dice la enfermera jefa no suelen dar altas en fin de semana. Así que igual me dejan confinada hasta el lunes. Pero si tengo una compañía tan maravillosa como la tuya, no se lleva tan mal —apretó la mano de Tere con cariño.

—O como la de Mario... Del tema de la investigación, entre lo que me has explicado esta mañana y lo que he captado al vuelo antes de que se marchase su señoría, me siento... ¿cómo lo decís en vuestro sector? Ah, sí, me siento suficientemente ilustrada. —Virginia sonrió con cara de circunstancias—. Pero no pensarás que me voy a marchar de aquí sin abordar...

—¡No lo digas!

—El tema —contestó Tere con una sonrisa maliciosa—. Así que empieza a rebobinar.

—¿Rebobinar?

—Sí, rebobinar desde ese beso que te ha plantado en los labios sin ningún disimulo mientras te sujetaba la cintura y que has aceptado más que gustosa; de hecho, tanto que si no hubiera estado aquí, lo más seguro es que hubieras permitido que te deslizase la lengua...

—¡Ay, Tere! Por favor, ¿podrías ser menos...?

—Menos ¿qué? ¿Gráfica, vulgar, sensual? —Acompañó sus palabras de un contoneo mientras deslizaba sus manos desde los pechos hasta las caderas.

Virginia la miró y arrancó a reír. Tere era un soplo de aire fresco en aquel momento.

—No, no hubiera hecho eso. Me refiero a lo de la lengua. Recuerda que estoy con Fernando.

Su amiga negó con la cabeza.

—Déjame que te diga dos cosas. Una: sí que lo hubieras hecho y lo sabes. Y dos: no estás con Fernando, o más bien no estás como deberías estar o como crees que estás para impedir ese avance con Mario.

Virginia frunció el ceño y Tere puso los ojos en blanco.

—Está bien, creo que me he liado un poco. No tengo la capacidad de oratoria que tienes tú. Uy, mira, lo de capacidad de oratoria me ha quedado muy bien. Pero me has entendido perfectamente. Lo que quiero decir es que no estás con Fernando como debe estar una pareja consolidada y, por lo tanto, no te puedes escudar en eso para intentar convencerme, a mí, a Tere, de que eso te impide dar un paso adelante con Mario. Vamos a ver, señorita, esta tarde me ha quedado algo muy claro: Mario, como siempre desde que lo conozco, está loquito por ti y tú tienes auténtico pavor a lanzarte a esa relación.

Virginia miró hacia la ventana y Tere le cogió de la mandíbula con cariño para girarla hacia ella.

—No te escabullas, Vir. Sé que te da miedo, pero mucho me

temo que ha llegado el momento de hacerle frente a la situación. Es eso lo que está pasando. Ese es el tema, ¿verdad?

Virginia respiró hondo y asintió. Miró a Tere con admiración. Su amiga, una vez más, adivinaba lo que le ocurría y mucho se temía que también había descubierto sus sentimientos. Se lo preguntó.

—¿Y qué crees que...?

—¡Ah, no! Ni hablar. Si pretendes que te dé la respuesta, estás muy equivocada. Hasta la fecha, la vida ha decidido por ti, cariño. La vida o los demás. Te casaste con Diego porque Fernando no insistió lo suficiente.

—Quise mucho a Diego, Tere. —Se defendió Virginia con dolor.

—Claro que le quisiste, eso no lo pongo en duda. Pero siempre congeniaste más con Fernando. Lo que ocurrió es que Diego le tomó la delantera y tú te sentiste entre dos mares. Así que acabaste en la orilla a la que te llevó el oleaje más fuerte.

—Y luego dices que no tienes capacidad de oratoria...

Tere sonrió y reconoció que el símil le había salido bastante bien.

—Volviendo al tema. Cuando Mario apareció en tu vida, no lo pudiste resistir y te acostaste con él. Creo que no hace falta que te lo recuerde. —Virginia enrojeció al instante—. Luego sucedió lo de Diego y con todo el lío que se organizó con su muerte, Mario y tú os distanciasteis.

—Prefiero no hablar de todo aquello, Tere, por favor.

—Silencios, silencios. Vuestro curioso juego de silencios. —Tere chasqueó la lengua—. Esta vez no, cielo. En esta ocasión te toca plantarte ante el espejo.

Virginia respiró hondo.

—Seguimos. Entonces te enteras de que estás embarazada y te ves recién enviudada, deprimida, totalmente desubicada y con Fernando a tu lado. Ese hombre que te ama y que tan bien te conoce. Ese amigo perfecto con el que siempre ha habido algo más, incluso una importante atracción física. Un amigo al que adoras, al que le tienes un amor inmenso. Pero...

—Pero...

—Pero con el que te falta lo más importante.

—Que es... —Virginia tragó saliva mientras luchaba para que las lágrimas no desbordasen sus párpados.

—La pasión incontrolable que sientes por Mario. La que llevas reprimiendo desde hace tiempo. Esa pasión que saca la parte más vulnerable de ti. La que te da miedo porque supone lanzarse a vivir la vida. La que, si desapareciese por cualquier motivo, porque él dejara de amarte, porque se fuera, porque saliera de tu vida, te derrumbaría.

Las lágrimas se deslizaron sin control, y tras juntarse en pequeños ríos por su cuello, empezaron a mojar el escote del camisón azul claro dejando un pequeño cerco. Con todo, Tere no se detuvo, su amiga necesitaba oír aquello hasta el final.

—No quiero que vivas así, Virginia. Te puedes pasar el resto de tu existencia con esa relación segura, incluso bonita. Y sería muy válido si no estuvieses cerrando los ojos a ese amor que te da tanto miedo. Pero resulta que ese amor está ahí, existe. Sabes muy bien que con Fernando no has llegado a comprometerte del todo, y eso solo responde a una razón, piensa en ello y pregúntate el motivo. Pero sé sincera contigo misma. Esta situación no es justa para ti, y permíteme que te diga que tampoco para él. Y ahora, cuéntame qué está pasando.

Virginia lanzó una carcajada que sonó extraña al mezclarse con el llanto. De repente abrazó a su amiga y hundió la cara en su clavícula entre sollozos y risas. Cuando la levantó, la miró con intenso cariño.

—El tema es que no hay tema. Como suele suceder en los aspectos del corazón, te has adelantado a todo. Incluso has ido un poco más allá.

Le explicó las conversaciones que había mantenido tanto con Mario como con Fernando, y que ambos le habían pedido que tomase una decisión. Le contó también sus temores más ocultos y la culpa que la atenazaba por sentirse tan egoísta. Tere la dejó hablar sin interrumpirla ni emitir juicio alguno.

Tanto ellos como su amiga la habían dejado frente al espejo. Un espejo que se había convertido en un laberinto de reflejos, como los de esas atracciones de trampantojo en las que entras y debes avanzar a ciegas con las manos extendidas para encontrar el camino adecuado y evitar darte de bruces contigo mismo. Con el reflejo de tus propios temores.

El móvil sonó de nuevo y vio que era Mario.

—Será por trabajo.

—Seguro que sí —sonrió Tere—. Pero el color te ha vuelto a la cara. Voy a por un agua fresquita y vuelvo.

Virginia la agarró de la mano. No tenía nada que esconderle. Pero Tere se fue para dejarla a solas.

# 29

Mario llegó al Faith School pocos minutos después de la finalización del horario escolar. Una hilera de coches aparcados a lo largo de la acera del colegio y en los chaflanes anterior y posterior con las luces de emergencia le obstaculizó el paso y tuvo que dejar la moto a una calle del colegio.

Cuando alcanzó la puerta, todavía había bastante gente en la calle y sorteó, no sin trabajo, los grupos de padres y madres, abuelos, cuidadores y niños que se reunían en pequeños grupúsculos reticentes a acometer la segunda parte de la tarde, la de los deberes, baños y cenas.

Prefirió no llamar al padre Juan. En cuanto acabó la exploración de Eric llamó a Virginia para comentarle lo más esencial y preguntarle si sabía hasta qué hora solía quedarse el director en el colegio. Ella le confirmó que, como mínimo, hasta la hora de la salida y él intentó despedirse con rapidez bajo la premisa, cierta, de querer llegar a la escuela cuanto antes, y no tan cierta, de que no le estaba omitiendo nada relevante.

Virginia, con la perspicacia que Mario adoraba pero que detestó en aquel momento, no tuvo piedad de él.

—Tus secretos van en aumento.

—¿Perdona?

—¿Qué es lo que te ha dicho Eric que te estás callando?

Sabía reconocer la contención en Mario, que le confería un ligero tono engolado en la voz. Él dudó durante unos segundos en los que ella terminó de convencerse de que omitía decirle algo.

—Mario, estoy metida en esto, y con consecuencias muy graves para mí. Sea lo que sea tengo que saberlo.

—No tiene nada que ver con la investigación —se excusó el juez.

—Me resulta difícil creer que hayas explorado a un menor ante su madre y ante Alfredo y te haya dicho algo que no tenga nada que ver con la causa. Mario, por favor, dímelo.

—Es algo... tangencial que no te puedo contar por teléfono.

Virginia respiró hondo y ella misma se sorprendió de lo que le dijo a continuación.

—Tiene que ver con tu pisapapeles de vidrio.

Silencio al otro lado del hilo y un carraspeo incómodo.

—¿Es una afirmación o una pregunta?

—La verdad es que no sé por qué he dicho eso.

Mario suspiró. Recordó por unos instantes su pesar de aquella mañana. Su sensación de estar en segundo plano y la disyuntiva entre tomar la iniciativa o dejar que la vida siguiera su curso dejando en manos de Virginia el futuro que ansiaba. Si quería que las cosas cambiasen debía empezar por derribar muros, por mostrarse con sus debilidades e inseguridades, por cuestionables que pudieran ser. Así que lo admitió.

—Así es, tiene que ver con mi pisapapeles. Más bien con el pisapapeles de Casandra. Te lo contaré luego. Ahora me tengo que ir, he de ver al padre Juan con urgencia.

—¿Quién es Casandra?

—Mi hermana pequeña. Te dejo.

Y colgó la llamada sin esperar siquiera a que Virginia pudiera decirle adiós.

Ella todavía tenía el teléfono en la mano cuando Tere entró en la habitación provista de una botella de agua de litro y medio.

—Es la más fría que he podido encontrar en el fondo de esa nevera de ruido infernal de la cafetería. Uy, ¿y esa cara? Cualquiera diría que has visto un fantasma.

—¿Tú sabías que Mario tenía una hermana?

Tere abrió los ojos como platos y negó con la cabeza.

—Cuando llegó al barrio, ¿qué año sería? —murmuró Virginia intentando recordar.

Ambas echaron cuentas. Virginia lo conoció durante las vacaciones de Navidad del año en que cursó COU, así que tendrían diecisiete años. Fue en una exhibición de gimnasia deportiva en la que participó su primo, y Mario era uno de los nuevos integrantes del equipo. Hasta esa fecha no se le había visto por el barrio y Virginia nunca le preguntó desde cuándo vivía en Sant Martí de Provençals. Pero sí que sabía que no iba a un colegio de la zona, sino a uno del centro de la ciudad. Por lo tanto, pensó, si se incorporó al equipo de gimnasia al que iba su primo, cabía deducir que vino de otra ciudad. De lo contrario, del mismo modo que se desplazaba para ir al colegio, nada le hubiera impedido hacerlo para acudir a su club deportivo habitual. Porque lo que estaba claro es que Mario tenía una destreza increíble en la ejecución de todos los elementos de gimnasia, por lo que traía experiencia a sus espaldas.

Tampoco, jamás, ni durante los meses que estuvieron saliendo ni cuando se encontraron veintipico años más tarde en el juzgado, ya en el ejercicio de sus respectivas carreras de juez y fiscal, Mario le habló de que tuviese una hermana. Una hermana pequeña que, a la fuerza, tenía que vivir con él cuando se conocieron porque, de eso estaba segura, sus padres no estaban divorciados.

Virginia nunca se preguntó por el pasado de Laredo. No lo hizo entonces, porque con diecisiete años se limitó a vivir el presente, y no lo había hecho con posterioridad, porque las circunstancias no dieron ocasión a ello. Y ahora, la noticia de aquella hermana, Casandra, la llenó de inquietud.

Una inquietud extraña, porque, en el fondo, algo le decía que aquella niña era la pieza del puzle que le faltaba para conocer por completo a Mario.

* * *

Laredo franqueó la puerta del colegio y se adentró en el vestíbulo. Se acercó a recepción y solicitó hablar con el padre Juan. Consiguió doblegar con rapidez y destreza las reticencias del recepcionista, que supuso que tenía órdenes de evitar las visitas no concertadas. Con la sola mención de su cargo como juez consiguió que el hombre avisase al director por telefonía interna y enseguida le confirmó que bajaría a recepción en unos minutos. Tras ello, se adentró en la sala general en la que los familiares esperaban la salida de los alumnos. El griterío le pareció insoportable. Sobre la algarabía infantil y las conversaciones de los adultos, acostumbrados a entenderse en aquel guirigay de voces, resonaba una megafonía que iba llamando uno por uno a los niños. Entre ellos oyó el nombre de Alba Santaclara y dirigió su mirada hacia la puerta por la que salían los alumnos. Había visto a la pequeña en las fotos que le había mostrado Virginia, pero nunca en persona.

Se acercó con discreción a la puerta y vio a Alberto Gibert pendiente de la salida de su nieta. Agradeció que no fuese Fernando el que esa tarde se hubiera ocupado de recogerla. Alberto lo saludó con sorpresa, y Mario, sin dejar de otear la zona de salida de los alumnos, le explicó el motivo de su presencia en el colegio.

Se abrió la puerta batiente y apareció una monitora que acompañaba a una niña preciosa.

Alba llevaba un uniforme que la hacía parecer una auténtica muñeca. Falda plisada color azul marino con tirantes sobre un polo azul celeste. La cinturilla de la faldita le quedaba alta, a media barriguita, pues todavía conservaba la fisonomía de

191

bebé. Bajo ella asomaban unas rodillas redonditas y unas piernas blanquísimas con algún que otro cardenal, que quedaban a la vista porque los calcetines, del mismo color que el polo, se habían deslizado hasta los tobillos. Su carita, enmarcada en dos coletas que recogían unos mechones de pelo rubio cobrizo, era la más preciosa que Mario había visto en una niña. Quedó embelesado por aquellas facciones tan tiernas. Los labios pequeños y entreabiertos mostraban unos pequeños dientes blanquísimos. La nariz redondita y respingona estaba adornada por las mismas pecas que su madre todavía conservaba a sus cuarenta años. Y sus ojos... No pudo procesar lo que sintió al verlos de cerca.

Alba miró a su abuelo y acto seguido le dedicó una mirada llena de prevención. Alberto la cogió en brazos, la besó y le dijo que lo saludase. La niña lo miró de nuevo y escondió su carita en la clavícula de su abuelo. Poco después, con timidez, y tras la insistencia de Alberto, se giró, le dijo un tímido hola con su voz infantil, se rio y volvió a esconder su rostro.

Mario puso su mano sobre uno de los bracitos de Alba, deseando auparla, y Alberto fingió tener que buscar algo en una bolsa.

—¿La puedes coger un momento? Voy a sacar la merienda.

Mario tomó a la niña, que protestó un poco, pero enseguida se tranquilizó al comprobar que su abuelo no se iba. Y separando su cuerpecito del de Mario, puso sus manos sobre los hombros de este y lo miró.

—Eres guapo.

Mario le sonrió.

—Y tú, Alba. Tú eres la niña más bonita del mundo.

La pequeña entornó los ojos y sonrió con vergüenza.

—Yo de mayor quiero ser tan guapa como mi mamá. ¿Conoces a mi mamá?

Mario le dijo que sí, que la conocía, y que seguro que sería tan guapa y sobre todo tan inteligente como ella.

—¿Te puedo dar un besito, Alba?

La niña le dijo que sí y ladeó un poco la carita. Mario depositó un suave beso en la mejilla sonrosada que Alba le ofrecía y percibió el aroma dulzón mezcla del olor de la piel de bebé y de sudor infantil. Tras ello, se la devolvió a su abuelo, pues un ligero toque en el hombro lo alertó. Era el recepcionista, que le pedía que lo acompañase a una de las salas de visita contiguas al vestíbulo.

## 30

Viernes, 5 de marzo de 2021. 17:30 horas

Faith School

Avinguda Sarrià, Barcelona

Laredo entró en la pequeña sala y se encontró con la persona de aspecto fuerte e imponente que era el padre Juan. No lo imaginaba así, pero su fisonomía le confirmó la primera impresión que infirió del sacerdote en la conversación telefónica.

El padre Juan le tendió la mano y le dio un apretón fuerte, pero medido. Su mano era cálida y fibrosa, y su rostro, de mandíbula cuadrada y grandes ojos oscuros almendrados, conferían confianza. El religioso andaría, según apreció Mario, próximo a los cincuenta años, aunque conservaba un aspecto juvenil y cuidado. Vestía con pantalones y camisa de manga larga negros y llevaba alzacuellos blanco. Tras el afable saludo, el sacerdote señaló uno de los dos sillones de la sala e invitó a Mario a sentarse, tras lo que hizo lo mismo. Una vez ubicados, se pasó la mano por la espesa mata de pelo canoso cortado a cepillo que coronaba su cabeza. La inquietud del director del Faith School era patente.

Laredo fue directo y percibió que el padre Juan lo agradecía.

Le contó lo ocurrido en el hospital la noche anterior, ante lo que el religioso mostró una afectación evidente. Tras ello, le resumió la conversación con Eric, omitiendo, como había hecho con Virginia, la referencia a sus pesadillas y al pisapapeles, y nombró al padre Esteban como la persona que sirvió la merienda la tarde en que falleció Zoe y Eric enfermó.

El padre Juan se encorvó, apoyó los codos sobre las rodillas y se sujetó la cabeza durante varios segundos en los que Mario guardó silencio, creyendo oír un murmullo que no supo si eran lamentos o un rezo. Cuando se incorporó, su rostro estaba demudado y tenía la mirada perdida en sus cavilaciones. Respiró hondo, juntó sus manos como si estuviera orando y habló con una tranquilidad inesperada.

—Le dije que lo ayudaría y lo haré. No sé a dónde nos llevará todo esto, pero no voy a echar tierra sobre lo que salga. El padre Esteban es uno de los miembros de nuestra congregación y se ocupa, entre otras cosas, de la enfermería. —Mario frunció el ceño—. Sí, señor Laredo, es lo que usted imagina: el padre Esteban tiene conocimientos médicos, sabe utilizar instrumental y me consta que está formado en diversas ramas de la medicina natural, cosa que, como comprenderá, me aterra. —Negó con la cabeza—. No quiero ni pensar que haya envenenado a esas pobres criaturas. ¿Qué motivo podría tener? Y lo que ya no me cabe en la cabeza es que se colase en el hospital para intentarlo con la señora Gibert. ¡Qué espanto!

—¿Está ahora en el centro? ¿Sería posible verle como por casualidad?

El padre Juan asintió y dijo que era muy posible que estuviera en la capilla. Cuando acababa el horario escolar, muchos miembros de la congregación se acercaban a orar antes de seguir con sus ocupaciones.

Ambos se dirigieron hacia allí y se quedaron en el marco de la puerta, que daba a un lateral del pequeño oratorio de apariencia moderna, con sus paredes forradas de paneles de madera clara y bancos, asimismo, color pino. El director indicó al juez que el padre Esteban estaba sentado en el primer banco de la izquierda. Entró con decisión, seguido por Mario, caminó por el pasillo lateral hasta el altar y, tras hacer una genuflexión, invitó al juez a sentarse en el primer banco, que quedaba a la derecha del que ocupaba el padre Esteban. Este se giró como reacción natural para ver quién se acababa de sentar y puso una expresión de sorpresa al encontrar el rostro del juez. Sin embargo, se modificó al instante en un gesto que indicaba algo similar al desconcierto.

A Mario le resultó vagamente familiar aquel rostro anciano, pero se trataba de una fisonomía vulgar, mediocre. Unos rasgos desdibujados que no conservaban vestigios de un especial atractivo o inteligencia.

Miró a su derecha y vio que el padre Juan tenía la mirada fija en el altar. Sus labios se movían como si lanzara pompas de jabón al aire y sus manos se entrelazaban con fuerza. Sobre su pecho palpitaba un crucifijo. Él también miró hacia el frente e intentó orar, sin éxito, a pesar de haber sido educado en un colegio religioso. Contempló el tapete de hilo que descansaba sobre el altar y una imagen le acudió a la cabeza. La del día que, a los dieciséis años, se quitó del cuello un crucifijo muy parecido al que llevaba el padre Juan y lo dejó sobre el altar de la iglesia de su colegio. Desde aquel día, había mirado a Dios con rencor.

El olor de la madera encerada lo empezó a marear y se levantó del banco. Necesitaba salir de aquel lugar cuanto antes. Para evitar pasar por delante del padre Juan e interrumpir su oración, giró hacia el pequeño pasillo central situado a su izquierda, entre las dos bancadas, y quedó a escasos centímetros del padre Esteban.

Este tenía unas manos blancas y de aspecto blando apoyadas sobre las rodillas. Cuando percibió el movimiento de Mario, giró la cabeza, de escaso y canoso pelo, y levantó las mirada topándose con la del juez, que era dura y penetrante. Los ojos acuosos del anciano sacerdote se clavaron en los de Mario en un gesto extraño que el juez no supo si se debía a la incertidumbre, pero que le resultó desagradable. Una vez fuera de la capilla, Laredo respiró hondo y notó su pulso acelerado.

Se apartó unos metros de la puerta de la capilla para evitar toparse de nuevo con aquel rostro, pero no lo pudo evitar. El padre

Esteban lo siguió, pasó de largo frente a él con un caminar lento y se alejó, dejando tras él, el sonido del roce de la tela de sarga, hasta esconderse en la oscuridad del pasillo que daba acceso a la zona privada de la congregación.

Pocos segundos después, el padre Juan se acercó a Mario y sin necesidad de mediar palabra, se encaminaron hacia la salida del colegio. Una vez allí, el director habló de nuevo:

—Si dicen que fue un sacerdote quien entró en la habitación de la señora Gibert es que alguien lo vio.

—Sí, la madre de la señora Gibert cruzó unas palabras con él, pero dice que nunca lo había visto en el colegio.

—El padre Esteban no da clases ni suele estar en contacto con las familias. En esta congregación tenemos religiosos muy activos en el ámbito escolar y otros llevan una vida estrictamente religiosa. Esteban, salvo su esporádica ocupación en la enfermería, es de estos últimos. De hecho, se incorporó hace pocos años al colegio.

Mario atendió a esa información con avidez.

—¿Y de dónde venía?

El padre Juan negó con la cabeza y dijo no recordar si del Hope o del Charity School. Laredo le pidió que investigase sobre los anteriores destinos del padre Esteban.

—¿Es normal que un sacerdote ya mayor cambie de destino?

El director contestó que no era extraño siempre que los religiosos se encontrasen bien de salud. Y le prometió que investigaría su historial. Después, abrió la pequeña taquilla que albergaba la recepción y buscó sobre la mesa hasta dar con lo que buscaba: una revista escolar. La ojeó y dobló la esquina de una de las páginas. Se la tendió al juez.

—Mire —abrió la página marcada y señaló con el dedo—, en esta fotografía aparece el padre Esteban. De hecho, salen todos los religiosos de este centro. La foto es relativamente reciente, ya que la hicimos con la visita que el obispo regaló a este centro. Muéstresela a la señora Gibert y saldremos de dudas. En cuanto a lo que ha dicho Eric sobre que el padre Esteban les dio la merienda, ¿está usted seguro de que el niño también fue envenenado con esa sustancia?

Mario negó con la cabeza. Esa seguridad ni existía ni podrían obtenerla nunca, según le había informado la forense Elena Ciuró. Y en tanto Alicia no confirmase que el sacerdote que accedió a la habitación era el padre Esteban, era aventurado llegar a alguna conclusión.

—Le ruego que si el padre Esteban le pregunta por mi visita no le diga quién soy. Doy por hecho que no puede mentir, pero espero que se le ocurra algo para evitar darle esa información.

—A veces no es necesario mentir para omitir datos. Es más sencillo no responder o hacerlo con evasivas. Algo que les molesta mucho a ustedes, los jueces. No se preocupe, no creo que me pregunte nada, pero en cualquier caso guardaré toda cautela. A fin de cuentas, tanto el padre Esteban como el padre de Zoe Clifford son especialistas en el manejo de las sustancias medicinales, ¿no? No hay que olvidar la posible culpabilidad del señor Clifford.

Mario asintió.

Cuando salió del colegio, ya estaba oscureciendo. Las palabras del padre Juan resonaban en su cabeza. Tanto uno como otro podrían haber suministrado el acónito a Zoe.

Tendría que hacer una pequeña consulta a Elena Ciuró. La forense le había dicho que era sencillo obtener el acónito para un profesional de la medicina natural, pero era preciso concretar con más detalle dónde se podía comprar y si su adquisición dejaba rastro. También tendría que interrogar de nuevo a James Clifford. Algo le decía que era esencial hablar con él.

De camino a su casa, llamó a Elena. La forense, poco acostumbrada a recibir llamadas del juez a su móvil personal, atendió la llamada con cautela.

—Solo serán unos segundos.

—A ver...

—Me comentaste que cualquiera puede obtener el acónito, que es relativamente fácil adquirirlo. ¿Una compra de esta sustancia deja rastro?

—Supongo que si se hace por internet dejaría el mismo que si compras filtros para la cafetera.

Laredo obvió el tono mordaz con el que le respondió la forense y se limitó a guardar silencio durante unos segundos. Elena suspiró y se mostró algo más amable con el juez.

—Pero si yo necesitase adquirir una sustancia para cargarme a alguien, tendría sumo cuidado de no dejar ningún rastro. Por internet solo puedes pagar con tarjeta, así que, sencillamente, me echaría al monte.

—¿Al monte?

—Hay quien va a buscar romero o manzanilla o espárragos...

—¿Tan sencillo como eso?

—Así es. Esta planta se puede encontrar en nuestro país en los Pirineos o en la Cordillera Cantábrica. —Mario dio un respingo—. Estoy segura de que tú mismo puedes haberla visto de excursión. Ya te dije que el peligro es que suele causar daños de forma accidental. Las flores son preciosas, grandes y de un color azul o violáceo. Tienen un aire a los jacintos. Y con los debidos conocimientos en el manejo de la herboristería, su preparación es tan sencilla como la de cualquier infusión: machacar las semillas en un mortero, agregarles agua y dejarlas reposar.

Laredo quedó impactado por la aparente sencillez de la preparación de la fórmula fatal y así se lo manifestó a la forense.

—Te asombrarías de lo letales que son muchas cosas que están a nuestro alcance. Lo que sucede es que, por fortuna, no es tan sencillo conocer las cualidades de las sustancias y mucho menos sus dosis y efectos. Para envenenar a alguien y que no te pillen hay que saber, como todo en esta vida.

—Sí, supongo.

—Exacto. Hay que saber y tener el arrojo de enfrentarse a un castigo muy grave. El asesino de Zoe Clifford es hábil, Mario. Pero tú también. No lo olvides. Sé que encontrarás el hilo del que tirar. No me preguntes por qué, pero lo sé.

Laredo sintió una punzada en el pecho. La forense no se prodigaba en halagos.

Tras ese mensaje tan impropio de ella, Elena cambió el tono de su voz al suyo habitual y se despidió del juez con total neutralidad.

# 31

Mario Laredo anduvo por el andén vacío y entró en el último vagón del tren. Se sorprendió al no ver asientos. A su derecha, al fondo, una cama conocida, y sobre ella, su hermana tal cual la vio pocas horas antes del entierro. Se acercó a Casandra. Estaba como la recordaba. La miró y se echó la mano derecha al pecho en busca del crucifijo, sin encontrarlo. Recordó que ya no lo tenía, lo había dejado en aquel altar después de su sepelio. Se miró las manos y la ropa, confundido. No sabía si tenía dieciséis años o cuarenta y uno, ni por qué su hermana estaba ahí enfrente, todavía de cuerpo presente. Entonces sintió el corazón agitado y mucho miedo. Temió que Casandra hubiera ido a buscarlo para arrastrarlo allá donde fuera que habitase su alma. Empezó a respirar con dificultad y quiso salir huyendo del vagón antes de que el tren arrancase, pero los pies no se movieron ni un milímetro. Tenía el cuerpo totalmente paralizado. Respiró hondo para reunir fuerzas y cerró los ojos. Cuando los abrió, su hermana estaba sentada sobre su cama y lo miraba fijamente. Quiso gritar, pero no pudo. Quien gritó fue ella.

—¡¡MIRA!! ¡¡MÍRALO!! —Casandra giró la cabeza y señaló con su dedo índice, lívido.

Laredo se giró hacia donde indicaba su hermana y vio una sombra difusa a su lado. Parecía una túnica oscura. No, no era una túnica, era una sotana de sacerdote.

Cerró los ojos y los abrió de nuevo para intentar ver mejor la imagen, pero todo había desaparecido y se encontró tumbado en su cama, despierto y sin poder mover un músculo. Intentó incorporarse, pero no pudo, y sintió que el corazón latía desbocado. Se moría. Pensó en Zoe Clifford y en Virginia, y creyó, con terror, que también lo habían envenenado.

Pero de repente oyó una voz tranquilizadora a su lado.

—No te mueres, Mario. No te estás muriendo. Estoy contigo. Están muy cerca.

Mario despertó de golpe con una clara intuición que lo llenó de espanto: el padre Esteban vivía en el colegio al que acudió su hermana.

Se levantó aliviado por haber recuperado el control y se sacudió el frío del cuerpo. Estaba helado. Fue al baño y abrió el grifo del agua caliente, se desnudó y se colocó bajo el chorro para desentumecer los músculos. Cuando salió de la ducha, se fijó con horror en el espejo: no mostraba ni un pequeño rastro de vaho a pesar de haber estado unos buenos diez minutos con el agua caliente a máxima potencia. Acercó la boca al espejo y exhaló. Nada.

Cuando fue a gritar, abrió los ojos de nuevo y se encontró sentado en la cama. Salió corriendo y fue al baño, abrió la mampara de la ducha y se agachó. El plato estaba completamente seco. Se quedó en cuclillas un buen rato pensando en lo ocurrido.

Tras recomponer el ánimo, regresó a su habitación y miró la hora. Eran las seis de la mañana. Tuvo la necesidad imperiosa de llamar a Virginia, pero la hora y la prudencia se lo impidieron. Sin embargo, le escribió un mensaje de WhatsApp:

M: No sabes cuánto necesito hablar contigo. Espero que hoy te den el alta. Creo que he sufrido una parálisis del sueño y estoy aterrado. O quizá no se trata de eso y he estado demasiado cerca de Casandra. Creo que lleva años a mi lado esperando este momento. Por primera vez, después de tanto tiempo, tengo miedo. He creído morirme. Y sí, como me decías ayer, cuando uno está a punto de morir todo se ve con mayor claridad. Aunque yo hace tiempo que lo tengo muy claro. Necesitaba decirte que te quiero, Virginia.

# 32

Lunes, 8 de marzo de 2021. 06:00 horas
Domicilio de Mario Laredo
Calle Mallorca esquina Padilla, Barcelona

Mario supuso que el padre Juan estaría despierto. No sabía con seguridad si la congregación respetaría las horas canónicas a rajatabla y más cuando tenían ocupaciones profesionales. Era posible que no rezasen los maitines antes del amanecer o los laudes cuando salía el sol, pero dudaba que se saltasen la hora prima, las seis de la mañana, así que marcó el número de móvil personal que el religioso le había facilitado la tarde anterior para tener contacto directo.

Al sacerdote le sorprendió la llamada. Poca cosa podía haber pasado desde el viernes anterior y le constaba que el padre Esteban no había salido del edificio, pues se había ocupado de controlar sus movimientos.

—No le habrá sucedido otra desgracia a la señora Gibert, ¿no? —manifestó nada más atender la llamada.

El juez lo sacó de dudas y fue directamente a la cuestión.

—¿Cree usted en espíritus, Padre?

—Hombre...

—Me refiero a espíritus además de los reconocidos por la Iglesia. Ya sabe a lo que me refiero.

El sacerdote carraspeó.

—Preferiría que acotase la cuestión antes de responder.

—Ya veo a qué se refería cuando me comentó ayer que no era necesario mentir para eludir dar respuestas incómodas. Pero le pido que me diga, con total confianza, si cree que las almas de los muertos se pueden comunicar con nosotros.

El sacerdote respiró hondo con tal intensidad que Laredo lo percibió.

—Dígame qué le ha ocurrido.

Mario dudó por unos instantes, pero decidió no aventurarse. No le pareció el momento ni la forma más adecuada para comentar con el religioso la experiencia que había vivido.

—En otro momento quizá.

El padre Juan no insistió, aliviado, y cambió de tema con rapidez.

—Pues yo sí que tengo novedades para usted. Este fin de semana estuve indagando en los archivos. El padre Esteban llegó a nuestro colegio hace unos tres años. Venía del Hope School, nuestro centro de Madrid. No fue él quien solicitó el destino, sino que lo trasladaron a propuesta del director.

—¿Consta el motivo? ¿Ocurrió algún incidente en ese centro?

El padre Juan le explicó lo único que aparecía en la documentación. Por lo visto, el colegio había contratado a un auxiliar de enfermería profesional y a fin de evitar susceptibilidades con el padre Esteban, que hasta la fecha había ocupado ese cargo, decidieron trasladarlo.

A Mario le pareció un motivo extraño y el sacerdote coincidió con él. Que el Hope contratase a un profesional no impedía que el padre Esteban continuase colaborando en la enfermería o se le destinase a otra ocupación. La decisión no parecía lógica.

—¿Cree que si llama a su colega del Hope podría ampliarle esa información?

—Si se refiere a si hay algo más que no consta en la carta de traslado, no veo cómo abordarlo sin darle una mínima explicación. Piense que han pasado tres años. Conozco al padre Luis, no es como yo. Muy gordo debería ser un tema para que soltase prenda. Es más bien de los de echar tierra sobre los problemas. Ahora bien, si llega el momento de hacerlo, lo haré.

El juez comprendió al instante. El sacerdote no era de evitar las cuestiones que escocían, pero su ayuda se limitaría, por el momento, a aquello que estuviera a su alcance, sin involucrar a otras personas de la orden.

—De todos modos, hay algo más. El padre Esteban, antes de ser destinado al Hope, pasó muchos años en nuestro tercer colegio, el Charity School, en Santander. En realidad, se unió a nuestra congregación en aquel centro. Esteban entró en nuestra orden en 1971, a los veinte años, y permaneció en el Charity hasta el 1995, es decir, veinticuatro años. Es el colegio en el que ha pasado más tiempo. En verano de 1995, él mismo solicitó un traslado a Madrid y estuvo en el Hope hasta finalizar el curso escolar de 2018. Es curioso, pero es una persona reservada y nunca comenta nada de su paso por los otros colegios ni recibe llamadas o cartas de otros hermanos de la congregación ni de familiares. De hecho, yo mismo, de no ser por lo que nos ocupa, jamás me hubiera interesado por su pasado. Es una persona casi invisible.

Laredo no realizó ninguna observación al respecto. Sus ojos estaban fijos en el papel en el que había anotado los datos que le acababa de facilitar el padre Juan y había rodeado con un círculo el periodo en el que el sacerdote estuvo en el colegio de Santander.

Sus peores presagios se confirmaron.

—Padre, me pregunto si, por casualidad, en el historial del padre Esteban consta alguna foto del año 1995 o de fechas inmediatamente anteriores.

El sacerdote no le preguntó el motivo —su intuición le aconsejó no hacerlo— y le respondió que sí, que en los archivos administrativos conservaban los carnets de identidad y otra documentación relevante de los miembros de la orden. Solicitó al juez que le diera unos minutos en los que Laredo oyó el abrir y cerrar de los cajones metálicos de unos armarios archivadores y el crujir de las carpetas deslizándose sobre los rieles. Antes de lo que imaginó, oyó los pasos del padre Juan aproximándose al teléfono y su voz satisfecha; había dado con una de 1994. Informó de ello al juez y le pidió unos segundos más de espera para hacer una foto con su propio móvil, que enseguida le envió mediante mensaje.

Mario abrió el archivo con temor, aunque con decisión, y sus entrañas se retorcieron al instante como si le hubieran asestado un puñetazo a la vez que el pulso le empezó a palpitar con furia en las sienes.

El impacto del recuerdo fue desoladoramente nítido. Rescató de su memoria la tristeza de aquel día tan funesto, que había luchado por enterrar durante tantos años, y se trasladó a la mañana lluviosa y gris en la que se celebró la misa en recuerdo de Casandra en el Charity School. Aquel día entró en misa peleado con sus padres. Su madre lloraba sin cesar y él les recriminó que le hicieran pasar por aquel drama tan solo una semana después de haber enterrado a su hermana. Ni lo comprendía ni quería hacerlo. Su padre le gritó con severidad y lo tachó de cruel y maleducado. Le cargó en las espaldas más dolor del que ya llevaba a cuestas y lo obligó a ser un hombre y mantener la compostura. Mientras, su madre cedía, entre sollozos, a sus ruegos para no acudir a aquella misa.

—El chico se viene, María, faltaría más. Ya no es un chiquillo, tiene dieciséis años. Y el colegio celebra esta misa en memoria de su hermana. Estarán sus compañeros, sus profesores, padres y no se va a quedar en casa. Nadie lo entendería.

Así que no le quedó otra opción que aguantar, revivir una vez más el dolor reciente echando sal en las heridas que todavía sangraban y soportar los numerosos pésames que recibió como muestras de una conmiseración que detestó. Una situación incómoda para él y para sus compañeros a quiénes, a pocos metros de la iglesia, oyó recuperar sus vidas llenas de normalidad.

Ese día odió a su padre como nunca y se enfadó con Dios. Ese fue el día que se quitó la cruz del cuello y la dejó sobre el altar cuando nadie, salvo su madre, lo vio. Su padre, al llegar a casa, echó un vistazo a su cuello y fue a decir algo, pero la mirada de frialdad que recibió de su hijo se lo impidió. Meses después, su padre obtuvo un traslado laboral a Barcelona. Nunca explicaría ni a su esposa ni a él que decidió marcharse de Santander aquel mismo día. Y Mario, con el tiempo, intuyó que, a pesar de su apariencia fuerte y de su distancia emocional, su padre no se vio capaz de seguir viviendo en aquella ciudad en la que fueron tan felices, continuar pisando sus calles y cruzándose con la misma gente.

Así, lleno de furia, pero con la firme decisión de no despertar en nadie la compasión que sintió aquella tarde, Mario Laredo empezó una nueva vida en Barcelona, donde, a los pocos meses de llegar, conoció a Virginia.

Miró la foto del padre Esteban con asco y revivió el contacto de su mano blanca y blanda al estrechársela aquella lejana tarde, igual que su mirada extraña, directa a los ojos, la misma que pocas horas antes le había dirigido en la capilla del Faith School. Una mirada que aquel día creyó que era de compasión, pero que en ese momento supo que respondía a algo más oscuro.

Sin duda, el padre Esteban estuvo en aquella triste misa de funeral.

—¿Le sirve de algo esta foto? —inquirió el padre Juan.

Mario le aseguró que sí, y le pidió una cosa más: era esencial averiguar si el padre Esteban, más allá de sus conocimientos de enfermería, disponía de la formación suficiente para preparar el tóxico desde la planta natural. Para ello debía saber identificarla y conocer, como la noche anterior le explicó Elena Ciuró, los efectos de la sustancia, el modo de preparación, la dosis necesaria para causar la muerte y la forma de suministrarla.

El religioso le prometió que intentaría indagar todo lo que pudiera sobre el pasado del padre Esteban.

Cuando Mario colgó ya eran cerca de las siete de la mañana. Supuso que Alfredo estaría despierto y lo llamó de inmediato.

—El viernes estuve en el Faith y hablé con el director, también vi al padre Esteban y al salir llamé a Elena. No te quise molestar en fin de semana, pero es que acabo de hablar con el padre Juan de nuevo y he comprobado que...

El fiscal lo llamó al orden.

—¿Eres consciente de la hora que es? No son ni las siete de la mañana, no me he tomado todavía el primer café. ¿Y dices que has llamado ya al cura? Te aseguro que no me veo capaz de comprender nada de lo que me expliques ahora. ¿Has dormido, Laredo?

Mario chasqueó la lengua. Le molestaba que Alfredo lo llamase por su apellido. Cuando lo hacía, solía ser en el marco de una conversación mordaz. El fiscal reculó con habilidad.

—Está bien. Ve al grano, dime qué quieres, me ducho y me cambio en un momento y nos vemos en media hora, mejor cuarenta minutos, en el bar de siempre, y me cuentas más. ¿De acuerdo?

—De acuerdo. Lo que quiero es hablar de nuevo con James Clifford y cuanto antes. Si puede ser esta misma mañana mejor. Por eso te llamaba, porque no nos da margen para redactar la citación.

—Te estás malacostumbrando. El viernes te conseguí la exploración de Eric en apenas unas horas y ya crees que voy a lograr lo mismo con Clifford.

—Sé que lo conseguirás.

—De acuerdo. Lo llamaré ahora mismo, antes de ducharme incluso. Si lo consigo, el café va a tu cargo.

Esa mañana Alfredo tomó un café, un zumo de naranja y un bocadillo de jamón ibérico. No siempre sucedía que el juez le pagase el desayuno.

# 33

Mario y Alfredo entraron en la Ciudad de la Justicia a las ocho y media de la mañana. Las puertas del edificio todavía no habían abierto al público.

El juez echó un vistazo a su móvil por enésima vez. Abrió el WhatsApp y entró en el chat que tenía con Virginia. Comprobó que había leído su último mensaje, el que le había enviado hacía unas horas cuando despertó de su inquietante sueño y sintió la urgencia de decirle que la quería. No se arrepentía de las palabras, pero sí de las formas. Entre los centenares de maneras de abrir su corazón y decirle algo tan íntimo e importante, lo había hecho a las seis de la mañana, inmerso en la angustia y por mensaje de teléfono. Negó con la cabeza. Era previsible que Virginia se sintiese abrumada y confundida. Releyó el mensaje y volvió a negar con la cabeza. «He creído morirme (...) Necesitaba decirte que te quiero». Qué mal, pensó. Era un auténtico grito de auxilio que solo hablaba de él. De sus miedos y sus necesidades. Chasqueó la lengua y percibió la mirada de Alfredo, que no le quitaba el ojo de encima.

—¿Algún problema?

Negó con la cabeza.

—¿Se trata de Virginia? ¿Está bien?

Volvió a negar, pero ante la expresión de alarma del fiscal se vio obligado a aclarar su respuesta.

—Se trata de ella, pero no es nada malo. Es algo que he hecho yo, que soy un... un auténtico desastre.

—¿Qué le has dicho? —Alfredo se mordía la lengua para evitar reírse ante la expresión dramática del juez que intuyó que era exagerada.

Mario se giró y detuvo el paso.

—¿De verdad quieres saberlo?

—Ardo en deseos.

—Le he dicho que la quiero.

Alfredo aplaudió.

—¿Y eso está tan mal?

Mario suspiró y encogió los hombros.

—Se lo he dicho a las seis de la mañana, después de tener una pesadilla espantosa en la que creía que me moría. Le he explicado eso y como colofón se lo he soltado a bocajarro. Habrá pensado que soy un desequilibrado.

Alfredo arrancó a reír.

—Virginia no habrá pensado nada de eso. Que eres un tío peculiar está fuera de toda duda, pero desequilibrado, no, Mario. No obstante, lo cierto es que después de tantos años de tira y afloja decirle que la quieres en un mensaje de texto es un fiasco, desde luego. —Le dio una palmada en el hombro y le dirigió una sonrisa socarrona—. Y supongo que andas mirando el móvil para ver si te contesta algo como «yo también», ¿no? No lo hará, ni te llamará. No hay respuesta para un mensaje como ese. Así que lo mejor que puedes hacer es arreglarlo cuando os veáis.

Mario asintió y empezó a caminar de nuevo con el deseo de dejar ese tema aparcado hasta más tarde. Ya había hablado demasiado delante de Alfredo. Ahora mismo tenía un problema que debía solventar antes de tomarle declaración a James Clifford. Era necesario desvelar una incógnita que estaba pendiente: si el padre Esteban era la persona que Alicia había visto entrar aquella noche en la habitación de su hija. Abrió su cartera y buscó la revista escolar que le había dado el padre Juan, localizó la página marcada y se la mostró a Alfredo.

—Debería enviarle esta foto a Virginia para que le pregunte a su madre si este tipo es el que entró en su habitación. Pero no me parece que sea lo más conveniente, dadas las circunstancias... Mejor que le escribas tú.

Alfredo negó con la cabeza.

—¡Ni hablar! Laredo, déjame que te diga que eres un auténtico espanto en temas del corazón. Si escribo a Virginia, ¿sabes lo que va a pensar? —Mario encogió los hombros de nuevo—. Pues que le estás dando esquinazo y que te arrepientes de lo que le dijiste. Vamos a ver, ¿tienes el teléfono de sus padres?

El juez asintió. Tenía el fijo y también el móvil de Alberto. Así que lo llamó y a continuación le envió la foto.

En unos minutos recibió el mensaje de vuelta. La respuesta de Alicia fue desalentadora: «Creo que no es él, pero en realidad todos los curas se parecen».

\* \* \*

James Clifford llegó al juzgado tan puntual como en la primera declaración. Se mostró del mismo modo, educado y con actitud colaboradora. Sin embargo, Laredo leyó cierta inquietud en sus gestos. Le costaba tragar con fluidez y la saliva se le acumulaba en la boca, lo que lo obligaba a pasarse la lengua por las comisuras provocando un ligero chasquido cada vez que iniciaba una frase.

Como era habitual, el juez y el fiscal se repartieron las funciones. Alfredo se ocupó de hacerle un resumen medido de las indagaciones que se habían realizado desde que prestó la primera declaración y de las sospechas que habían surgido en torno al colegio, mientras Laredo atendía a la comunicación no verbal del interrogado.

La reacción gestual de Clifford fue de inicial sorpresa y, a percepción de Laredo, transmitió más relajación y alivio que indignación. Intuyó que en el ánimo de James pesaba más la tranquilidad de constatar que las sospechas se alejaban de su persona que la ira que le podía generar la identificación del asesino. El juez evitó aventurar conclusiones subjetivas; a fin de cuentas, no debía de ser nada fácil estar en el punto de mira de una investigación judicial, y que el dedo acusador viraba en otra dirección a la fuerza tenía que provocar una tranquilidad tremenda.

Con todo, Mario quería saber hasta qué punto James estaba o no en contacto con Vicky Soler —no podía obviar las contradicciones de Vicky, señalando con tanta ligereza la posible culpabilidad de su marido y apuntando, a la vez, hacia una posible responsabilidad del colegio—, y si era conocedor de alguna parte de la información que le acababan de revelar. Vicky había declarado con posterioridad a él y sabía que iban a realizar indagaciones en el centro escolar, de forma que, de saberla, tenía que haber salido de ella. Empezó a interrogarlo.

—Dígame, James, antes de que el fiscal se lo relatase, ¿su esposa le comentó algo con respecto a la merienda del día del patrón y que Eric también se encontró mal?

Clifford dudó un poco y su incomodidad fue evidente. Laredo percibió que mostraba reticencias a manifestar que estaba en contacto con Vicky.

—No tema decirme la verdad. Tampoco sería extraño que ustedes hablasen. A fin de cuentas, la muerte de un hijo está por encima de cualquier desavenencia conyugal.

James asintió y respondió que efectivamente iba hablando con Vicky del curso de la investigación.

—¿Quién de ustedes dos se ocupaba de llevar y recoger a Zoe del colegio antes de que se separasen?

—Mientras viví con ellas en la casa, yo. Desde la separación, nos turnábamos. Pero por horario, iba más yo.

Laredo enarcó las cejas en gesto de sorpresa.

—Tengo entendido que su esposa tiene un horario de trabajo compatible con el de entrada y salida escolar. ¿No es así?

—Prefería ir yo —atajó Clifford.

—Entonces conocerá al profesorado de su hija y a los monitores, entiendo. Supongo que Zoe le debía de hablar de ellos.

Clifford asintió sin saber muy bien a dónde quería ir a parar el juez.

—¿Conoce personalmente o su hija le habló en alguna ocasión del padre Esteban?

A Laredo le pareció notar una ligera interrupción en la respiración de James, pero este respondió enseguida que no sabía quién era.

—¿Es él de quien sospechan?

Mario se limitó a decirle que estaban investigándolo como persona responsable de enfermería que les suministró tanto a su hija como a Eric la merienda para celíacos y cerró el tema sin dar opción a más preguntas.

—James, ¿usted sabe cómo se puede obtener la aconitina?

—Creo que a eso ya les contesté el otro día. Los profesionales del sector podemos acceder a la sustancia, aunque no es nada habitual utilizarla.

—Me parece que he sido poco específico. Lo que le quiero que me diga es si usted sabría obtener la planta y preparar la fórmula correspondiente.

Clifford asintió sin dudar y, sin dar muestras de preocupación, explicó con todo detalle dónde se podía localizar y cómo se extraían las semillas y se conseguía la sustancia.

—Una persona con conocimientos en hierbas medicinales puede hacerlo sin especial problema. Es decir, no solo alguien que se dedique a la medicina china, en cuyo ámbito se le ha dado mucho uso a esa sustancia. En realidad, es muy probable que ese sacerdote...

—El padre Esteban.

—Exacto. Pues es muy probable que siendo enfermero conozca la sustancia. Piense que, a diferencia de la medicina, los profesionales de enfermería suelen hacer muchos cursos complementarios de otras materias, en especial en áreas de la medicina natural. Los médicos optan por la medicina alopática, ya sabe, la medicación química. Las alternativas suelen quedar para los que no hemos cursado el grado. No sé si me explico.

Laredo sonrió. James Clifford se explicaba perfectamente. Las posibilidades de que el padre Esteban conociese el manejo de la sustancia eran más que elevadas.

# 34

Cuando James abandonó el despacho de Laredo, las percepciones del juez y del fiscal divergían.

Alfredo, a pesar del dato objetivo del envenenamiento de Virginia la tarde en que fue al Faith School y la noche siguiente en el hospital, no lograba concebir el motivo que podía tener el padre Esteban o cualquier otro religioso del colegio para acabar con la vida de Zoe. Por su experiencia, los crímenes de menores solían darse, desafortunadamente, en el seno del entorno familiar. Y en el caso de Zoe, con una separación en ciernes, un marido que había dado muestras públicas de celotipia, que había reconocido seguir muy enamorado de su mujer, y el testimonio de esta, que no dudó en apuntar a una posible violencia vicaria, el móvil del asesinato se vislumbraba más claro.

Con todo, era un mar de dudas. La reacción de Clifford no era la propia de ese tipo de hechos, a los que sigue muchas veces el suicidio o la confesión. Y por lo que acababa de declarar el propio James, seguía en contacto con su esposa y comentaban el avance de las investigaciones.

Alfredo, al inicio de su andadura como fiscal, estuvo trabajando en los juzgados de familia y sabía de sobra que cuando una pareja se detesta es imposible que se comuniquen de esa manera. No le parecía en absoluto lógico que Vicky fuese capaz de hablar tranquilamente con James de ningún aspecto, y menos del de la muerte de su hija, y más cuando ella misma veía posible su culpabilidad directa.

Mario, por su parte, contaba con una información de la que

Alfredo todavía carecía. Una información que no podía constar en las diligencias de instrucción. Le había dado muchas vueltas a ello. La intuición, y mucho menos los sueños vívidos o incluso fantasmales, no podían tener reflejo en los folios, como si se tratase de una declaración, un fax, un correo o una llamada telefónica.

Las apariciones insistentes de Casandra, la sensación visceral que le provocó el padre Esteban cuando lo vio en la capilla del Faith School y, por supuesto, la foto del religioso con el mismo aspecto que el recordaba después de treinta años, dirigían sus sospechas hacia él. Pero era consciente de que se trataba de conjeturas. Jamás podría demostrar que la muerte de su hermana no fue accidental, y mucho menos que fue causada por el padre Esteban.

Esperó a que Alfredo acabase de comentarle sus impresiones y negó con la cabeza.

—Como ha dicho Clifford, una persona experta en enfermería podría ser capaz de preparar la fórmula si tiene conocimientos de medicina natural.

Alfredo se llevó las manos a la cara con desesperación.

—Mario, estás dando valor de indicio a una posibilidad excepcional, cuando lo que está claro es que Clifford acaba de explicarnos con todo detalle que él sí que sería capaz de preparar esa sustancia. Y tenemos la declaración de Vicky Soler apuntando a un posible supuesto de violencia vicaria.

—Lo de Clifford no aporta nada nuevo, Alfredo. Lo sospechoso hubiera sido que lo negase.

Alfredo asintió. El juez tenía razón, pero ello no implicaba que las sospechas hacia el padre Esteban cobrasen más fuerza tras el testimonio de Clifford.

—En cualquier caso —prosiguió Laredo—, estamos a la espera de ver qué consigue averiguar el padre Juan sobre la formación del padre Esteban. Esta mañana me ha prometido que se pondría a ello de inmediato.

—Sí. De todos modos, Mario, coincido con Virginia en que estás juzgando con demasiada flexibilidad al padre de Zoe. Desde el primer momento te ha parecido creíble.

A Laredo le escoció el comentario de Alfredo. En parte era cierto, aunque los hechos objetivos le pedían que no lo descartase como sospechoso, había algo en James que lo invitaba a creerle. Quizá porque había reconocido seguir enamorado de su mujer; una fragilidad emocional con la que él se identificaba en aquel momento. Miró a Alfredo y recordó sus palabras: «Eres un espanto en temas del corazón». Aquella investigación le estaba removiendo los cimientos más profundos: el recuerdo de la muerte de su hermana, la batalla por la decisión de Virginia, sus dudas y temores, la preocupación por verla en el hospital al borde de la muerte. El fiscal tenía razón, el tema le tocaba en lo más íntimo y no era momento de perder pie.

Alargó la mano y la colocó sobre el pisapapeles de vidrio con la mirada perdida en un punto infinito. Tragó saliva y cerró los ojos un momento.

—Está bien, Alfredo. Analicemos un hecho que daría al traste con las sospechas sobre James Clifford: la tarde en la que Virginia fue a hablar con el padre Juan regresó a su casa con signos manifiestos de malestar, y por la noche ingresó en el hospital. ¿No te parece suficientemente objetivo?

—Es cierto, pero a lo largo del día alguien se lo pudo suministrar de cualquier forma. No olvidemos que tanto ella como el padre Juan dicen que ya se encontraba mal en el curso de esa reunión, así que pudo llegar al colegio con la sustancia ya inoculada. Recuerda que Elena habló incluso de intoxicación cutánea. Y no olvides que la madre de Virginia no ha reconocido al padre Esteban como la persona que entró en la habitación.

—¿Y la sustancia le hizo efecto tantas horas después?

Alfredo asintió.

—Repasemos: si a Zoe Clifford le dieron la aconitina en la merienda escolar, que sería sobre las cuatro de la tarde, luego se fue a su fiesta y acabó falleciendo sobre las once de la noche, nos salen unas siete horas. En el caso de Virginia, estuvo comiendo en un bar al mediodía, antes de ir al colegio a hablar con el padre Juan, llegó a su casa con vómitos y se fue a la cama. Sus padres se fueron a dormir y en el curso de esas horas debió de desmayarse. Ellos pensaron que dormía, y no sabemos a qué hora entró en fase crítica, pero posiblemente le sucedió como a Zoe, y eso nos da unas siete u ocho horas después de ingerir el acónito.

Mario negó con la cabeza. Aquel día Virginia no vio a James en ningún momento.

Alfredo miró a Laredo con seriedad.

—Te conozco, Mario. Estás demasiado empeñado en apuntar hacia ese sacerdote y no hay motivo ni móvil. Hay algo que sabes y que no me cuentas.

Mario suspiró.

—No me creerías.

—Prueba.

—Me parece que no es la primera vez que hay una niña muerta cerca del padre Esteban. ¿Crees en el más allá?

Alfredo levantó su silla y la puso frente a la del juez, dispuesto a escuchar.

## 35

## LA MUERTE DE CASANDRA LAREDO

Santander. Febrero de 1995

Mario siempre salía de su entrenamiento de gimnasia con el tiempo justo para pasar a recoger a Casandra de sus clases de danza. Le gustaba ir a por ella, tanto por volver a casa paseando con su hermana como por ver a las chicas más mayores, las de su edad, que solían pasearse por la recepción de la escuela de danza con aquellos maillots color vino y unos moños repeinados y estiradísimos que acentuaban su belleza.

A fuerza del entusiasmo de su hermana y tras la asistencia a los festivales de fin de curso, tenía suficientes conocimientos en danza como para asombrarse ante un buen empeine, una fina clavícula o un *en dehors* privilegiado. Su hermana gozaba de todas esas cualidades, sobre todo del famoso *en dehors,* que enseguida detectó su profesora al observar la rotación de cadera de la niña.

Casandra acababa de cumplir diez años y se estaba convirtiendo en una jovencita preciosa.

Mario entró en la recepción de la escuela donde esperaba encontrar a su hermana, que solía salir siempre a saludarlo cuando acababa la clase, justo antes de dirigirse a los vestuarios para cambiarse. Buscó con la mirada entre la aglomeración de niñas el moño cobrizo de su hermana y su carita blanca y sudorosa salpicada de pecas, pero no la encontró.

La recepcionista se dirigió a él en cuento lo vio.

—Casandra no ha venido. Ha llamado tu madre para decir que se encuentra mal.

El joven Mario le dio las gracias y salió de la escuela, no sin antes lanzar una mirada divertida a tres de las chicas que lo escudriñaban y cuchicheaban entre risas. Una de ellas era Irene, a quien Casandra idolatraba por su destreza en danza clásica y contemporánea, y a la que él, en secreto, también le prodigaba una buena dosis de admiración.

Cuando llegó a casa, el comedor estaba en penumbra. Tan solo iluminado por la lámpara de pie esquinera, situada entre los dos sofás del salón. No se oía nada, ni el más ligero ruido. Lanzó al aire un «hola» encogido y avanzó por el pasillo directo hacia la habitación de Casandra, que tenía la luz encendida. La encontró vacía. El olor acre del vómito lo impregnaba todo y un líquido viscoso salpicaba la ropa de cama y se deslizaba por el suelo.

Al momento, sonó el timbre de la puerta, y el contraste con el silencio unido al miedo creciente lo sobresaltó. Se dirigió al recibidor y echó un vistazo por la mirilla; era su vecina, buena amiga de su madre.

Cuando abrió, la mujer le dio un abrazo y se limitó a decirle que debía ir con ella.

No preguntó nada y se limitó a rezar y a expulsar fantasmas. A buen seguro Casandra se habría encontrado muy mal y su madre la había llevado al hospital. Supuso que antes de eso, llamaría a su padre al trabajo y este habría ido directamente al centro médico. A él no tuvieron forma de darle aviso. No obstante, ¿por qué no podía esperar en casa a que regresasen?

Cuando llegó al hospital, su padre lo esperaba en la puerta con el rostro anegado de lágrimas. Mario negó con la cabeza y se mordió los labios y la lengua. Respiró hondo y se prometió no desfallecer. La ira le subió desde el estómago y le envenenó el alma. Nadie, ninguno de los que estaban allí, merecía la suerte que tenían, la suerte de estar vivos. Ni siquiera él. Su padre intentó abrazarlo y se escabulló sin disimulo. Su vecina puso una mano sobre el hombro de su padre y le dirigió unas palabras de consuelo: «Es comprensible, el chico está en *shock*. Es un chaval, no puede gestionar sus emociones. No se lo tomes en cuenta. Necesitará su tiempo». Mario miró a aquella mujer con frialdad. Ni una lágrima ni un conato de debilidad.

Casandra estaba muerta, y él también.

Tras el entierro, llegaron los reproches. Los reproches por no querer hablar de su hermana, por no verter una lágrima, por mostrarse desagradable y cortante con quienes venían a darle el pésame y le lanzaban frases de consuelo y de psicología barata, por dejar la gimnasia deportiva para deambular por el parque cercano a casa, por pillarlo una tarde en un rincón de la escalera de la escuela de danza a la que iba su hermana besándose con Irene a la vista de algunas niñas que subían y bajaban, por contestar mal a su padre —solo a él, jamás a su madre, que era la única para la que tuvo buenas palabras—, por negarse a ir los domingos a misa y, después de la ceremonia, a casa de los abuelos a comer, por levantarse de la mesa a media comida y a media cena e irse a su habitación dando un portazo. Se las ingenió día tras día para asegurarse de recibir los reproches que alimentaban su rabia, la única emoción que se permitía sentir.

Después de los terribles meses que siguieron a la muerte de Casandra, un día le comunicaron que se iban a vivir a Barcelona. Ese fue el primer día que volvió a sonreír un poco.

Le dijeron que podía llevarse todo lo que quisiera, pero dejó su habitación casi intacta. Rescató poco y a desgana. Y entre lo poco, lo primero que metió en su mochila fue el pisapapeles de vidrio de Casandra. El que había sido de su abuela, la madre de su padre, la mujer de la que su hijo siempre se avergonzó porque decía que estaba medio loca.

# 36

Sincerarse con Alfredo fue sanador a la vez que extenuante. Hacia el final de su confesión recibió una llamada del padre Juan a la que se aferró como a una tabla de salvación. Hablar de la muerte de su hermana y de todo lo que sobrevino después era doloroso y demoledor.

Alfredo lo escuchó con paciencia y afecto, y Mario se asombró de cuánto había cambiado su relación con aquel hombre. Nunca hubiera dicho que sería la primera persona con quien se sinceraría de aquel modo. Siempre creyó que lo haría con Virginia, pero pensándolo bien, abrir la herida con Alfredo le había permitido expulsar los peores demonios, los que ya no volverían en un segundo relato.

Se dirigió al colegio en taxi, como había hecho el viernes anterior, y pensó seriamente en dejar la moto aparcada por unos días, hasta que pasase el tsunami de emociones en que estaba inmerso.

El silencio del taxista, que Mario agradeció internamente, le facilitó ordenar sus ideas en el cuarto de hora que duró el trayecto desde la puerta de los juzgados hasta el Faith School.

En primer lugar, pensó en lo que le había dicho Alfredo: que estaba demasiado afectado por el paralelismo entre la muerte de Casandra, la de Zoe y lo que le estaba pasando a Virginia, y que eso afectaba a su criterio. No le quedó otra que aceptar esa realidad y dejar de lado su autopercepción omnipotente. Le pidió a Alfredo soporte, tanto en lo profesional como en lo emocional, y le rogó que lo alertase cada vez que viera que perdía objetividad. Pero le insistió en que, a pesar de todo, de los paralelismos y las emociones, intuía que había algo que se les escapaba y que no sabían ver.

Después, pensó en lo que le acababa de decir el padre Juan, en la llamada que había recibido mientras hablaba con Alfredo de esa intuición. El director del Faith School fue parco en palabras y su tono de voz le transmitió preocupación. Había averiguado algo relevante sobre el padre Esteban y prefería decírselo en persona.

\* \* \*

El taxi se detuvo frente a la fachada del colegio, y desde la ventanilla del vehículo, Laredo vio al padre Juan en las escaleras de la puerta. Lo estaba esperando.

El sacerdote miraba hacia la calzada, oteando los vehículos que se aproximaban en busca, intuyó el juez, de su motocicleta.

Mario pagó al taxista con tarjeta de crédito y, al apearse del vehículo, vio que el sacerdote había bajado los tres escalones y se encontraba a pie de calle. Se movía con inquietud, seguramente conteniendo el impulso de aproximarse al taxi.

El religioso lo saludó con un rápido gesto de cabeza y con un «sígame» contundente, en el tono que acostumbraba a utilizar para impartir las directrices propias de su cargo, lo invitó a entrar en el edificio. Pasó por delante del mostrador de recepción, informó al auxiliar de qué sala iban a ocupar y le rogó que no le pasase ninguna llamada.

Laredo siguió al director y atravesó un pasillo de unos diez metros. Al llegar al final del corredor, el padre Juan abrió una puerta de madera que daba entrada a una sala sin acceso visual a cualquiera que transitase por el pasillo.

El religioso lo conminó a tomar asiento con un gesto algo

brusco, e hizo lo propio quedando frente al juez. Empezó a hablar con urgencia.

—He cumplido con lo prometido. Esta mañana, después de hablar con usted, he hecho varias llamadas. Ya le dije que tengo la suerte de contar con la amistad del actual director del Hope School, ya sabe, el colegio de Madrid. En nuestro sector, supongo que como en todos, las relaciones entre miembros con determinada responsabilidad no siempre son fluidas. Hay competitividad, envidias indeseables, al final no dejamos de ser humanos. Pero el padre Luis es una persona segura de sí misma, de los que no necesitan denostar a otros para demostrar su valía.

Laredo sonrió levemente, consciente de que aquellas cualidades que el padre Juan admiraba de su colega no dejaban de ser las que consideraba que él mismo tenía. Sabía de lo que hablaba: él también se reconocía entre pares, pocos, pero cuando se daba esa identificación la sensación era espléndida.

—En definitiva, el padre Luis es una persona de toda confianza. Como le dije, no es dado a hablar si no se trata de algo muy necesario. Es un hombre prudente, como yo, y sabe muy bien que, si le solicito una información confidencial tan sorpresiva como esta y sin justificar el motivo, es por una causa que lo requiere.

Mario empezó a impacientarse, pero optó por no dar muestras de ello y confió en que el sacerdote entrase en el tema en breve. Así lo hizo.

—El caso es que, como le comenté esta mañana, el padre Esteban solicitó un traslado desde el Charity al Hope en el verano de 1995 y estuvo allí hasta que finalizó el curso escolar de 2018. En esa fecha, por lo visto, ocurrió algo. Algo... muy feo.

Mario se incorporó en su asiento y echó el torso hacia adelante.

El gesto del padre Juan era incómodo. Tragó saliva con dificultad y sus labios se despegaron con el ruido inconfundible de la sequedad que dificulta el habla. Respiró hondo y alargó una mano hacia una bandeja de metacrilato que alguien había dejado preparada sobre la pequeña mesa baja situada entre ambos sillones. Tomó la jarra de agua de vidrio que había sobre ella, llenó dos vasos y ofreció uno al juez.

—Puede beber con tranquilidad. Me he ocupado personalmente de preparar esta bandeja y, como ha visto, he abierto la puerta con llave. Nadie más ha tenido acceso. Además, no he informado de su visita.

Laredo miró al sacerdote a los ojos y este le sostuvo la mirada. La afirmación que acababa de hacer indicaba que, a resultas de las indagaciones que había hecho, las sospechas que recaían sobre el padre Esteban cobraban fuerza. El pulso le empezó a palpitar frenético.

El sacerdote dio un buen trago de su vaso y, tras ello, miró al juez con franqueza.

—Bien, pues la cuestión es que durante el tiempo en que el padre Esteban estuvo en ese centro falleció una alumna de la misma edad que Zoe Clifford. La desdichada se llamaba Fiona Blake.

El padre Juan abrió un cajón alargado que quedaba escondido bajo la mesita, sacó un sobre y se lo entregó a Laredo.

—Aquí están los datos que he logrado reunir.

Mario tomó el sobre y miró al director, expectante. No sabía si la entrevista había finalizado con aquel breve intercambio de palabras o el sacerdote esperaba que examinase la documentación para continuar hablando.

El padre Juan hizo un gesto significativo que invitaba a abrir el sobre y Mario procedió de inmediato.

La documentación consistía en unos pocos folios; el primero era la copia de un breve y formal correo electrónico dirigido por el padre Luis al padre Juan, tras el que se adjuntaba la ficha del padre Esteban —las fechas de entrada y salida del centro, alguna

incidencia médica y datos de filiación y documentación varia—
así como una ficha escolar: la de Fiona Blake. A continuación,
constaban la impresión de otro correo electrónico en el que el
director del Hope School respondía a una petición de amplia-
ción de información por parte del padre Juan, y en el que se ad-
juntaban tres o cuatro fotografías de la niña: la de la comunión
y algunas más que correspondían a celebraciones escolares o ex-
cursiones, en las que se podía ver con mayor detalle a la pequeña.
Laredo escudriñó las imágenes. Fiona Blake se parecía una
barbaridad a Zoe, pero mucho más a su hermana Casandra.
Aquello era demasiada casualidad.

Todo apuntaba a que el padre Esteban era un depredador infantil, pero no se podía precipitar. Que Fiona Blake se pareciese
a Zoe Clifford no era un indicio concluyente. A fin de cuentas,
gran parte del alumnado de los colegios de esa congregación
eran hijos de británicos que residían en España, con lo que un
elevado porcentaje de los alumnos tenían un fototipo de piel y
un color de cabello propio de su origen.

Su intuición era intensa porque contaba con un dato adicional: el de la muerte de su hermana y la presencia del padre Esteban en el Charity School precisamente en aquella fecha, tras
la que propició su traslado. Pero sabía que aquel hecho carecía
de relevancia para la instrucción; la causa de la muerte de Casandra se registró como natural, del mismo modo que —augu-
ró— debió de constar la de Fiona Blake y al igual que hubiera
ocurrido en el caso de Zoe Clifford de no caer en manos de una
forense tan meticulosa como Elena Ciuró.

Por otra parte —revisó de nuevo la ficha del padre Esteban
en busca de algún dato sobre su formación—, todavía quedaba
probar cómo consiguió el acónito o, de haber obtenido la planta,
si tenía la capacidad para preparar el extracto letal.

Levantó la mirada con los ojos llorosos y estuvo a punto de

sincerarse con el director y explicarle lo de Casandra, pero prefirió omitir esa información por el momento. En cuanto saliera de allí llamaría a Alfredo. Agradeció tener la posibilidad de compartir con alguien aquella vorágine de pensamientos y emociones que lo embargaban, y se prometió hablar de ello con Virginia cuanto antes.

El Padre cabeceó con pesar y prosiguió.

—Hay algo más... —Laredo frunció el ceño—. Por lo visto, el padre Esteban no fue tan hermético con su pasado mientras estuvo en el Hope como lo es en este colegio. También es cierto que Luis es más cercano a los compañeros y eso propicia las confidencias. Por lo que Esteban comentó, su madre fue una especie de curandera. Vivían en Cangas del Narcea y manejaba hierbas medicinales. El tema es algo sobrecogedor.

—¿Sobrecogedor, por qué?

El director se removió inquieto en su sillón y bajó el tono de voz.

—Es un tema un poco feo. Por lo visto, la madre de Esteban nació en Brañavara, en Asturias. No sé si ha oído hablar alguna vez de la *bruxa* de Brañavara.

Laredo negó con la cabeza, pero un escalofrío le recorrió la espalda y no pudo evitar dar una sacudida que disimuló recolocándose en el asiento.

—Tenga. —El sacerdote le tendió una hoja de papel doblada en cuatro partes—. Esto no lo he querido poner en el sobre por razones obvias. En fin, es algo sobre lo que he indagado yo mismo después de hablar con el padre Luis.

Mario desplegó la hoja y leyó con atención un artículo periodístico sobra la *Bruxa* de Brañavara, a la que se acababa de referir el director del colegio.

En resumen, el artículo se iniciaba con la referencia a Brañavara, una aldea gallega perdida en las estribaciones de la sierra de Peronta, perteneciente al concejo de Boal, en el límite occidental de Asturias, muy cerca de Galicia, en la que sus habitantes hablan un dialecto gallego. Un municipio gallego, aunque administrativamente adscrito a Asturias.

A continuación, se introducía el tema objeto del artículo con la indicación de que, desde siglos inmemoriales, el occidente asturiano era conocido por sus brujas y que todavía hoy perviven una buena cantidad de supersticiones paganas y ritos mágicos entre sus habitantes. El aislamiento de la aldea y su difícil acceso provocó que la religión apenas prosperara y se refería que todavía en el año 1859 una mujer del Juzgado de Castropol fue ejecutada a golpes acusada de bruja y de haber introducido el demonio en el cuerpo de una vecina, cuyos hijos la golpearon brutalmente con una soga. Tras ello, se hablaba de la *bruxa* de Brañavara, de la que constaban pocos datos, pero entre los que se decía que nació en 1920.

Mario miró al padre Juan con gesto inquisitivo.

—La madre del padre Esteban nació en esa aldea y por lo visto estuvo en contacto con la *bruxa* y aprendió muchos remedios. Cuando se casó, se marchó con su marido a Cangas del Narcea, de donde este era oriundo, y allí nació Esteban, en 1951, que es el primogénito. Unos años después, el matrimonio tuvo una hija: Soledad. Que murió, ¿a ver si adivina a qué edad?

—A los diez años...

El sacerdote asintió y continuó con un tono de voz sin inflexiones y abatido.

—Así es. Otra niña de diez años. Como Zoe y como Fiona Blake. Tres niñas son demasiada casualidad. —Cuatro, pensó Mario con pesar—. Es más que probable que Esteban conozca perfectamente las hierbas y sus preparaciones, para bien y para mal.

—¿Cree usted que el padre Esteban mató a su propia hermana?

El religioso encogió los hombros.

—Nunca me aventuraría a afirmar algo semejante. Pero el caso es que algo ocurrió en aquella casa, porque Esteban salió de inmediato e ingresó en el seminario. Y según consta en la ficha, no fue por una poderosa vocación, sino que alegó que lo habían echado de su casa, así que lo acogieron en un acto de caridad. El chiquillo apenas tenía dieciséis años.

Mario sintió un mareo repentino. La edad del padre Esteban cuando falleció su hermana era la misma que él tenía cuando murió Casandra. Estaba ante una reproducción exacta de los hechos.

—¿Se encuentra bien?

El padre Juan miró hacia ambos lados con inquietud. Laredo asintió con la cabeza y lo siguió con la mirada hasta ver que el sacerdote la detenía ante el crucifijo que pendía de una de las paredes.

—Es el tema del que hablamos. No soy supersticioso. El paganismo está reñido con nuestras creencias, pero al final, el demonio encuentra la forma de colarse entre nosotros. Y no se puede flirtear con la maldad. La madre de Esteban estuvo en contacto con la *bruxa* y no podemos descartar que la excepcional destreza en el manejo de las hierbas fuese la vía de inoculación del mal en aquella familia. En ocasiones, el conocimiento de una disciplina implica conocer también su faceta más oscura.

Laredo evitó opinar sobre ello y retomó la cuestión que le interesaba: el historial del padre Esteban.

—Perdone, ¿tan joven pudo acceder al seminario?

—Sí, claro, entró en el Seminario Menor. Por su cara veo que no sabe de qué se trata. Es una comunidad educativa diocesana para cultivar los cimientos de la vocación sacerdotal de quienes a corta edad se inclinan por el sacerdocio diocesano secular. Los chiquillos se forman en un contexto comunitario adecuado para que, mientras realizan la formación académica propia de su edad, avancen también en el discernimiento de su vocación.

Tras estas palabras, el padre Juan se levantó, y con la misma decisión con la que lo había recibido un rato antes, se dirigió hacia la puerta de la sala dando por concluida la reunión. Antes de abrirla, se detuvo y se giró hacia Laredo.

—Entiendo que indagará sobre la causa de la muerte de Fiona Blake antes de...

Mario le confirmó que así procedería.

# 37

Cuando el padre Juan y el juez salieron al vestíbulo de recepción, se sobrecogieron ante la escena que se encontraron. Tumbada sobre dos de las sillas, colocadas en hilera a lo largo de una de las paredes, Alba Santaclara se retorcía con las manos sobre la tripa.

Mario se acercó en el mismo instante en que la tutora contactaba con Virginia, y se detuvo ante ella, junto con el padre Juan. El mensaje era el que ambos esperaban: la niña se encontraba mal, le dolía la barriga y alguien debía ir a por ella cuanto antes.

Laredo no se lo pensó dos veces y le pidió el teléfono. La profesora de Alba, estupefacta, dirigió una rápida mirada al padre Juan en busca de directrices, y este asintió con un gesto. La tutora le tendió el móvil.

—¿Virginia?

—¿Mario? ¿Qué haces ahí?

—Enseguida te lo cuento. No molestes a tus padres ni a...

—Iría yo, pero estoy esperando la dichosa alta. Puedo intentar localizar a Fernando. Esta mañana tenía una reunión en Barcelona.

Mario le pidió que no lo hiciese. Él estaba en el vestíbulo del colegio y no tardaría nada en llegar con Alba al hospital. Era urgente que la examinase un médico cuanto antes. Virginia dio su consentimiento y Mario se sentó al lado de Alba, mientras el padre Juan ordenó a la auxiliar de recepción que llamase a un taxi con urgencia.

Mario incorporó a Alba con cuidado y la sentó sobre sus piernas.

—¿Cómo estás, cielo?

La niña lo miró lloriqueando, pero esbozó una sonrisa.

—¿Te acuerdas de mí? Estuve el otro día cuando te vino a recoger tu abuelo. —La tutora lo apercibió de que la pequeña lo conocía como yayo, y el juez se lo aclaró—. Tu yayo, quería decir.

Alba asintió con la cabecita e hizo un repentino gesto de dolor que le arrancó una mueca de angustia.

—Enseguida te llevo con tu mamá, ¿vale?

El padre Juan, de pie ante ellos, no dejaba de mirar a la pequeña. Los ojos color ámbar, el pelo rubio cobrizo con ondas.

Los escasos minutos que tardó en llegar el taxi los ocupó un silencio angustioso en el que Mario se dedicó a acariciar las manos de la niña y susurrarle palabras de calma; un silencio que solo quedó interrumpido por el ruido de los goznes de una puerta y, a continuación, el roce de una tela de sarga.

Una figura encorvada se acercaba con sigilo, era el padre Esteban. Se detuvo ante Mario y la niña, y se agachó con dificultad hasta que su cara quedó a la altura de la de la pequeña.

—¿Te encuentras mejor?

Mario se tensó de golpe.

—¿Qué le ha dado a la niña? —preguntó con dureza y con un tono de voz tan seco que la hostilidad era palpable.

El religioso lo miró sin inmutarse y negó con la cabeza.

—No estamos autorizados a dar ni siquiera un ibuprofeno sin consentimiento de los padres o tutores legales. Son normas de todos los colegios. ¿No es así, padre Juan?

El director asintió, evitando mirar al padre Esteban a la cara.

La auxiliar entró en el colegio haciendo gestos con la mano. El taxi estaba en la puerta.

Mario cogió a Alba en brazos y salió a todo correr.

# 38

Cuando Mario entró en la clínica con Alba, recordó el mensaje de WhatsApp que le había enviado a Virginia unas horas antes. No pensó en ello al arrebatarle el teléfono a la tutora de la niña y ofrecerse a llevarla al centro sanitario. De camino, Mario le había escrito algún mensaje más informándola de que ya estaban en el taxi y de que Alba se encontraba bastante mejor que cuando la había visto en el vestíbulo del colegio, pero en ningún momento pensó en aquellas palabras: «te quiero, Virginia». Empujó la puerta de la habitación y encontró a Virginia ya vestida de calle, mirando por la ventana.

Ella se giró y esbozó una sonrisa al ver a su hija, que también le sonrió desde los brazos de Mario y luchó por desasirse de ellos. El aspecto de Alba la tranquilizó. En efecto, la niña no parecía encontrarse tan mal como había alertado su tutora.

—Está mucho mejor de lo que me esperaba. Qué mal lo he pasado este rato. De todos modos, será mejor que la examinen a fondo.

Mario se acercó y le dio un beso cariñoso en la mejilla, mientras ella aprovechaba para susurrarle al oído que había leído el mensaje de las seis de la mañana. Él se sonrojó y le cedió a Alba. La pequeña, al verse en brazos de su madre, colocó las manitas a cada lado de su cara para mirarla de frente y chocar su naricita con la de ella, para alivio de Mario, que vio cómo Virginia desviaba su atención hacia su hija.

De repente, se oyó un ruido y ambos giraron la vista hacia

la puerta de la habitación. Fernando los miraba detenido en el pequeño recibidor de la habitación. La escena lo descolocó por completo. Mario y Virginia estaban frente a frente, con las cabezas a escasos centímetros, y ella tenía a Alba en brazos a una hora en la que debía estar en el colegio, lo que sugería que había llegado al hospital de la mano de Laredo. Virginia ya estaba vestida, preparada para abandonar el hospital tan pronto la doctora le entregase el informe de alta que le confirmó emitiría a última hora de la mañana. Se la veía totalmente recuperada. Tenía buena cara, más que eso, su aspecto era excelente. Los ojos le brillaban y sus labios lucían un tono rosado luminoso que denotaban una excitación que él conocía bien. Sin embargo, lo que más le impactó fue la expresión de Mario Laredo, que lo observaba expectante. Su mirada no era provocadora ni soberbia, sino tan luminosa como la de ella, y también respetuosa hasta un extremo que le produjo incomodidad.

Virginia se acercó a él y le dio un beso a medio camino entre los labios y la mejilla que le supo amargo y le arrancó el disgusto contenido.

—Qué sorpresa, ¿qué haces aquí? Creía que tenías una reunión.

—He acabado pronto y pasaba a recogerte. De hecho, a darte una sorpresa, pero la sorpresa me la he llevado yo. ¿Qué hace Alba aquí? —preguntó con notoria seriedad.

Virginia le explicó entre titubeos lo ocurrido.

—No me hubiera costado nada pasar a recogerla, pero veo que ni siquiera te lo has planteado.

Virginia empezó a azorarse e hizo ademán de dejar a Alba en el suelo, lo que provocó que Fernando alzase a la niña en brazos.

Mario dio un paso hacia ellos e intentó reconducir la situación.

—Lo de traer a Alba fue cosa mía. Yo insistí. Virginia se negó y me dijo que te iba a llamar, pero pensé que sería más cómodo para todos. Y, desde luego, no fue mi intención crear un problema.

Fernando negó con la cabeza y resopló por la nariz.

—Más cómodo para todos, dices... —Echó una mirada a Virginia, que se había sentado en el borde de la cama con el torso encorvado hacia adelante y los miraba con los ojos anegados en lágrimas—. En cualquier caso, no ha sido la mejor decisión. Pero vamos a dejar el tema. No creo que sea lo más conveniente para Virginia crear una situación tensa. Ya te lo dije ayer cuando...

Virginia levantó la cara y los miró a los dos de forma alternativa.

—¿Cuando qué? —les requirió con seriedad.

Ellos cruzaron una mirada y no respondieron.

Virginia asintió con la cabeza, esbozó una sonrisa cargada de ironía y negó con la cabeza.

—Alucino con la camaradería masculina incluso cuando no os soportáis.

—Estás equivocada —alegó Mario.

—¿En qué?

—No se trata de camaradería —respondió Fernando—. Sencillamente, ambos coincidimos en una prioridad común, que eres tú. Y te queríamos proteger. Será mejor que lo explique yo, porque supongo que soy el culpable de impedir que ayer por la mañana Mario accediese a tu habitación. Acababas de salir de cuidados intensivos y él lo comprendió.

Mario torció un poco los labios, pero prefirió no hacer ningún comentario.

—Está bien. Os voy a decir una cosa: no necesito que decidáis por mí. Me veo muy capaz de hacerlo yo sola. La verdad, Fernando, es que me hubiera gustado que me hubieras hablado de la visita de Mario.

—Te dolió pensar que no había venido a verte, por lo que veo —observó Fernando.

Virginia asintió. Y se dirigió a Mario.

—Y en cuanto a ti: no entiendo qué es lo que te impidió decirme ayer por la tarde que habías venido por la mañana.

Fernando dejó a Alba en el suelo y elevó los brazos de forma histriónica.

—Visita de la que me entero ahora. Nos pides sinceridad cuando tú también te reservas lo que consideras oportuno. Además, en efecto, Mario y yo hicimos un pacto que acabo de vulnerar porque esta situación me saca de mis casillas. Si no te dije nada fue porque no quería que malinterpretases el motivo por el que le impedí el acceso a la habitación. En cuanto a él...

Mario zanjó la conversación con un «no quisimos crear una situación incómoda», con la intención de que Virginia no tuviese la impresión de que él estaba en un segundo lugar.

—¿Una situación exactamente como esta? —preguntó Virginia.

Mario le dirigió una mirada seria que ella le sostuvo.

—Está bien, tras este alarde de inmadurez y absoluta carencia de habilidades emocionales de que hemos hecho gala los tres, aquí tenemos a una niña que ha salido del colegio porque se encontraba mal. Así que voy a bajar con ella a urgencias de pediatría.

Todos miraron a Alba que estaba sentada en el suelo, entretenida con su mochila del colegio, ajena a la conversación de los adultos y que no presentaba especiales signos de malestar.

Virginia se agachó para invitar a la pequeña a levantarse y Fernando hizo lo mismo, alzando a la niña en brazos.

—Ni hablar. Tú no puedes salir de esta habitación hasta que tengas el alta. Me ocupo yo de llevarla.

—Te acompaño —sentenció Mario de forma que no dio opción a negativa alguna.

Ambos salieron con rapidez de la habitación ante la estupefacción de Virginia.

Cuando cruzaron el umbral de la puerta, salió tras ellos y los vio caminar por el pasillo. Alba iba entre los dos, cogida de la mano de Fernando. Y en un momento dado, alargó su otra manita hacia Mario, que la sujetó con cariño. En ese mismo momento, él giró la cabeza y la vio apoyada en el marco de la puerta. Virginia los observaba con atención. Tenía los ojos entornados y la cabeza algo ladeada. Sin embargo, intuyó que su mente estaba muy lejos de allí. Él le sonrió, pero ella no reaccionó. A Mario le temblaron ligeramente las piernas, conocía esa postura de introspección que precedía a las decisiones meditadas. Las más relevantes de la vida, las que son fruto del deseo y de la renuncia. Cerró los ojos e inspiró hondo con el deseo de no ser objeto de esta última.

# 39

—No es necesario que me acompañes a urgencias —le dijo Fernando en el ascensor mientras se dirigían a la planta baja—. Entiendo que quisieras salir de esa habitación cuanto antes, pero ahora ya me las apaño.

Mario enarcó las cejas y negó con la cabeza.

—Voy contigo. Quiero saber qué le ocurre a la niña y descartar que le hayan dado alguna sustancia... ya sabes.

Fernando asintió con fastidio.

—Has metido la pata todo lo que podías. Hemos quedado como dos patanes —le recriminó el juez sin poder contenerse.

—En esta historia no nos salvamos nadie, Laredo. De todos modos, si quieres que te diga la verdad, hasta me parece bien lo que acaba de ocurrir. Me cansa ya esta situación y estoy convencido de que Virginia tiene la decisión tomada desde hace más tiempo del que imagina. Al final, uno acaba por hartarse de querer y no ser correspondido... —se sinceró Fernando.

Mario se detuvo y lo escudriñó con la mirada.

—No lo tengas tan claro. Ella te quiere y no creo que haya tomado la decisión en el sentido que dices.

Fernando le dirigió una mirada sonriente.

—Tienes miedo, ¿eh, Laredo? —Mario no respondió y se limitó a fruncir el ceño—. Ya que vamos de camaradas, como dice ella, te voy a dar una primicia que te alegrará. Yo sí que he tomado una decisión.

El ascensor se detuvo en la planta baja. Dos personas les preguntaron si salían con gestos estentóreos y los tres salieron de la cabina. Se detuvieron a unos pocos metros. Fernando tomó aire, se acercó a Mario y, en voz baja para que no lo oyese Alba, lanzó la noticia:

—Virginia no lo sabe, pero me voy. Mi empresa abre oficinas en Mallorca y necesitan un responsable para que coordine el equipo. Es mi oportunidad para salir airoso de esta situación. Sé que ella jamás se instalará conmigo en Empúries. Las relaciones de pareja suelen tender a ir a menos, nunca a más. Y ella, tanto por trabajo como por el espacio personal que necesita, no va a tener conmigo la relación que yo querría. Le pedí que tomase una decisión, pero creo que fue un error. Eso no se le puede pedir a nadie, está en manos de cada cual aceptar o no una situación.

—¿La vas a dejar?

Fernando negó con la cabeza.

—No se trata de dejarla o no. Me aparto. Mallorca está a un paso de aquí. Si tengo alguna opción con ella te aseguro que es esa. Virginia sería feliz con una relación intermitente. Un fin de semana de amor cada quince días. ¿Has oído hablar de las relaciones LAT? *Living apart togheter*. Es decir, juntos pero cada uno en su casa. Ese es el estilo de vida que le encaja a Virginia.

Mario frunció el ceño y Fernando rio.

—No la conoces, Mario. De hecho, no nos conoces. Ni conociste a su marido.

—Tu amante.

Fernando asintió.

—Nos faltó tiempo, sí. De hecho, si Diego estuviera vivo es muy posible que tú estuvieses fuera del tablero.

—Lo dudo —respondió Mario con contundencia, sin poder siquiera plantearse esa opción.

—Puede que tengas razón. No sé qué le das a Virginia, pero eres su debilidad. En eso te reconozco el mérito. En cualquier caso, el que sale del tablero soy yo. Repito, si alguna opción me queda con ella es aceptar una relación a distancia. No va conmigo, pero por Virginia quizá me lo plantearía.

Se acercaron al mostrador de urgencias de pediatría y facilitaron los datos que les solicitó el auxiliar, que les preguntó de forma mecánica por el motivo de la visita. El hombre se levantó de su asiento para mirar por encima del mostrador y echó una ojeada a Alba, que tenía muy buena cara, enarcó las cejas y se volvió a sentar. Tras teclear en el ordenador durante una eternidad, les libró una serie de etiquetas adhesivas con los datos de la niña y los invitó a aguardar en la sala de espera, que por fortuna estaba casi vacía. Con todo, escogieron un rincón apartado para sentarse. Alba se levantó enseguida de su asiento y se fue directa hacia la máquina expendedora para investigar los productos que había tras el vidrio. Mario aprovechó para retomar el tema.

—¿Cuándo se lo vas a decir?

—¿Que me voy? —Mario asintió—. Pronto. Dentro de unos días, cuando ella me informe de su decisión. Estoy seguro de que no tardará. No quiero que mi cambio laboral la condicione, y supongo que tú tampoco querrás quedarte con la duda de si se queda contigo porque yo me voy. Así que te ruego que no se lo comentes.

Mario frunció los labios. Dudaba de que la decisión de Virginia dependiese de un cambio de circunstancias laborales de Fernando. Con todo, en su fuero interno necesitaba contar con la seguridad de su amor sin condicionantes, que emborronarían el inicio de ese futuro común que deseaba.

—¿Otro secreto de camaradería masculina? —masculló entre dientes.

—No. Se trata más bien de una cuestión de amor propio. Si te lo he dicho es porque estoy casi seguro de lo que va a suceder, y lo cierto es que me repatearía que creyeses que me voy lloriqueando. Por eso quiero que sepas que mi decisión ya está tomada. Eso sí, no lo olvides, Laredo, soy más peligroso con el mar de por medio que aquí al lado.

Un espantoso chirrido del sistema de megafonía irrumpió en la sala y, tras él, la locución entrecortada que llamaba a Alba Santaclara. Y ambos se encaminaron al número de box indicado. El pediatra, un hombre entrado en años y de rostro enjuto, los miró de forma alternativa. Finalmente, fijó la mirada en Mario.

—¿El padre?

Mario negó y el médico dirigió su mirada hacia Fernando, que enseguida le dio la explicación oportuna.

—El padre murió. Era amigo nuestro. Bueno, mío. —El médico frunció el ceño y dio muestras de impaciencia—. Soy la pareja de la madre, que está ingresada en planta. Nos han llamado del colegio porque la niña tenía malestar y náuseas y...

—Yo estaba de casualidad en el colegio, soy... —vaciló Mario— amigo de la madre, y he traído a la niña.

El doctor le echó una mirada por encima de sus gafas y frunció los labios en una mueca poco amigable.

—No será necesario que me explique por qué estaba allí. Valiente enredo. Vamos a ver a la niña. Uno de ustedes, por favor, suba a la pequeña a la camilla y quítele la ropa de la parte superior para auscultarla. Puede dejarle la camiseta interior.

Fernando aupó a Alba, que empezó a hacer pucheros, mientras le aseguraba que el médico no le iba a pinchar ni a hacerle ningún daño.

El facultativo la auscultó, le palpó el abdomen y le revisó los oídos y la garganta. Concluido el examen, se sentó frente al ordenador y sin mediar palabra empezó a teclear con parsimonia.

Fernando vistió a Alba mientras Mario observaba al pediatra con desagrado. No podía soportar la manía de algunos médicos de reservarse unos minutos el diagnóstico sin siquiera mirar al paciente. Carraspeó una vez, aunque el pediatra no apartó la vista del ordenador. Al segundo carraspeo, y ya con Fernando sentado en la silla de al lado, el médico se giró y se dirigió a este, obviando a Mario, lo que todavía lo enfureció más.

—La niña tiene las amígdalas inflamadas. Eso es lo que le ha podido causar la sensación de náuseas. No tiene placas de pus ni fiebre. Todo apunta a un cuadro vírico, así que de momento no es necesario prescribir antibiótico. Sin embargo, a veces estos cuadros dan paso a una bacteria, en cuyo caso sí que deberá medicarse. Si ven que empeora, les recomiendo que la visite su pediatra. Ahora mismo imprimo el informe.

El pediatra se giró de nuevo hacia la pantalla y Mario miró a Fernando con un gesto inquisitivo que no pasó desapercibido al facultativo.

—¿Ocurre algo? ¿Tienen alguna duda?

—La cuestión es que... Quisiéramos saber si descarta usted cualquier otra causa que pueda explicar la sintomatología de la niña.

El pediatra entornó los ojos y se giró de nuevo quedando frente a la mesa.

—El estado general de la niña es bueno y únicamente se ven inflamadas las amígdalas. El abdomen está perfecto. No observo ningún síntoma que sugiera cualquier otra afectación. Pero, desde luego, si hay otra cuestión que yo deba conocer, este el momento de decirla. Hay dos profesionales a los que nunca se puede mentir: al médico y al abogado.

Mario y Fernando se miraron, y este hizo un gesto con la cabeza para que Laredo expusiese la cuestión como mejor considerase.

—Tiene toda la razón, doctor. Lo sé porque trabajo en el sector jurídico. De hecho, además de amigo de la madre de Alba soy juez. —El médico irguió la espalda y enseguida intentó enmendar la tensa situación, asintiendo con la cabeza—. La señora

Gibert, la madre de Alba, ha sufrido una intoxicación con aconitina, que es el motivo por el que está ingresada en este centro. Esa ingesta ha sido... digamos que involuntaria. Y quisiéramos descartar que la niña no haya sido objeto de algo parecido.

El médico abrió la boca, estupefacto. Tras unos segundos, que parecieron eternos, pidió que le repitiesen el nombre de Virginia y entró en el ordenador para leer el informe clínico. Una vez revisados los antecedentes, se levantó de su asiento y se acercó a Alba, la aupó y la sentó de nuevo sobre la camilla. Le examinó los ojos, le tocó diversos puntos y le realizó pruebas de reflejos.

—La niña no da ninguna muestra de haber ingerido esa sustancia. La única sintomatología que ha mostrado son las náuseas y el dolor de barriga, que son compatibles con el cuadro vírico que tiene y que afecta a las amígdalas. No obstante, para mayor seguridad, no está de más realizar una analítica. Voy a ordenarla ahora mismo. Ya les adelanto que los resultados serán negativos. Estarán accesibles en pocas horas en la aplicación. Y desde luego, no padezcan, que si saliera algo extraño les llamaré de inmediato. Sobre todo, mantengan a la niña en observación.

Llamó por el intercomunicador a la enfermera y le dio las instrucciones precisas. Antes de salir de la consulta, el pediatra se levantó de su butaca y les tendió la mano a ambos, con especial deferencia hacia Mario, que salió de la consulta tranquilo pero incómodo. Detestaba tener que esgrimir su condición de juez para que lo tratasen con amabilidad.

Una vez fuera del box, Fernando abrazó a Alba mientras esta se reía. Mario quiso hacer lo mismo y le pidió permiso a Fernando, que se la cedió. Alba puso sus dos manitas sobre sus hombros y echó el cuerpo hacia atrás para mirarle a la cara como había hecho la primera vez que la vio en el colegio. De repente, la niña se removió en sus brazos y luchó por desasirse de ellos, al grito de «mami». Ambos se giraron y vieron a Virginia, que se acercaba con paso presuroso hacia ellos, con su bolsa de enseres en la mano.

—Me acaban de dar el informe de alta. Por lo que veo, tenemos buenas noticias, ¿no?

Fernando le explicó las conclusiones del pediatra y le dijo que enseguida le sacarían sangre a Alba, por lo que debían esperar un poco más.

Mario observó la escena, respiró hondo varias veces y esperó unos instantes antes de empezar a hablar. Temía que la voz le saliera afectada por la emoción.

—Supongo que ha llegado el momento de que me vaya.

Virginia fue a decir algo, pero Fernando alargó la mano en un gesto inequívoco de despedida. Mario tendió la suya y le dio un apretón firme que supo que sería el último en mucho tiempo. Ambos se miraron con franqueza y cierta curiosidad. La vida de todos ellos estaba abocada a sufrir cambios importantes. Alguno, como el laboral de Fernando, ya estaba en camino. Otros suponían aún una incógnita.

Mario dio un paso hacia Virginia, la tomó de la mano y le dio un beso en la mejilla, descansando sus labios sobre su piel unos segundos más de lo normal. Luego se agachó a la altura de Alba y la acarició. La pequeña le lanzó los brazos al cuello y le dio un beso que a Mario le supo a gloria.

Tras ello, se fue a paso rápido con unas ganas inmensas de salir a la calle y de que el aire fresco le diera en la cara. Una vez fuera del hospital, empezó a caminar sin atender hacia dónde se dirigía. Solo quería caminar sin rumbo fijo. Al cabo de unas calles, notó que la piel de los pómulos se le helaba, se tocó y la notó húmeda. No era sudor.

Mario Laredo estaba llorando, y no sabía muy bien por qué.

# 40

El miedo regresó.

La noche anterior se había abandonado al sueño dispuesto a escuchar a Casandra, pero su hermana no estaba sola; le había mostrado unas sombras que lo aterraron y que no supo si eran fruto de una locura incipiente. Mario quería ver, pero no podía más que mirar entre los dedos, despavorido ante una fuerte intuición que se abría paso en una realidad confusa.

El mensaje de su hermana había sido tranquilizador, pero a la vez inquietante: «No te mueres, Mario. No te estás muriendo. Estoy contigo, y están muy cerca».

«Están muy cerca». Pero ¿quiénes?

Tenía casi la certeza de que el padre Esteban estaba implicado en la muerte de Zoe Clifford y en la de Fiona Blake, y muy probablemente, en la de su propia hermana. Pero intuía que había alguien más, alguien que debía de haber seguido los pasos del padre Esteban o compartido con él su paso por los distintos centros de la congregación. Y ese era el dato que se le escapaba.

Hablar con Alfredo había sido confortante y clarificador. El fiscal, con un tacto y una empatía que Mario había descubierto demasiado tarde a pesar de los años de colaboración, se mostró receptivo cuando le confió los sueños que tenía con Casandra.

Alfredo no negó posibilidad alguna. «La cerrazón mental no es más que miedo, Mario», le dijo. «Nadie conoce qué hay más allá de la muerte, y seas o no una persona creyente o espiritual, lo que sabemos sobre del sentido de la vida es limitado. Así que no me atrevería a negar que tu hermana conecta contigo. Ahora bien, la misma razón que confirma esa posibilidad, el limitado conocimiento de nuestras propias capacidades, puede explicar otra más científica. Tú eres una persona muy intuitiva y la muerte de Zoe Clifford, en condiciones tan similares a las de tu hermana, ha abierto unas compuertas en tu mente que creías selladas. Sabemos mucho más de lo que tenemos en la conciencia, y el sueño, bien lo sabes, se ocupa de sacar a la luz todo aquello que nos ronda en los rincones más escondidos de nuestra mente. Es muy posible que las palabras de Casandra no sean más que la puesta en escena de las conexiones que tu propia mente se ocupa de hacer».

Las palabras de Alfredo rondaban por la mente de Mario como un bálsamo para sus temores. Conocía bien la teoría psicoanalítica del sueño, y la explicación que le ofrecía Alfredo no era descabellada. Las pesadillas habían reaparecido porque el impacto provocado por la muerte de Zoe Clifford había operado como un detonante y, tras ello, su entrega absoluta a la instrucción y los paralelismos con las circunstancias de la muerte de su hermana habían hecho el resto.

Con todo, tenía miedo de volver a encontrarse con Casandra. No aguantaría otra taquicardia; esa sensación de que todo se acaba. Ni tampoco otra parálisis a causa de sus sueños.

Se sentó en la cama con la luz encendida, dispuesto a resistir despierto todo lo posible, aunque rendido de antemano a lo inevitable. Programó el móvil para que la alarma sonase cada media hora con la intención de dormir de forma intermitente y asegurarse de que, si en uno de esos intervalos Casandra aparecía de nuevo, la realidad lo rescatase cuanto antes.

Cerró los ojos y al cabo de unos minutos los abrió de nuevo, inseguro de haber subido el volumen del teléfono. Si continuaba en modo vibración, como acostumbraba a llevarlo, no oiría la alarma. Trató de alargar la mano hasta la mesilla, pero la extremidad no se movió. Lo intentó de nuevo sin éxito y supo lo que ocurría. Intentó gritar y se rindió a la evidencia de un cuerpo que ya no era suyo y que navegaba a la deriva por el mar de lo inconsciente.

Respiró hondo para infundirse valor y abrió los ojos al mundo de los sueños. Su cuerpo respondió de inmediato y un fuerte halo de luz lo cegó por momentos.

Allí, a pocos metros de sus pies descalzos, Casandra jugaba sobre la hierba de un jardín desconocido. ¿Sería el cielo? Miró a su alrededor y solo alcanzó a ver algunas figuras blancas que se desvanecían en cuanto posaba sus ojos sobre ellas. Una calma infinita le empezó a correr por las venas y sus músculos se relajaron ante una luz cálida que impregnaba el ambiente.

Se acercó a su hermana y se sentó junto a ella. Casandra lo miró con ternura y, a continuación, le dio la mano. El contacto llenó de paz a Mario, tanto que se preguntó si habría muerto, pero en esta ocasión no tuvo miedo. La piel de su hermana, por una vez, era cálida y suave, como cuando vivía.

Casandra le soltó la mano y señaló al frente. Mario siguió su dedo con la mirada y la posó sobre la pequeña mesa de madera en la que tantas veces vio jugar a su hermana en la habitación de Santander. Sobre ella había un juego de té de juguete y en una de las pequeñas sillas, su muñeca favorita.

Su hermana arrancó un puñado de hierba y lo metió en una de las tazas; a continuación, tomó la pequeña jarra y vertió en la taza un chorro de agua salido de la nada. Después, se lo dio a beber a la muñeca mientras le susurraba, como un mantra, unas palabras con intenso cariño. Mario tuvo que esforzarse para poder oírla: «Soy tu mamá. Yo te curaré».

Mario extendió la mano para acariciar los cabellos de su hermana y los encontró helados. Empezó a respirar con dificultad.

Miró a su alrededor y comprobó que aquellas figuras blancas tan tranquilizadoras habían desaparecido. Volvió a mirar a Casandra y se encontró con una mirada vidriosa y triste. Tenía los labios azules y la piel terriblemente blanca. No se atrevió a tocarla, sabía que estaría fría como el hielo.

Casandra se le acercó y él aguantó la respiración.

Un susurro helado le atravesó el oído: «No te bebas eso».

El frío se hizo con él y emitió un grito que se fundió con el sonido de la alarma.

# 41

Mario telefoneó a Alfredo a las siete y media de la mañana.

—No debí cogértelo ayer. Esto se va a convertir en una costumbre de lo más molesta. ¿De verdad no puedes esperar a que nos veamos en el juzgado? —respondió el fiscal cuando comprobó la hora.

Laredo ni siquiera se disculpó y le trasladó con todo detalle la información que le había facilitado el padre Juan el día anterior sobre el padre Esteban y la muerte de Fiona Blake en el Hope School de Madrid mientras estuvo destinado en dicho centro.

—Así que además de estar presente en el Faith cuando murió Zoe, lo estuvo en el Hope cuando lo de Fiona Blake, y ¿no me digas que la fecha de su paso por el Charity...?

—Sí, estuvo en ese colegio cuando murió mi hermana —atajó Mario.

—¡Hostia, hostia! ¿Se lo dijiste al padre Juan? Me refiero a lo de Casandra.

—Estuve a punto, pero al final no lo hice.

Alfredo alabó su prudencia.

—Mejor así. Toda cautela es poca. Por lo que veo el tema apunta a que nos encontramos ante un depredador infantil. ¿Por dónde comenzamos? —dijo con ímpetu Alfredo, excitado ante una instrucción que parecía clarificarse por momentos.

Mario le pidió que empezase por constatar todos los datos facilitados por el director del colegio, en concreto, los referentes a la muerte de Fiona Blake: datos de filiación, posible relación con el padre Esteban, si se realizó informe forense y su resultado, las diligencias que se instruyeron y cualquier otro dato del que tirar.

Alfredo le aseguró que enseguida se pondría a ello, pero antes de colgar le lanzó una pregunta embarazosa:

—Hoy tampoco has dormido bien, ¿verdad, Mario? Lo digo por las horas...

El juez titubeó y Alfredo lo percibió al otro lado.

—Si no quieres, no me lo expliques.

—Sí, he vuelto a soñar con ella.

—¿Y? ¿Te ha dicho algo relevante para la causa?

A Mario le sorprendió la pregunta del fiscal, que parecía aceptar que su hermana les daba indicaciones sobre la instrucción que tenían entre manos.

—No te sabría decir. Me ha dado un mensaje directo. Como un aviso... Estoy confuso y no sé si lo que oigo en esos dichosos sueños se debe solo a mis cavilaciones, como tú dijiste. Preferiría no hablar de esto ahora.

—No es necesario que me lo digas, Mario. En cualquier caso, ya sabes lo que pienso de esos sueños; estoy seguro de que lo que te ha dicho es algo que te rueda por la mente desde hace tiempo. Hay realidades que nos estallan en la cara, aunque tengamos los ojos cerrados y los oídos tapados. Quizá llegue el momento en que ates cabos. Dale recuerdos a Virginia. La vas a ver ahora, ¿no?

—No sé. No he hablado todavía con ella. Ayer a primera hora de la tarde le dieron el alta y no he vuelto a saber nada más desde que la dejé en el hospital con Fernando y con la niña.

Alfredo sonrió con condescendencia, aliviado de que el juez no pudiera verlo.

—Algo me dice que la vas a ver ahora —insistió. Y se despidió con la promesa de mantenerlo informado.

Apenas una hora después de finalizar la llamada, alguien

llamó al interfono. Mario acababa de salir de la ducha, envuelto en una toalla y a punto de afeitarse. Tocó con el índice todavía húmedo la pantalla del móvil y miró la hora. Eran poco más de las ocho. No esperaba a nadie, y a esas horas o bien se trataba de una confusión o de un repartidor. El interfono volvió a sonar y chasqueó la lengua con fastidio. No abriría por más que llamasen. Conectó la maquinilla de afeitar y se la comenzó a pasar con detenimiento. Al cabo de unos minutos, oyó el timbre de la puerta y dejó la maquinilla sobre la encimera del baño con irritación. Sin siquiera calzarse, salió del baño y soportó el escalofrío que le causó el cambio de temperatura del resto del piso en relación con el microclima que lo había envuelto hasta el momento. El mensaje de la placa en el portal del edificio era claro: no se aceptaba publicidad. Quienquiera que llamase con aquella insistencia iba a recibir un buen rapapolvo. Echó mano de la llave que colgaba de la cerradura y le dio dos vueltas con rabia hasta oír el clic de apertura de la puerta, y en ese momento se arrepintió de haberse dejado llevar por la ira. No había echado siquiera un vistazo por la mirilla y podía toparse con cualquier desconocido. En ese pequeño lapso de duda, alguien empujó la puerta desde el exterior con decisión. Se quedó tan estupefacto como quien lo miraba, que intentaba disimular el rubor que le subía por las mejillas.

—Dudaba de si estabas en casa. Como no me has abierto...

Mario no contestó y centró toda su atención en tragar la saliva que le oprimía la garganta sin que el movimiento de la nuez delatase su nerviosismo.

Virginia dio un paso hacia él, y Mario retrocedió para cederle espacio suficiente para entrar y cerrar la puerta. Quedaron frente a frente, a menos de un palmo. Ella sintió el aroma del gel de ducha que todavía impregnaba su piel. Bajó la mirada sin poder resistirse a repasar aquel torso desnudo de piel inusualmente dorada para aquella época del año y se detuvo en la pulcra toalla blanca que llevaba anudada bajo el ombligo. Recorrió con los ojos la fina línea de vello que se dibujaba hacia la parte más oculta, pero tan accesible. En ese momento fue ella quien respiró con dificultad, consciente del deseo irreprimible de arrancarle aquella toalla y tenerlo a su merced. Un leve movimiento entre los pliegues de la toalla le sugirió que él estaba pensando lo mismo. Levantó la mirada y se encontró con los ojos incendiados en deseo de Mario. Sus labios relajados y decididos vaticinaban que cederían a la pasión, aunque fuera un poco. Miró el rostro de aquel hombre que ya le había confesado que la quería y se detuvo en su pelo despeinado y mojado, que le confería un aire salvaje y desenfadado, muy apartado de la imagen de seriedad con la que todos los compañeros de trabajo lo relacionaban. Sin dudarlo, llevó una de sus manos a ese cabello y lo acarició, momento que él aprovechó para sujetarla de la cintura y besarla como si solo existiesen ellos dos sobre la faz de la tierra. Un beso siguió a otro, mientras las manos de Virginia recorrían la espalda de Mario provocándole oleadas de estremecimiento. Cuando desapareció, él tomó su cara con ambas manos y la elevó para mirarla a los ojos. Virginia se apartó con delicadeza y él comprendió que todavía había conversaciones pendientes. Dijo lo primero que se le ocurrió.

—Creía que era publicidad. No esperaba a nadie.

—Ya lo veo. —Sonrió ella—. En cualquier caso, ha sido una suerte para mí irrumpir en este momento.

—Puedes irrumpir en todos los momentos que quieras —atajó Mario.

Virginia sonrió, pero no contestó nada y Mario reaccionó con rapidez. La invitó a pasar al salón, mientras iba a la habitación a ponerse algo de ropa. Después, le ofreció un café y esperó a que ella le explicase el motivo de su visita.

—Fernando se fue ayer mismo por la noche a Mallorca...
—Mario dejó la taza de café sobre la mesa de la cocina y la miró
con expectación. Fernando ya le había comunicado su cambio
de destino; sin embargo, ella no le había revelado su decisión.
Quizá ese beso solo era una dulce despedida. Notó que el corazón se le encogía—. ¿Te ocurre algo?

Mario negó con la cabeza.

—Pues bien, lo que te decía es que Fernando se marcha hasta
el miércoles a Mallorca. Por lo visto, van a abrir una sucursal
allí y ha ido a organizar la puesta en marcha. Los análisis de
Alba salieron bien y yo no tengo rastro de la dichosa sustancia.
Así que se ha ido tranquilo y hemos acordado que a su vuelta
hablaremos. Pero me temo que no vamos a tener mucho de qué
hablar... Creo que los dos somos muy conscientes de lo que hay.
Y lo que ha pasado estos días ha sido... —Virginia se acercó a él y
lo tomó de las manos—. Ha sido revelador, Mario, yo...

Mario cerró los ojos y respiró hondo. Antes de que los abriera,
los labios de Virginia se posaron dulcemente sobre uno y sobre
el otro, y finalmente sobre su boca.

—Mírame. Mírame, Mario Laredo. —Él abrió los ojos y la
miró como si estuviera presenciando un milagro de la naturaleza—. Te quiero, Mario. Te quiero y ahora sé que llevo años
amándote.

Por una vez en la vida, el locuaz y siempre ocurrente juez Laredo se quedó sin palabras, conmocionado sus palabras y deseando oírlas una y otra vez. Al cabo de unos segundos, ya consciente del bellísimo rostro sonriente que lo miraba, asumió lo
que significaban.

—¿Eso quiere decir que...?

Virginia se sentó sobre sus rodillas.

—Eso quiere decir que no quiero perder ni un minuto más de
mi vida sin tenerte a mi lado. Si tú quieres, claro...

Mario la besó con mayor pasión que la que le había demostrado a su llegada, si eso era posible, y sintió un calor desconocido que le corría por las venas y se extendía por todo su cuerpo. Era la promesa de la felicidad. La dulzura del amor correspondido y de una aventura prodigiosa que estaba a punto de comenzar. Cerró los ojos de nuevo y la abrazó. Ella descansó la cabeza sobre su clavícula y sus respiraciones se acompasaron al mismo ritmo, sereno, tranquilo, seguro. Él le besó el pelo y ella levantó la mirada.

—Es tan maravilloso, ¿verdad? Sabes a lo que me refiero. —Él asintió—. Es tan maravilloso perder el miedo. Pero hoy preferiría no...

Mario sonrió y negó con la cabeza. Supo a la perfección lo que Virginia le pedía. Todavía no había hablado con Fernando y no se acostaría con él hasta hacerlo. Aquello le gustó a pesar del deseo que sentía por tenerla entre sus brazos. Ambos habían aprendido de las vivencias pasadas y tenían algo muy claro: su nueva vida iba a ser bonita desde el inicio, sin sombras de arrepentimiento, sin errores. Y Fernando no se merecía otra cosa.

—Hoy no. —Le guiñó un ojo—. Además, tenemos muchísimo trabajo que hacer. ¿Tienes que ir al juzgado esta mañana?

Virginia respondió que no. En la fiscalía le habían dicho que se tomara libre el resto de la semana, pues además, María Vélez, la jueza de su juzgado, contaba con un sustituto para aquellos días.

—Pues no seré yo, desde luego, quien te cargue de trabajo. De hecho, Alfredo ya está contrastando los hechos que el padre Juan me reveló ayer. Eso sí, si quieres echarle un vistazo a esto, es posible que se te ocurra algo que no estamos viendo.

Mario le tendió la carpeta con la documentación que el director del Faith School le había entregado y Virginia la tomó con avidez. Abrió la carpeta y leyó su contenido deteniéndose en los puntos más relevantes. Cuando acabó, su expresión había cambiado de la ternura a la concentración más absoluta.

—Técnicamente estoy de baja y formalmente esta causa es vuestra. La instrucción os compete a Alfredo y a ti. Pero si quieres llevarte bien conmigo, Mario Laredo, jamás vuelvas a ponerme a la cola de la cadena de información. Tú me metiste en esta causa y me dan igual los formalismos y las bajas; esta investigación es tan vuestra como mía.

—Entendido.

—Y ahora, cuéntamelo todo. Quiero saber cómo has conseguido hacer tan buenas migas con el padre Juan que hasta lo has convencido de que pidiera toda esta información al director del Hope School.

Mario se dispuso a explicarle la conversación con el sacerdote. Pero Virginia no se sintió satisfecha y su expresión no le pasó desapercibida.

—No me lo estás contando todo y así no vamos bien.

Mario apretó los labios y desvió la mirada.

—No sé qué quieres que te cuente.

—Sí que lo sabes.

Mario se levantó del sofá con la intención de escapar de la situación. Se giró hacia la cristalera del balcón con un gesto brusco, que provocó que un objeto saliese disparado de uno de los bolsillos de su pantalón. Antes de que pudiera interceptarlo, el objeto cayó al suelo y profirió un chasquido seco. Dirigió la vista al pavimento con espanto y descubrió que el pisapapeles de vidrio de Casandra se había partido en dos. Se agachó y lo recogió con desolación. Virginia extendió una mano y lo invitó a sentarse de nuevo junto a ella mientras él acariciaba con pesar los dos pedazos.

—Se ha partido exactamente por la mitad. No se ha resquebrajado, son dos partes idénticas, las podrás pegar. Qué extraño que se haya roto de esa forma, y más sobre un suelo de parqué.

Al decir esas palabras, se miraron a los ojos y una intensa corriente eléctrica cargada de clarividencia los aturdió por completo. Virginia empezó a marearse y se apoyó en el respaldo del sofá. Mario supo al instante el significado de lo que acababa de ocurrir. Virginia empezó a susurrar con los ojos cerrados.

—Estos días la he visto. A Casandra. ¿Verdad que es ella? Sé que tú también la ves. Es pequeña y está muy lejos. No puede decirnos más, pero nos acaba de revelar mucho. Nos estamos equivocando. Son dos, son dos cómplices. Hay que encontrar al otro y lo tendremos todo. Por eso se ha partido en dos. En dos partes iguales.

Mario se recostó también contra el sofá. Aquello excedía con mucho cualquier explicación científica. O no. Quizá estaba tan unido a Virginia que tenían los mismos pensamientos. Ella había hecho siempre gala de una perspicacia extraordinaria y por algún motivo intuía, como él, que el padre Esteban podía contar con un cómplice. Alguien capaz de moverse con soltura, indagar las circunstancias del ingreso hospitalario de Virginia y acceder al hospital para envenenarla. Pero lo de haber visto a Casandra era otra cuestión. Y a eso sí que no le encontraba explicación.

Virginia se incorporó y tomó a Mario por los hombros.

—Cuéntamelo, Mario. Cuéntame lo de tu hermana. Dime que no estoy equivocada. Dime qué le ocurrió.

Mario recordó las palabras de su hermana en el sueño: «Están muy cerca». Lo dijo dos veces y habló en plural. Y ahora Virginia deducía lo mismo de la rotura del pisapapeles de vidrio. Dos partes. Asintió y respiró hondo, dispuesto a explicarle las terribles circunstancias de la muerte de Casandra.

Virginia lo escuchó con atención, sin interrupciones a pesar de las decenas de pensamientos que le centelleaban en la mente y que se atropellaban entre ellos. Cuando Mario acabó de contarle lo más importante, y le confió que Alfredo también lo sabía, ella se levantó y empezó a deambular por el salón con los dedos entrecruzados.

—Son dos, sí. Pero ¿quién más además del padre Esteban?

—¿El padre Juan quizá? Estabas a solas con él la tarde que fuiste a verlo y tomaste el té. Aunque por lo visto, os lo sirvió el padre Esteban. Es una posibilidad, pero no me convence. Me parece un hombre sinceramente preocupado por estos hechos.

Virginia lo descartó de pleno con un contundente gesto de cabeza.

—Ya me encontraba mal antes de tomar el té.

—Sí, pero la aconitina también se puede inocular por vía cutánea. Quizá en algún momento, al darle la mano, te rozó con el puño de la camisa...

—No, Mario, no es él. Y tú tampoco lo tienes como principal sospechoso.

—¿Cómo puedes estar tan segura?

—No lo sé. Quizá es que cada vez confío más en mi intuición, como tú, o mejor dicho, como Casandra. Casandra... un nombre precioso, pero nada habitual en España.

Mario se dirigió hacia una estantería del comedor y tomó un viejo álbum de fotos. Se sentó en el sofá al lado de Virginia y empezó a pasar las páginas, las primeras con rapidez y con detenimiento las últimas.

Una sucesión de imágenes, en un color que viraba hacia el sepia y el anaranjado de los antiguos revelados en color, mostraban la evolución de una niña que se parecía poco a Mario salvo en el color de los ojos. No tenía la piel dorada ni el pelo castaño y cualquiera hubiera afirmado que sus orígenes eran británicos o irlandeses. En una de las fotografías, la de un cumpleaños que fue, lamentablemente, el último, se alcanzaba a ver una librería abarrotada de libros, algunos de ellos eran unos tomos imponentes en cuyos lomos se podía intuir que se trataba de literatura inglesa.

—La hermana de Jane Austen se llamaba Casandra —observó Virginia.

Mario la besó en la mejilla.

—Fue un acuerdo entre mis padres. Él eligió mi nombre, y mi madre el de Casandra. Y no fue nada pacífico. Los cuatro abuelos preferían un nombre más clásico. Uno que no sorprendiera tanto en la España de los ochenta, poco acostumbrada a los nombres importados. Pero a mamá la opinión de los abuelos y de mi padre le importó bien poco. Era filóloga inglesa, ¿sabes?, e idolatraba a Jane Austen. Por lo visto estuvo dudando entre Casandra y Alethea, que todavía hubiera sido más sorprendente.

—¡Alethea! Una de las hermanas Bigg, las mejores amigas de las hermanas Austen y hermana también de uno de los supuestos pretendientes de Jane.

Mario rio.

—Veo que estás muy puesta en la vida de esta escritora. La de veces que oí esa historia de los labios de mi madre. Le hubiera encantado conocerte. El caso es que al final se decantó por Casandra. Siempre le pareció un nombre precioso. Y mi hermana, con la piel tan blanca, ese color de pelo y sus pecas, no desentonó en el Charity School. De hecho, parecía más británica que muchos compañeros oriundos del Reino Unido o de Irlanda.

—En cambio tú —Virginia rio a la vez que enarcaba las cejas en gesto cómico.

—Digamos que me limité a ser el hermano español de Casandra. Así me llamaban haciendo broma.

—Lo imagino. Y también que las chicas debían de andar loquitas por ti. —Torció la boca en gesto de fastidio, recordando lo guapísimo que era Mario ya de adolescente y la trastada que le hizo al poco de empezar a salir.

Mario pensó en Irene, la alumna de la escuela de danza a la que dejó de ver tras varios encuentros después de la muerte de Casandra. Se portó mal con ella. Se portó mal con todos los que lo rodearon en aquellas fechas, del mismo modo que lo hizo con

Virginia después de su llegada a Barcelona, y con Tere, su mejor amiga. Negó en un gesto brusco como queriendo sacudir el recuerdo de su memoria.

Virginia le acarició una mejilla con dulzura y cerró el álbum con delicadeza.

—No es momento de pensar en cosas tristes ni de reprocharnos lo que hicimos en el pasado. No somos los que fuimos ni las circunstancias son las mismas.

Virginia se levantó del sofá con el álbum en las manos y se acercó a la estantería para dejarlo en su lugar. Antes de colocarlo, cedió a la tentación de abrirlo por el principio y mirar las fotografías de las páginas que él había pasado con tanta prisa. Observó dos o tres fotografías de las edades más tempranas de Casandra y una corriente eléctrica le sacudió el cuerpo. Cerró el álbum con rapidez y lo dejó sobre el estante como si le quemase en las manos. Cuando se giró, Mario la miraba con una expresión que no supo cómo interpretar. Ella ladeó la cabeza y abrió los labios como si quisiera decir algo, pero no le salieron las palabras.

Él supo que, a pesar de su tremenda capacidad de empatía, Virginia no sabía cómo decirle lo mucho que lo sentía todo. Así que cuando se acercó al sofá para sentarse a su lado, cogió de nuevo la carpeta con la documentación y la abrió con gesto decidido.

—Vamos a repasar los hechos, ¿te parece?

Ella asintió.

# 42

Alfredo Castillo estaba desesperado.

A primera hora de la mañana recibió la documentación que esperaba y enseguida llamó a Laredo, pero no le cogió el teléfono. Lo inundó a mensajes de voz y de texto, pero el juez había empezado muy temprano los juicios que tenía programados y tenía el móvil en su despacho.

Harto de esperar, optó por contactar con Virginia, que lo atendió al instante.

—¿Sabes dónde anda metido Mario?

—Me comentó que tenía juicios toda la mañana. ¿Pero tú no deberías estar con él en sala?

—No, hoy asiste un sustituto, porque se supone que yo debía estar dedicado a esta investigación urgentísima que nuestro querido Laredo no tiene tiempo de atender —respondió con irritación.

Virginia soltó una carcajada, sorprendida por el nerviosismo tan poco habitual en Alfredo, que tenía un talante a prueba de estrés, e intentó tranquilizarlo.

—¡Espera, espera, ya contesta! Es un mensaje de texto. Dice que tiene para un buen rato y que lo vaya comentando contigo. Que vayamos a su casa, que tú... tienes las llaves. ¿Tienes las llaves de casa de Laredo? Menudo honor.

Virginia se rio de nuevo.

—Respóndele que estamos en ello. Dame media hora y nos vemos en casa de Mario.

Alfredo se limitó a asentir y evitó hacer preguntas. Ya tendría tiempo de hablar con el juez y que le explicase cómo andaban sus avances amorosos que, por lo que parecía, evolucionaban de forma más que favorable.

Virginia llegó antes que Alfredo. Abrió la puerta y entró en la vivienda con una sensación extraña, como si estuviera invadiendo un espacio ajeno. Le sorprendió esa inquietud carente de sentido, ya que él le había dado las llaves de su casa el día anterior. Sin embargo, estar sola en el hogar de Mario y tener la posibilidad de observar con detenimiento el entorno de su intimidad le provocaba un sentimiento extraño. Sus pasos la llevaron ante la estantería en la que almacenaba los álbumes de fotos y adivinó el motivo de su inquietud. Se lanzó directa al volumen que contenía las fotos de Casandra y lo examinó con detenimiento. Abrió su móvil y buscó unas fotos concretas de la carpeta de imágenes. Luego se giró y se miró en el espejo rectangular que colgaba sobre el respaldo del sofá. Ella también tenía la piel clara y un color de pelo similar al de Casandra. De hecho, ella misma, de pequeña, era muy parecida. Cerró el álbum y lo colocó en su lugar. Después, oyó un leve crujido y se sobresaltó. Detestaba las casas en silencio. Los muebles y las cañerías emitían ruidos que la alteraban. Pero esta vez presintió que el sonido no era casual. Observó a su alrededor, y vio que el pisapapeles de vidrio descansaba sobre la mesa del salón. Mario debía de haber pegado las dos mitades y las había sujetado con dos gomas elásticas cruzadas. Se acercó y acarició la superficie hasta que la yema de su dedo tropezó con la arista del vidrio; un corte limpio que dividía las dos mitades exactas de la esfera. El dolor le hizo retirar la mano enseguida. El pisapapeles le había levantado la piel superficialmente como si se tratase de una cuchilla y la sangre afloraba roja y metálica deslizándose por el dedo.

Sangre. La intuición la sacudió con fuerza.

El timbre del interfono emitió un sonido agudo y Virginia lanzó un grito, espantada por la interrupción de ese silencio tan incómodo. Corrió hacia el recibidor, aliviada por la llegada de Alfredo. Cuando este subió, la encontró en el rellano, con la puerta abierta y el dedo índice en la boca.

—¿Qué te pasa?

Virginia se sacó el dedo y sacudió la mano restándole importancia a lo sucedido.

—Un arañazo superficial.

Alfredo no preguntó más y se dirigió al salón.

—Supongo que estás al día en los avances de la instrucción, ¿no?

Virginia asintió.

—Pues bien. Mira —sacó el portátil de su funda y lo conectó con impaciencia—, esta es la partida de nacimiento de Fiona Blake. El padre Luis, del Hope School, le facilitó al padre Juan la ficha escolar, en la que, siguiendo la costumbre británica, el único apellido que constaba de la niña era el de su padre: Blake. ¡Pero mira qué sorpresa!

Virginia abrió los ojos, impactada por el descubrimiento, y miró a Alfredo, que asintió con una sonrisa de satisfacción.

—Así es. La madre de Fiona se apellida Clifford y resulta que es hermana de James, el padre de Zoe. Fiona Blake era sobrina de James Clifford. Es decir, prima de Zoe.

—No me lo puedo creer —musitó Virginia.

Alfredo abrió otra carpeta de documentos y amplió la imagen de la partida de defunción de Fiona y, a continuación, una notificación de lo que parecía un informe de fiscalía.

—También he investigado sobre las circunstancias del fallecimiento de esa pobre niña. Resulta que en las diligencias que se instruyeron consta que Fiona empezó a encontrarse mal en el colegio y falleció antes de que la familia fuera a recogerla. Según consta, en esa época James Clifford vivía en Madrid, en el domicilio de su hermana.

—¿Cómo has conseguido todo esto? —Virginia lo miró con admiración. Era consciente de la meticulosidad instructora de su compañero, pero haber obtenido la información que le acababa de mostrar, cuando el fallecimiento de Fiona se había cerrado como muerte natural era casi milagroso.

—Resulta que conozco a un fiscal, buen amigo mío, que ejerce en los juzgados de Madrid. Se ha movido rápido y me llamó ayer por la noche. No os llamé porque me controlo un poco más que Mario en esto de comunicarme a horas intempestivas. Pero no he pegado ojo. No me digas que no te parece que la relación entre los dos casos es demasiado sorprendente.

Virginia asintió, estupefacta.

—Entonces... Vicky Soler tiene razón. James es el asesino. Y lo del padre Esteban... ¿es una extraña causalidad?

Alfredo negó con contundencia.

—No estoy tan seguro. ¡Aún hay más! Las diligencias que se instruyeron, como sabes, se cerraron como muerte accidental. Y según parece, James Clifford acudió al juzgado y manifestó que creía que su sobrina había sido envenenada. ¡El propio James se empeñó en que la niña había sido asesinada! Dijo que había detectado signos de haber ingerido alguna sustancia. Por lo visto, el tema se archivó sin más.

Virginia frunció el ceño y encogió los hombros, totalmente descolocada ante esa información.

—No entiendo nada. Si él mató a su sobrina y se archivó por muerte accidental, ¿qué necesidad tenía de remover el tema? El archivo le iba de perlas.

Alfredo dio una palmada al aire.

—Así es. Esa actitud solo se explica si él no fue el asesino —incidió con énfasis en ese «no»—. Pero resulta extrañísimo que en ambos casos estén presentes tanto James Clifford como ese sacerdote.

Virginia se frotó las manos con impaciencia.

—Tenemos que hablar con Mario en cuanto acabe las vistas.

Alfredo lanzó una de sus risotadas mordaces.

—¿Por qué piensas que lo he estado llamando sin parar?

# 43

Cuando Mario insertó la llave en la cerradura de su vivienda, esta se abrió desde dentro y se topó con las expresiones inquietas de Virginia y Alfredo.

—Joder, ¡qué susto! ¿Sois conscientes de las caras que tenéis?

Virginia lo tomó del brazo y tiró de él hacia dentro.

—Has tardado una eternidad.

—Tenía diez juicios, ¡qué quieres! —Encogió los hombros con consternación—. ¿Me dejáis ir al lavabo o no?

—¿Qué tienes que hacer? —inquirió Alfredo.

Mario le lanzó una mirada asesina.

—¿En serio? Orinar, Alfredo, que he salido disparado del juzgado. Dadme un minuto y, por favor, no os pongáis a escuchar en la puerta del baño, si no, aún tardaré más.

Al salir del lavabo, Virginia y Alfredo lo esperaban en el salón con el portátil abierto sobre la mesa y una silla dispuesta para que se sentase. Alfredo se encargó de relatarle lo que había averiguado y, al finalizar, ambos fiscales se quedaron mirándolo.

Mario carraspeó y lanzó su veredicto.

—Está claro que el padre Esteban tiene que ver con la muerte de Zoe. Y muy probablemente también con la de Fiona Blake, aunque se cerrase como muerte natural. Pero hay algo que no encaja: la coincidencia de James en ambos casos no puede ser casual. Y, sobre todo, su actitud.

Virginia y su compañero asintieron, y Mario prosiguió.

—En su segunda declaración, cuando informamos a James

de que albergábamos sospechas sobre la persona que les dio la merienda a Zoe y a Eric aquella tarde, y le preguntamos si su hija le habló alguna vez del padre Esteban, lo negó y preguntó expresamente quién era. Eso de por sí es muy extraño. Después, al hablarle de la formación del religioso, nos explicó con detalle el manejo de la aconitina y casi nos aseguró que el padre Esteban, por sus conocimientos, podía preparar esa sustancia. Esto sugiere que en su momento averiguó o dedujo que él fue el causante de la muerte de su sobrina y muy posiblemente con el mismo tóxico. Pero en ese caso, no es lógico que apuntasen a Zoe a un colegio de la misma congregación. Y aún resulta menos lógico que no sacase de inmediato a su hija de ese centro al saber que ese sacerdote estaba ahora en el centro de Barcelona. Por otra parte, lo normal es que nos hubiera comentado, desde el inicio de la investigación, sus sospechas sobre el fallecimiento de su sobrina y la hubiera relacionado con la muerte de su hija y la presencia del padre Esteban en el Faith. Pero calló como una tumba y encima negó conocerlo. Hay algo que no cuadra en todo esto. Algo me huele muy mal.

Virginia cabeceó, asintiendo.

—Hay una opción muy perversa: que James haya aprovechado esa circunstancia para matar a su hija y echarle la culpa al sacerdote, lo que nos lleva a la tesis de Vicky Soler. Si James hubiera mencionado sus sospechas sobre la posible autoría del padre Esteban en la muerte de Fiona, hubiera sido demasiado evidente que conocía su historial y nos habrían saltado todas las alarmas sobre lo injustificado de haber inscrito a Zoe en ese colegio. Sabe que le hubiéramos preguntado sobre ello.

—Quizá no sabía que el padre Esteban estaba en el Faith. Es decir, quizá creía que seguía en el Charity, y todo esto es una desgraciada casualidad. Dos muertes de dos niñas de la misma familia a manos del mismo depredador. Es extrañísimo, pero cabe esa posibilidad —apuntó Alfredo—. Aunque es cierto que, como ha dicho Mario, no tiene sentido que al revelarle el dato de la presencia del padre Esteban en el Faith y también nuestras sospechas, no reaccionase de forma vehemente y nos explicase lo ocurrido con su sobrina.

Mario negó, pensativo.

—Hay algo más que se nos escapa.

Virginia sintió un escozor en la yema del dedo y enrojeció de repente, presa de la excitación. Mario y Alfredo la miraron extrañados.

—El sueño, Mario, el sueño. Casandra dijo que son dos. Están muy cerca. El pisapapeles... Son dos: el padre Esteban y James Clifford. Pero ¿por qué? ¿Con qué móvil? ¿Qué los une a ambos para llevar a cabo esos crímenes?

Alfredo los miró extrañado. Por toda respuesta, el juez puso una mano sobre uno de los hombros del fiscal y le susurró con complicidad que Virginia ya sabía lo de Casandra y los sueños que había tenido.

El fiscal se mordió los labios y frunció el ceño. Desde luego, lo que estaba ocurriendo era extrañísimo, pero sustentar las indagaciones en los posibles mensajes del más allá de una niña difunta era algo que no tendría ningún encuadre en una instrucción judicial. Con todo, omitió decir nada en aquel momento y confió en que si tales mensajes los llevaban a buen puerto encontrarían la forma de sacar la realidad a la luz de forma aceptablemente objetiva.

—¿Creéis posible que James haya amenazado al padre Esteban con explicar todo lo que sabe sobre el asesinato de Fiona Blake y le haya pedido que mate a su hija si quiere que guarde silencio? —sugirió Virginia.

—Es una posibilidad —convino Alfredo—. Pero a mi parecer es una amenaza sin fuerza. En su día ya intentó incriminarlo y las diligencias se cerraron, así que no veo cómo podría sentirse amenazado el sacerdote. Además, ¿por qué querría matar a su hija?

—¿Violencia vicaria? ¿Ver sufrir a su exesposa? No nos olvidemos de lo que dijo Vicky Soler. Cada vez me convence más esa hipótesis —apuntó Virginia.

Laredo, que los había estado escuchando con atención, negó con la cabeza.

—Lo dudo. Los asesinos por violencia vicaria desean que la expareja sepa que el daño lo han infligido ellos, ese es el móvil, la principal finalidad.

—Quizá este es más sibilino y no quiere acabar en la cárcel o suicidándose, como hacen muchos. Sencillamente le vale con ver sufrir a Vicky.

Mario resopló y echó la espalda hacia atrás. No era una cuestión que pudieran resolver en ese momento. Tendrían que averiguar algunas cosas más.

—No le demos más vueltas. La información que tenemos es importantísima. —Miró a Alfredo con gesto de aprobación y agradecimiento—. Pero se nos abren varios interrogantes, sobre todo en lo que refiere al posible móvil de James Clifford y su relación con el padre Esteban. Creo que es esencial contactar con la madre de Fiona Blake para ver qué nos dice sobre las circunstancias que rodearon la muerte de su hija y la reacción de James. Y también habrá que volver a hablar con Vicky Soler para averiguar de quién fue la decisión de apuntar a Zoe al Faith School. Iremos por partes. En cuanto a la conversación con la madre de Fiona, quizá la más adecuada para ello sea Virginia. Doy por hecho que ella aceptará mejor una conversación con una mujer que con cualquiera de nosotros. Y con respecto a la señora Soler, ya decidiremos a resultas de lo que nos diga la señora Blake.

Virginia sonrió. La posibilidad de hablar con la madre de Fiona e indagar sobre el tema la atraía con fuerza.

—Estoy de acuerdo contigo —afirmó Alfredo—. Por otra parte, Mario, hay una cuestión que me preocupa.

El juez asintió. Sabía con exactitud lo que pasaba por la mente del fiscal. Alfredo se planteaba su posible recusación como juez instructor. Si salía a la luz el historial del padre Esteban y se llegaba a saber el dato de la muerte de Casandra, aunque en su momento se calificase de accidental, Laredo debería apartarse de la causa. Y si eso sucedía, Alfredo también perdería el control del tema y, de paso, Virginia, cuya presencia en la causa era del todo extraoficial.

—El asesinato de mi hermana, porque ya no me cabe ninguna duda de que fue asesinada, ya habría prescrito, Alfredo. Pero sí, supongo que estás en lo cierto: tengo una vinculación emocional y directa con el tema.

Mario suspiró. Estaba claro que debían ser especialmente cautelosos en sus investigaciones. No podían arriesgarse a perder la causa.

# 44

Viernes, 12 de marzo de 2021
Domicilio de la familia Blake
Barrio de Salamanca, Madrid

Viajar juntos iba camino de convertirse en una costumbre. Durante la última investigación, se escaparon a Vitoria para hablar de forma extraoficial con un testigo, de la misma forma que ahora iban camino de Madrid para entrevistarse con Ana Clifford, la hermana de James.

Sin embargo, si en aquel viaje la culpa y los remordimientos se instaló como acompañante en el asiento trasero del coche de Mario, en esta ocasión, la esperanza iba con ellos a más de doscientos kilómetros por hora en el tren de alta velocidad que los llevaba hacia Madrid.

Llegaron a la estación de Atocha-Almudena Grandes a las cuatro y media, y desde allí tomaron un taxi en dirección al barrio de Salamanca, calle Diego de León con Príncipe de Vergara. Ana Clifford les había rogado puntualidad. La asistenta se marchaba de la casa a las cuatro y disponía de poco más de dos horas hasta que su marido y su hijo llegasen al domicilio. Prefería mantener en secreto la conversación que iban a tener.

Tardaron casi un cuarto de hora en salir de la estación y el taxi superó, no sin dificultad, el colapso de los alrededores de la estación de Atocha, así que cuando llamaron al interfono de casa de los Blake, ya eran las cinco y cuarto. Virginia se lamentó, tendrían que hablar sin rodeos y una conversación como aquella requería tiempo.

—No sé por qué no hemos quedado en una cafetería —inquirió Mario.

—Se negó en redondo. Por lo visto, tanto los Blake como los Clifford son familias que se mueven mucho en sociedad. Ana no quiere exponerse en público y verse obligada a dar explicaciones.

Al llegar al amplio rellano del regio edificio, antes de que tuvieran tiempo de pulsar el timbre, la puerta se abrió con reticencia y Ana dejó el espacio justo para que Virginia accediese al recibidor. Cuando comprobó que venía acompañada mostró sorpresa y un cierto desagrado que no pudo disimular, a pesar de sus exquisitos modales.

—Pensaba que vendría sola. No me dijo que... ¿quién es este señor?

Mario se presentó y justificó su asistencia en calidad de instructor de las diligencias abiertas por la muerte de su sobrina. Con todo, le planteó la posibilidad de marcharse si se iba a sentir más cómoda hablando a solas con Virginia. Ana Clifford aceptó su presencia y los invitó a pasar al salón.

La fiscal echó un vistazo rápido a la estancia. La atmósfera era asfixiante. Si bien el salón era amplio, el suelo de mármol forrado de alfombras, el mobiliario y la decoración de estilo clásico y los dobles cortinajes de los ventanales le conferían un aire antiguo. El amplio y macizo mueble bufete del comedor estaba atiborrado de marcos de plata con fotografías, en las que localizó varias de Fiona. Las habituales: la foto escolar con pichi de uniforme y la expresión contenida, la de comunión con las manos en gesto de oración y un rosario entre los dedos, que ahora sugería la postura en la que la expondrían una vez difunta. También había otras tantas junto a su hermano, entonces un niño de corta edad, en actitud distendida, sonrientes, que la sobrecogieron. Pocas cosas la angustiaban más que contemplar la expresión radiante de un niño que había muerto.

Se giró hacia la hermana de James, que la observaba con atención, y esta le sonrió con expresión triste.

—Son de Fiona.

Virginia asintió e hizo un comentario cariñoso. Después inspiró hondo y se obligó a aislarse del entorno. No podía soportar los ambientes cerrados y tristes.

—Señora Clifford, le agradecemos mucho que nos atienda. Veo que disponemos de poco tiempo. No quisiera parecer insensible, pero...

—No se preocupe. Prefiero que acabemos con esto cuanto antes. Si he accedido a verla es únicamente por mi sobrina. Zoe... —negó con la cabeza gacha—, no puedo creer que haya ocurrido esta desgracia. A veces parece que Dios golpee sobre los heridos. Ya tuvimos suficiente tristeza con la muerte de mi hija. Si las cosas hubieran ido de otra manera podría darle apoyo a mi hermano. No sé ni cómo está...

Virginia y Mario cruzaron una mirada rápida.

—Disculpe señora Clifford, me ha parecido entender que no sabe muy bien cómo se encuentra su hermano. Supongo que están en contacto, ¿no?

Ana negó enérgicamente con la cabeza.

—Hace casi tres años que no nos hablamos. Ya ve, tan unidos como estuvimos. Después de la muerte de Fiona las cosas se enrarecieron mucho. Luego apareció esa mujer y fue como si se lo hubiese tragado la tierra. Solo supimos de él al enfermar nuestro padre.

La tía de Zoe hablaba de forma desordenada, pasando de un tema a otro y mezclando hechos y momentos, como si Virginia y Mario dispusieran de datos de los que no tenían conocimiento.

Virginia miró uno de los relojes de sobremesa que había sobre uno de los muebles bufete y se inquietó. Debía ordenar cuanto antes aquel relato.

—Ana, discúlpenos, pero nos está hablando de cosas sobre las que no tenemos ni idea. Su hermano no nos ha hablado de usted, ni de su padre ni de la muerte de Fiona.

La señora Clifford la miró con los ojos muy abiertos.

—¿Y entonces? ¿Cómo han sabido que mi hija falleció y...? ¿Y por qué lo relacionan con la muerte de mi sobrina?

Mario intervino y se limitó a explicar que estaban indagando datos del Faith School, y que en el curso de la investigación habían conocido que en el Hope había muerto una alumna en circunstancias similares; su hija Fiona.

La señora Clifford frunció el ceño, pero no hizo ninguna pregunta. Sin embargo, mostró signos de inquietud y aflicción.

—En el caso de mi hija se realizaron una serie de diligencias y se concluyó que se trataba de una muerte natural, una desgracia. ¿Existen motivos para pensar que no ha sido así en el caso de Zoe?

Virginia la miró con extrañeza. Estaba claro que James Clifford no se hablaba con su hermana o que no le había comentado un asunto tan relevante como que Zoe fue víctima de un envenenamiento.

—Ana, por favor, explíquenos por qué se dejaron de hablar su hermano y usted.

—James tuvo un desencuentro muy grande con nuestro padre. Tan grande que papá le retiró la palabra y James desapareció del mapa. Se fue de Madrid y se llevó a Zoe con él.

Virginia enarcó las cejas.

—Pero eso es normal, ¿no? Me refiero a llevarse a su hija consigo.

Ana Clifford negó con la cabeza.

—Verán, Zoe vivía con mis padres. James... —Suspiró con pesar—. Mi hermano sufrió una crisis muy grave tras la muerte de su esposa y por algún motivo culpó de aquel accidente a la niña. Pobrecilla. Después del entierro de mi cuñada ni siquiera la miraba. Así que la cría se quedó con mis padres y temporalmente James vino a vivir con nosotros. Durante los meses que estuvo en casa se volcó en Fiona. La adoraba. En cambio, no quería ver a su hija. Le tenía auténtica aversión. Un espanto.

—¿Ha dicho la muerte de su esposa? Creía que cuando antes ha dicho «aquella mujer» se refería a su cuñada, y he deducido que no se lleva bien con ella.

—¡Oh, no, por Dios! Me refería a ese demonio de Vicky. Carolina, la madre de Zoe, era encantadora. Veo que ustedes no saben nada de nada. Zoe no era hija de Vicky. ¿No lo sabían?

Mario y Virginia negaron al mismo tiempo. Habían revisado la partida de nacimiento de Zoe y estaban seguros de que Vicky constaba como madre.

Ana miró el reloj y empezó a hablar con rapidez.

—Miren, mi hermano siempre fue el ojito derecho de mi padre. Papá tenía todas sus esperanzas y expectativas depositadas en él. Quería que le sucediera en la empresa, como él sucedió a mi abuelo. Mi abuelo James vino muy joven a España y creó un imperio de la nada en unos años muy complicados. Conoció a mi abuela, se enamoró de ella y de este país, y se quedó aquí. Solo tuvo un hijo, mi padre, a pesar de que le hubiera gustado tener una gran familia. Y lo educó bajo los principios del esfuerzo y la lealtad familiar, valores que nuestro padre nos inculcó desde la cuna. Somos una familia muy tradicional. Mi padre se llamó como su abuelo y mi hermano también. En nuestra familia se da mucho valor a las raíces. Por eso fuimos a colegios británicos. Ya ve, yo me acabé casando con otro hijo de británicos, pero mis padres ya nacieron los dos en España.

Mario empezó a mover una pierna con nerviosismo, deseoso de que Ana Clifford centrase el tema.

—El caso es que en los primeros tiempos funcionó. James estudió ADE y empezó a trabajar con mi padre. Fue una época muy feliz. Conoció a Carol, se casaron y tuvieron a Zoe. Pero

2018 fue un año aciago para nuestra familia. Poco antes de morir Fiona, Carol falleció en un accidente de tráfico. Zoe tenía solo siete años. Aquella tarde la llamaron de la escuela porque la niña estaba enferma y en lugar de tomar un taxi cogió la moto a todo correr y tuvo un accidente. James estaba muy enamorado de Carol. Más que enamorado, tenía una dependencia emocional enfermiza. Adoraba a su esposa hasta un límite patológico y no aceptó aquel accidente. Ya saben lo que ocurre en esos casos, se busca un culpable, y en este caso fue la pobre Zoe. La niña lloraba de tristeza por la falta de su madre y buscaba consuelo en él. Pero James se la sacudía de encima como si quemase. Empezó a detestarla. Así que papá decidió hacerse cargo de la niña y a nosotros nos cayó sostener a James. No se imaginan los problemas que tuve con mi marido, por eso no quiero... —Miró el reloj de nuevo—. En definitiva, James cayó en una depresión y empezó a interesarse por cuestiones espirituales. Decidió abandonar la empresa para estudiar medicina china. Eso fue un golpe tremendo para mi padre. Me consta que tuvieron una discusión terrible. Papá le recriminó ese cambio de rumbo y que tuviera a Zoe abandonada y le dijo que no quería verlo más. Creo que esa es la decisión más dura que papá tomó en su vida y lo llevó a la tumba. Mamá todavía no lo ha podido superar.

Virginia alargó una mano y la puso sobre la de Ana. Ella no la retiró y pareció aliviada por el gesto.

—¿Dice que su padre ha fallecido?

Ana asintió.

—Ahora iremos a ello. Pero escuchen —los miró a ambos—, durante los meses en que James estuvo en esta casa, como les he dicho, desarrolló una relación muy estrecha con Fiona. Hacía por ella lo que debía haber hecho con su hija Zoe. La llevaba al colegio y la recogía. Y cuando falleció, fue él quien la vio primero en aquella espantosa camilla de la enfermería del colegio. No llegamos a tiempo. Cuando nos avisaron de que se encontraba enferma yo estaba comprando y mi marido en el trabajo. James salió corriendo, pero al llegar al colegio ya no había nada que hacer. La muerte de mi hija fue natural, pero James se obsesionó con que un sacerdote la había envenenado. Aquello fue un delirio, una locura, James estaba trastornado y se obsesionó con ese sacerdote. No recuerdo el nombre. Era un enfermero. Por lo visto, muchas tardes, cuando iba a recoger a Fiona hablaban de hierbas y ungüentos. Me consta que mantenían largas conversaciones.

—¿Recuerda cómo se llamaba? —preguntó Virginia.

Ana Clifford entrecerró los ojos en un intento de recordar y negó con la cabeza.

—¿Y si eran amigos, por qué desconfió de él? —inquirió Mario.

—Decía que no le gustaba cómo miraba a Fiona, que había algo sucio en su mirada y dejó de hablar con él. Cuando murió Fiona, me dijo que la niña le había dicho que ese sacerdote... ¡Esteban, padre Esteban! Ahora recuerdo. Le decía que le recordaba a su hermana, pobrecita, que murió cuando tenía su misma edad. Pero a mi hija no le vieron nada raro tras su muerte. James habló con el juzgado, fue a la policía, pero nadie le hizo caso. Eran meras cábalas sin fundamento.

Mario y Virginia se irguieron en sus asientos y le pidieron que les explicase con detalle ese episodio y por qué no dieron crédito a las sospechas de James.

—No se encontró ningún resto extraño en el cuerpo de mi hija. Pero él no salía de su discurso; siempre dijo que la muerte fue provocada por ese sacerdote. Dijo que cuando entró en la enfermería a ver a Fiona ese hombre miraba a la niña de una forma extraña.

Mario y Virginia se miraron y enseguida supieron lo que cada uno estaba pensando. La aconitina podía haberle pasado inadvertida al forense. Elena Ciuró sospechó de esa sustancia por la sintomatología previa al fallecimiento que Vicky Soler había relatado, y porque estaba especialmente versada en herboristería. Pero en el caso de Fiona Blake, sus últimas horas debió de pasarlas en la enfermería bajo la atenta vigilancia de su asesino. Y a buen seguro este ofreció un relato de los momentos previos a su muerte muy alejados de la realidad por lo que no debió de despertar las sospechas del forense, que no vería la necesidad de ordenar analíticas específicas.

—En casa tampoco le dimos crédito. James estaba trastornado por el fallecimiento de Carol y la repentina muerte de Fiona lo afectó muchísimo. La situación se tensó, no lo pudo soportar y se marchó de esta casa. Puso kilómetros de por medio y se instaló en Barcelona. Allí conoció a Vicky, en un centro de terapias alternativas, y en menos de un año se casó con ella. Fue entonces cuando vino a por Zoe y, con todo el dolor para mis padres, se la llevó con él a Barcelona. Nos borró de su vida e incluso eliminó a Carol de la vida de Zoe. Vicky adoptó a la niña y no le dejó siquiera el recuerdo de su nombre.

—Antes ha dicho que volvieron a tener noticias de James al enfermar su padre...

Ana lanzó una carcajada amarga y asintió con sorna.

—Así es. Apareció al olor de la muerte y del dinero.

Virginia y Mario cruzaron una rápida mirada cargada de significado.

—Papá se indignó tanto con la actitud de James que quiso desheredarlo, pero sus abogados se lo desaconsejaron. Así que le dejó la legítima estricta. Por lo visto, los asesores le dijeron que si desheredaba a James, podría impugnar el testamento por injusto. A fin de cuentas, que un hijo no cumpla las expectativas de su padre y que deje de tener relación con él, si el distanciamiento es por decisión mutua, no es suficiente para desheredarlo. Pero si respetaban la legítima a rajatabla, el testamento estaría blindado. Y así lo hizo, le dejó la legítima estricta a James y legó un importante patrimonio a Zoe, designando a personas de su estrecha confianza como administradores de la niña hasta que cumpliera los veintiséis años.

Virginia intervino.

—A efectos prácticos y en patrimonios tan importantes como el de ustedes, eso supone casi una desheredación y el testamento, desde luego, era inatacable. Hizo bien.

Ana negó con la cabeza.

—Mucho me temo que no. Papá debió de confiar en exceso en alguien de su entorno y James acabó por enterarse. Así que cuando supo que estaba gravemente enfermo apareció por aquí de nuevo. Empezó a visitarlo cada dos por tres y le dijo que iba a separarse de Vicky. Que había cometido un gran error y que se arrepentía de haberse marchado de Madrid y de consentir que ella adoptase a Zoe. Que en cuanto lo tuviera todo arreglado volvería a Madrid con la niña. Que estaba seguro de que Vicky no reclamaría la custodia porque no la quería. Pero papá no cambió ni una línea de su testamento. Nunca me dijo nada, pero doy por hecho que haría sus averiguaciones y dudó de la palabra de mi hermano.

Mario miró el reloj y comprobó que faltaba menos de un cuarto de hora para las seis.

—Señora Clifford, ¿su hermano le llegó a decir algo en relación con el testamento antes de morir su padre? ¿Cómo es que ha llegado a estas conclusiones?

Ana rio de nuevo con sorna y explicó que el propio James lo dijo bien alto el día que les citaron sus asesores. «Ni una línea ha cambiado el viejo».

Virginia miró a Mario con cierta satisfacción. Por lo que parecía, James Clifford no era el hombre afable que aparentaba ser.

Y lo del legado a favor de Zoe era un móvil de suficiente entidad como para acabar con la vida de su hija.

Mario frunció los labios. Estaba pensando lo mismo que Virginia, pero la relación entre el padre Esteban y James Clifford era algo que carecía de explicación.

Ana se levantó y abrió un cajón del mueble bufete, sacó un sobre y se lo entregó a Virginia.

—Aquí tienen una copia del testamento de mi padre.

Virginia se lo agradeció.

Tras ello, se sentó de nuevo y los miró con seriedad.

—Mi hermano no puede haber llegado a tanto. Pero aquella mujer... Mi padre no la soportaba. Vio sufrir a Zoe. La chiquilla lloró mucho cuando su padre se la llevó de Madrid y dejamos de verla. No pondría las manos en el fuego por ella.

—Señora Clifford —interrumpió Mario tras lanzar otra ojeada al reloj—, perdone, ¿cuándo se aceptó el testamento?

—El pasado mes de julio. Mi padre murió a inicios de marzo de 2020, justo antes de que estallase el COVID. En cuanto pasó el confinamiento, empezamos a moverlo todo y lo cerramos antes de agosto, ya que los seis meses legales para la aceptación del testamento vencían en septiembre.

Los relojes del comedor empezaron a tintinear y Ana se removió con impaciencia en su asiento.

Virginia y Mario se levantaron a la vez, le agradecieron su colaboración y se despidieron con premura. Habían tenido tiempo suficiente para recabar todos los datos que la hermana de James les podía facilitar, que eran muchos más de los que habían previsto.

Al llegar a la puerta, Ana Clifford lanzó una última pregunta.

—Hay algo que me inquieta en todo esto y es el motivo por el que James inscribió a Zoe en el Faith School.

—Sí, a nosotros también nos parece extraño que, habiendo

tantos colegios en Barcelona, la inscribiese precisamente en ese. Aunque es posible que no supiera que el padre Esteban se hubiera trasladado a ese centro —respondió Virginia.

Ana negó con la cabeza.

—Lo sabía.

—¿Perdone? —exclamó Mario.

—Las diligencias, como les he dicho, se archivaron con la conclusión de muerte natural, pero el revuelo de las acusaciones de James se expandió por el colegio, y me consta que antes de finalizar el curso ese religioso cambió de centro. James estaba al tanto, estoy segura de ello. No quiero pensar que...

La señora Clifford empezó a sollozar justo en el momento que se puso en marcha la maquinaria del ascensor. Enseguida se recompuso e irguió la espalda.

—No sé si es mi marido, ¿sería un problema para ustedes...?

Los dos lo entendieron al instante y se encaminaron hacia las escaleras para bajar con rapidez.

Ardían en deseos de salir de aquella casa y compartir sus sensaciones.

# 45

Entraron en la primera cafetería que encontraron a dos calles de la vivienda de los Blake, más por sentarse a examinar la documentación que por la necesidad de tomar algo. Se trataba de un local amplio y agradable que estaba bastante vacío. Eligieron una mesa cercana a la cristalera que daba a la calle y Mario se dirigió al mostrador a pedir dos cortados, que la camarera, una joven más pendiente de reír y conversar con su compañera que de atender al público, empezó a preparar con desgana.

Al acercarse a la mesa con las dos tazas, una de ellas con un desagradable cerco de café en el plato, encontró a Virginia leyendo el testamento con detenimiento.

—¿Algo interesante?

—Me temo que sí.

—¿Te temes...?

Ella le hizo un gesto para que esperara con la mano y abrió la escritura hacia la mitad texto, tras lo que negó con aflicción.

—La voluntad fue buena, pero no blindó los derechos de su nieta. De hecho, no le aseguró su derecho a la vida.

Mario frunció el ceño.

—¿Qué quieres decir?

—-Me refiero a lo que nos acaba de decir Ana Clifford. Por lo visto, la intención del difunto señor Clifford era desheredar a James, pero se lo desaconsejaron con muy buen criterio. Sin embargo, al realizar las disposiciones a favor de Zoe, no tuvo en cuenta algo muy importante: qué sucedería con los bienes que heredaba su nieta si esta fallecía. Lee esto.

Mario echó un vistazo al extenso y bien redactado testamento del difunto señor Clifford. El patrimonio era amplísimo. Si bien no estaba muy versado en derecho sucesorio, enseguida vio lo más esencial: el testador había repartido sus bienes de forma que a James le tocara lo mínimo que disponía la ley. Así que repartió su patrimonio en los tres tercios legales: el de legítima estricta, destinado por ley a los herederos forzosos, en ese caso a James y Ana, que se lo dividían por mitad; el tercio de mejora, que el testador podía distribuir de forma voluntaria entre sus herederos, y que el anciano señor Clifford asignó únicamente a su hija Ana; y el tercio de libre disposición, que distribuyó entre su esposa y sus dos nietos: Zoe y el hijo de Ana, asignando a Zoe la parte más sustanciosa, dado que su esposa contaba con patrimonio propio y su otro nieto heredaría el de su madre cuando esta faltase.

Mario Laredo entrecerró los ojos y sacó cuentas.

—Así que James acabó con un dieciséis y pico por ciento del patrimonio que, ante tal magnitud, no es poco —observó—. Su hermana Ana se ha llevado casi un cincuenta por ciento, que sería la mitad del tercio de legítima que comparte con James, más el tercio de mejora; y del tercio restante, más de la mitad, en concreto un veinticinco por ciento del patrimonio total, fue para Zoe.

—Así es —confirmó Virginia—, un veinticinco por ciento de un caudal millonario, que en caso de morir Zoe, como ha sucedido, va a parar a manos de...

—Sus padres.

Virginia asintió.

—Por eso digo que el anciano Clifford cometió un error tremendo. Es cierto que designó un consejo de administradores para gestionar la herencia de su nieta hasta que cumpliese veintiséis años, a fin de asegurarse que ni James ni Vicky manejasen sus bienes. Pero no dispuso absolutamente nada sobre el destino de esos bienes si Zoe fallecía. Existen figuras jurídicas para evitar que en esos casos el patrimonio vaya a parar a la persona indeseada.

—Un fideicomiso, por ejemplo.

Virginia sonrió.

—Parece que el juez Laredo todavía recuerda las figuras más esenciales del derecho de sucesiones. Así es, con un fideicomiso, por ejemplo, los bienes de Zoe hubieran podido pasar a su primo o a su tía Ana.

—Lo que hubiese sido un seguro de vida para la pequeña.

Ella asintió con pesar.

—Pero no lo hizo. Y le dio a James un móvil poderoso para matar a su hija. Un móvil millonario.

Mario resopló, sin poder dar crédito a esa posibilidad que apuntaba con fuerza.

—¿Pero hasta el punto de cargarse a su hija? James no salió malparado con el reparto. Con el dieciséis por ciento da para vivir tranquilo si no toda la vida, sí muchos años.

—Sí, pero es mejor un cuarenta y uno por ciento y la ambición no tiene límites, Mario. Ya sabes que el dinero es el motivo principal de los crímenes. El dinero y la pasión. Pobre señor Clifford, en el deseo de favorecer a su nieta, la abocó a un destino fatal. Lo que me extraña es que ante un testamento tan bien trabajado como este, en el que se ve con claridad cuál era la intención del testador, nadie le aconsejase tomar esa cautela.

Mario negó con la cabeza.

—Es muy probable que se lo aconsejasen, pero hay algo terrible en prever la muerte de un nieto. James debió de decepcionar profundamente a su padre, pero no hasta el extremo de pensar que pudiera matar a su propia hija. Por más que veo en mi día a día cosas horribles, jamás me acostumbro a la maldad y la ambición humanas, así que puedo entender el proceso mental del anciano señor Clifford. —Se lamentó Mario.

Virginia cerró la escritura y la guardó en el sobre.

—¿Y ahora?

—Ahora lo que haremos es informar de esto a Alfredo. Y lo siguiente será ir a hablar con Vicky Soler, a ver qué nos cuenta sobre las circunstancias de la muerte de su suegro, la adopción de Zoe y la decisión de apuntarla al Faith School. También será interesante saber si conocía lo que le ocurrió a la sobrina de James. En paralelo, le pediremos a Alfredo que contacte con el Faith para recabar los datos de la inscripción de Zoe: fecha de matriculación, si se hizo entrevista informativa y a instancias de quién, si de James o de Vicky, y si consta el motivo por el que decidieron inscribirla en ese centro.

—¿Alfredo? ¿No prefieres llamar personalmente al padre Juan?

Mario negó.

—No de momento. Vamos a ver a dónde nos lleva todo esto. ¿A qué hora cogeremos el tren de vuelta?

Virginia se había ocupado de sacar los billetes y cuando le preguntó por el horario de regreso ella se limitó a decirle que tenían billetes flexibles.

—¿Tienes prisa? —Sonrió con coquetería.

—Ninguna. De hecho, es viernes.

—Sí, y son casi las ocho de la tarde y estamos en Madrid.

—Lo sé.

—A mí me da una pereza tremenda volver a Barcelona —susurró Virginia entornando los ojos. Él inspiró profundamente y mantuvo la respiración, incapaz de articular palabra—. Me parece que ha llegado el momento de que te dejes llevar —le musitó acercándose a su oído.

Mario se giró y la miró de tal forma que la desarmó por completo. Fue ella quien se ruborizó entonces.

—Mario Laredo, no me mires así o no respondo de mis actos.

—Eso es precisamente lo que deseo —respondió él con una voz ronca, que provocó un estremecimiento en Virginia.

Recogieron los documentos, se levantaron de la mesa y, tras ponerse los abrigos, ella le tomó de la mano con decisión y le sonrió. Lo tenía todo preparado y no podía esperar ni un minuto más para abandonar aquel local y empezar a cumplir sueños.

# 46

Tomaron un taxi, y en pocos minutos, durante los que no se soltaron las manos, llegaron a la plaza Lealtad, contigua al Paseo del Prado. El vehículo bordeó la plaza y se detuvo al inicio de la calle Antonio Maura, una vez rebasado el hotel Mandarín Oriental Ritz. Cuando se apearon, Mario se detuvo unos instantes para ver hacia dónde se encaminaba ella y le agradó ver que dejaba atrás el hotel Mandarín. No porque no le gustase el lujoso establecimiento, sino porque le pareció que la personalidad de Virginia y el recuerdo que esperaba construir con ella encajaban en otro tipo de alojamiento más íntimo.

Virginia lo tomó de nuevo de la mano y lo condujo a lo largo de la calle hasta detenerse frente a un antiguo edificio de fachada neoclásica rehabilitada con esmero, que albergaba un coqueto hotel boutique que no tendría más de cuarenta habitaciones. Antes de entrar al *hall* dio un respingo y miró el reloj.

—Debería hacer una llamada para ver cómo está Alba.

Mario se incomodó y preguntó si prefería que se alejase un poco, a lo que ella respondió que no. El saludo fue breve y le siguió un susurro cómplice: «luego te cuento». Enseguida cambió el tono de voz y por las preguntas que lanzaba, Mario dedujo que Virginia hablaba con la niña. Tras esos minutos, de nuevo la voz amiga y una despedida apresurada.

Virginia guardó el teléfono en el bolso y le sonrió.

—Ya está. Se ha quedado con Tere.

—¿Y eso? ¿No está... Fernando? ¿Y tus padres?

—Fernando está en Empúries. Regresó de Mallorca el miércoles. Pero después de lo que hablamos, decidimos que si mi visita a Madrid se alargaba era preferible que Alba no se quedase a su cargo, lo que es perfectamente comprensible. —Virginia le dirigió una mirada cargada de significado, pero no se extendió en detalles, no era el momento ni el lugar—. Y tampoco he querido dar ninguna explicación a mis padres. Así que como Alba adora a Tere y se lleva fenomenal con sus hijos, le pedí que la recogiese del colegio y se la llevase a su casa por si... Aunque no sabía si tú...

Ya no pudo acabar la frase. Mario le rodeó la cintura y ella lo abrazó acariciándole el cuello, preparada para recibir aquel beso tan ansiado, que se alargó hasta que temió perder el equilibrio.

—Será mejor que entremos —musitó Mario cuando consiguió vencer el deseo, y se dirigieron a la recepción agarrados por la cintura.

La recepcionista les sonrió.

—¿Señora Gibert? —Virginia asintió—. Ya temía por ustedes, con el frío que hace ahí fuera y lo confortable que es la habitación que tienen reservada.

Virginia se ruborizó y Mario la miró muerto de risa.

—Veo que ya han hecho el *check in* por internet.

A Virginia le empezó a arder la cara y no quiso mirar a Mario, pues intuía que él se estaba divirtiendo al comprobar la seguridad con la que había reservado el alojamiento.

—¿Necesitarán una tarjeta de acceso o dos?

—Con una nos basta. No me pienso separar de ella ni un segundo —respondió él a la vez que guiñaba un ojo a la recepcionista, que le devolvió una sonrisa.

—Perfecto. Pues ya está. ¡Uy! Veo que no llevan equipaje... Pero la reserva la tienen hasta el domingo, ¿no?

Mario miró a Virginia con un gesto cargado de comicidad y ella puso los ojos en blanco.

—Es que ha sido una decisión improvisada... —empezó Mario con una gran sonrisa.

—Por el amor de Dios, denos esa tarjeta y no haga ninguna observación más. Me muero de vergüenza. ¿Usted no ha estado nunca enamorada? —espetó Virginia deseosa de acabar con aquella situación.

La recepcionista la miró boquiabierta.

—Es usted una mujer muy segura de sí misma, señora Gibert. Cómo la envidio.

—¿Yo... segura?

—Sí que lo es —confirmó Mario—. Y lo mejor de todo es que ni siquiera es consciente de ello. Además es inteligente y, como puede ver, preciosa. Es la mujer más maravillosa del mundo. —Tomó la llave del mostrador de recepción y se marcharon.

Tras ello, rodeó a Virginia por la cintura y la dirigió hacia el único ascensor del edificio. No llevaban equipaje, pero aquella noche no iban a necesitar nada más que sus cuerpos.

No era la primera vez que hacían el amor. Tampoco la primera que dormían juntos. Sin embargo, temblaban como dos adolescentes, porque la inmensidad de una  nueva vida se abría ante ellos y si en algo estaban de acuerdo Virginia y Mario era en que deseaban empezarla libre de sombras y silencios.

Pocos días antes, cuando Mario abrió la puerta de su casa envuelto en una toalla y se encontró frente a ella, a ambos les costó un esfuerzo sobrehumano no ceder al deseo. A pesar de las palabras de Virginia, a pesar de las promesas de futuro, las vivencias antiguas y el amor que latía con fuerza, los conminó a esperar para vivirlo con todo el brillo que pretendía desprender. No quisieron comienzos turbios.

Sin embargo, esa fría noche de invierno, en aquella *suite* del pequeño hotel de Madrid, sobraron palabras, y todos los besos y caricias fueron insuficientes para calmar la sed insaciable que les pedía una entrega absoluta.

Cuando entraron en la habitación, lanzaron los abrigos sobre el sillón que decoraba el pequeño recibidor, se miraron y se abrazaron en silencio, quietos, con intensidad, sorprendidos por una libertad a la que no estaban acostumbrados.

—¿Y ahora...? —le susurró él en el oído con voz sugerente—. Tú mandas. Eres la dueña soberana de este fin de semana. Y te has asegurado de que ni siquiera lleve ropa de recambio. Así que me tienes a tu merced.

—Bueno, no debiste darme llaves de tu casa —respondió ella con la cara todavía refugiada en su clavícula, tras lo que levantó la mirada, azorada—. ¡No he cogido nada de los cajones! Jamás lo haría. Pero sí que eché un vistazo a la ropa que tenías pendiente de guardar y birlé una muda interior de recambio. Ha sido un atrevimiento que espero que me disculpes.

Mario se rio. Le encantaba cuando se ruborizada de aquella forma, y desde que habían llegado a la recepción del hotel, había tenido ocasión de disfrutar en varias ocasiones de esos momentos embarazosos en los que Virginia era un libro abierto. La miró con picardía, dispuesto a alargar aquella situación.

—¿Sabes que he estado dos días mirando por el patio de luces para ver si se me habían caído al tender?

—¡Menudo control llevas! Das miedo. ¿En serio? Yo debo de tener al menos media decena de calcetines desparejados sin explicación alguna. Es un misterio, es como si se los tragase la lavadora. Pero la verdad es que solo reparo en ello cuando los tiendo y veo solo uno. No suelo fijarme en... ¡Ay, Mario, estoy hablando demasiado! En mis fantasías de lo que sería este momento jamás pensé en que acabaría hablando de calcetines.

Mario lanzó una carcajada.

—Es solo que soy metódico. Una manía entre tantas de las

que espero que me rescates. Y no, no estás hablando demasiado, aunque se me ocurren otras muchas cosas para las que no es necesario decir ni media palabra, o al menos muy pocas. Así que, ahora dime qué es lo que tenía que ocurrir en este momento.

Virginia frunció la boca en un gesto divertido y entornó los ojos.

—Ahora me apetece una barbaridad una ducha. Creo que desde que te vi envuelto en esa dichosa toalla sueño con arrancártela.

—No hará falta porque no me la pienso poner. De hecho, me parece una idea estupenda ducharme contigo. ¿Cómo vas de equilibrio?

—No pretenderás... Yo creo que estaríamos más cómodos en...

Mario enarcó las cejas con gesto cómico.

—Eso también llegará, querida. La noche es tan larga como mi deseo.

La tomó de la mano y la dirigió hacia la fabulosa ducha del cuarto de baño de diseño que auguraba la primera de un buen número de fantasías.

# 47

El lunes a primera hora, la mesa de Virginia estaba repleta de documentos pendientes de firma y tenía la mañana entera llena de juicios.

La jueza María Vélez la miró con atención.

—Nadie diría que has pasado por unos días de hospitalización. La verdad es que tienes mejor cara que nunca, como un colorcito en los pómulos que parece que... ¡Virginia!

El arrebol se incendió hasta rozar el púrpura, y antes de que a Virginia se le ocurriese algo con lo que salir airosa, la jueza arrancó a reír.

—He acertado, ¿no?

Virginia continuó en silencio.

—Tú estás o —vaciló— estabas medio viviendo en pareja, ¿no? Pero hoy te veo diferente, o quizá tan solo se trata de un buen fin de semana.

Virginia sonrió, dudando de lo que debía responder. Era pronto para desvelar su relación con Mario Laredo. En realidad, el fin de semana había sido maravilloso, pero se limitaron a vivirlo con intensidad sin hablar de futuro. Durante el trayecto de regreso, intuyó que él ahogaba las preguntas que luchaban por salir de su garganta y solo se atrevió a preguntar, una vez el tren llegó a la estación de Sants, dónde tenía previsto pasar aquella noche. Finalmente durmieron en casa de Mario. Ir a Empúries quedó descartado y recoger a Alba de casa de Tere y aparecer en la de sus padres, la hubiera obligado a dar unas explicaciones que quería dar en aquel momento.

Se limitó a decir una verdad que no comprometía a Mario ni se aventuraba más allá.

—Vivía en pareja, sí. De forma intermitente. Él es un hombre estupendo, pero...

María Vélez sonrió con aquiescencia.

—Los peros en el amor son muy malos.

—Así es. Y nosotros teníamos unos cuantos. La relación empezó en unas circunstancias dolorosas, cuando falleció mi marido.

—La jueza asintió, pues sabía a lo que se refería—. Y creo que eso lo condicionó todo. Lo cierto es que no avanzamos al mismo ritmo. Y en realidad, yo, de alguna manera... había otra persona que...

María se acercó y la cogió de la mano.

Virginia se tensó ligeramente; la relación con la jueza siempre había sido fluida, pero ninguna de ellas se prodigaba en afectos.

—A veces hay que tomar decisiones valientes y reconocer qué es lo que verdaderamente queremos y necesitamos. Solo te voy a decir una cosa, en los años que te conozco, jamás te he visto con el brillo que tienes hoy y mucho menos con esta expresión de felicidad. Ya me dirás, cuando quieras, quién es el afortunado. ¿Es alguien de la casa?

Virginia dio un respingo y le soltó la mano. María frunció el ceño.

—Veo que sí. No será... ¡Oh, por Dios! ¿Es él?

—No digas nada, María, te lo ruego. No quiero que se corra la voz. No sé si él quiere que se sepa todavía.

La jueza enarcó las cejas en un gesto cargado de comicidad.

—Tranquila, no saldrá una palabra de mi boca. Aunque dudo que a él le moleste hacerlo público.

Virginia se lo agradeció y, sin ser consciente de ello, hizo un gesto dubitativo. Le dolía ocultarle a la jueza la investigación que estaba realizando con Alfredo y con Mario ante la confianza con que esta le hablaba.

—¿Ocurre algo?

Negó con la cabeza, pero al momento cerró los ojos y respiró hondo.

—Solo que... estoy ayudándole en una causa.

María Vélez frunció los labios y la miró con seriedad, pero sin mostrar enfado.

—¿Existe algún problema con ese asunto? Supongo que el fiscal adscrito está en el tema, ¿no? —La jueza tenía aún presente el revuelo acaecido cuando dos años atrás Laredo y Virginia investigaron la causa Alondra.

—Sí, por supuesto. Él lidera la instrucción. A mí solo me piden opinión.

—Ya... Y, repito, ¿hay o crees que puede haber algún problema? De hecho... Tu paso por el hospital no tendrá que ver con esa causa, ¿no? —Asintió con incredulidad mientras lo decía, consciente de que había acertado.

Virginia suspiró y la jueza negó con los ojos en blanco.

—Ese hombre es incorregible, y a ti, por lo que veo, también te atrae el riesgo. Ya sabes que no comparto la forma de trabajar de Laredo. No negaré que es un juez sagaz y muy competente, pero hay determinadas líneas rojas que no se deberían cruzar, Virginia. Ya sabes cómo andan los medios de comunicación contra nosotros por las famosas investigaciones prospectivas. Ese reproche por perseguir sospechas sin indicios objetivos que tanto se esgrime cuando se cuestiona una causa, sobre todo contra políticos. No digo que Laredo haga eso, pero flirtea con esa forma de instruir, se fía de su intuición en exceso. Supongo que compartir una investigación con él debe de suponer una descarga de adrenalina. En fin, que no te has podido resistir, ni una cosa ni a la otra. En cualquier caso, gracias por decírmelo.

—Es uno de mis propósitos.

—¿Cómo? —inquirió la jueza sin saber a qué se refería.

—Ser coherente con mis decisiones y no ocultarlas. Y no te preocupes, María. No soy amiga de perseguir fantasmas... a no ser que haya una causa objetiva para ello.

La jueza la observó con una mirada de aprobación y ambas se dirigieron a la sala de vistas para celebrar los juicios previstos.

Pasadas las dos y media de la tarde, cuando el trabajo había finalizado, Virginia conectó su teléfono y vio que tenía varias notificaciones de Mario y de Alfredo. Les envió un mensaje: «¿Estáis todavía por aquí, Alfredo?» «Mario, ¿subo a tu despacho y me explicáis?». Ambos contestaron al momento con un rápido *ok*.

En poco más de un cuarto de hora entró por la puerta del despacho de Laredo, cargada con un *trolley* lleno de expedientes pendientes de informe.

Mario se levantó enseguida para darle un beso.

—¿Qué tal ha ido la mañana?

Virginia dirigió la mirada hacia la pequeña maleta y torció la boca.

—Espantosa. Diez vistas de juicio y llevo un quintal de expedientes para informar. Ya te puedes imaginar —dijo esto último dirigiéndose a su compañero.

—Y encima nosotros te secuestramos con este tema —rio el fiscal—. Bueno, antes que nada, muchas felicidades.

Virginia sonrió con timidez y miró a Mario. Por lo visto, le había explicado a Alfredo lo ocurrido.

—Yo también se lo he explicado a María.

—¿A María Vélez? Virginia, no es lo mismo Alfredo que María. Además, Alfredo me ha ayudado a... —Cambió de tema con rapidez al ver la mirada de su compañero—. Espero que no te haya disuadido de estar conmigo, ¡con lo que me detesta!

El cambio de tema no funcionó.

—¿En qué te ha ayudado Alfredo?

El fiscal hizo una mueca y un gesto con las manos como si sacudiese algo.

—Veo que no vais a soltar prenda. Ya me lo dirás, Mario, de esta no te libras. Y en cuanto a María, no te detesta. De hecho, ha dicho que eres... —Hizo un gracioso gesto como si intentase recordar—. ¡Ah, sí! Que eres sagaz y muy competente.

Alfredo echó la espalda hacia atrás y lanzó una carcajada.

—Veo que se ha mordido la lengua —observó Mario—. Estoy seguro de que algo más te habrá dicho, aunque haya intentado suavizarlo. Y tú no te rías tanto, Alfredo, que te lo estás pasando en grande.

—Por supuesto. En cuanto a mi ayuda, Virginia, por lo visto no sirvió de mucho. Al final fuiste tú la que tuviste que dar el paso.

—Bueno, a ver. Vamos al tema. ¿Qué novedades tenemos? —zanjó Virginia, recordando con horror los comentarios de la recepcionista del hotel.

—¿No has leído los mensajes? —inquirió Alfredo.

—No, prefiero que me lo expliquéis. Además, venía corriendo por el pasillo.

Alfredo la informó de que siguiendo las indicaciones de Mario, había al Faith School para preguntar por la fecha de matriculación de Zoe, y comprobó que tuvo lugar a finales de julio de 2020, apenas dos semanas después de la aceptación de herencia del difunto señor Clifford.

—Es decir, que la matrícula se realizó fuera del plazo habitual y de forma sorprendentemente tardía —observó Virginia.

—Así es. Pero ahora viene lo más interesante —anunció Laredo, y con un gesto, invitó a Alfredo a que continuase.

—Pues bien, a la vista de ello, y dado que la matrícula se realizó de forma excepcional, también hemos averiguado que Zoe estuvo inscrita en el curso anterior en otro colegio de Barcelona, un colegio laico. Según me han dicho en la secretaría del Faith School, al rellenar la ficha de preinscripción, James Clifford insistió en la necesidad de que le concediesen la plaza para su hija e hizo constar expresamente que conocía otro colegio de la misma congregación, el Hope School, del que tenía muy buenas referencias.

—No doy crédito. ¿Cómo pudo decir que tenía buenas referencias del Hope, cuando allí murió su sobrina Fiona y creía que la habían asesinado en ese centro? —observó Virginia.

—Eso no es todo. Esa no fue la única carta que jugó —prosiguió Alfredo con satisfacción—. También recurrió al argumento religioso. Por lo visto, en la entrevista personal dijo que él era sumamente creyente, pero que su mujer no, aunque había accedido a que la niña acudiese a un colegio confesional y por ello no quería demorarlo.

—Lo cierto es que cada vez tenemos más elementos para imputarle el asesinato de su hija —sentenció Virginia.

—Así es. Por lo tanto, vamos a asegurarnos el tiro, y antes de acordar cualquier diligencia, volveremos a tantear a Vicky Soler, a ver qué nos cuenta sobre la decisión de apuntar a Zoe en el colegio e indagaremos si conocía la historia de la sobrina de Clifford —propuso Laredo.

—¿Conversación formal o informal? —preguntó Alfredo frunciendo los labios. Y al ver la expresión de Mario y Virginia puso los ojos en blanco—. Está bien. Os lo dejo a vosotros. A mí no me metáis en esas prácticas.

Virginia pensó en lo que le había comentado María hacía unas horas. Era cierto que su instinto la lanzaba a cruzar esa línea en la que Mario se sentía cómodo y que a ella tanto la atraía. En alguna ocasión, él le había sugerido que solicitase un cambio de juzgado para trabajar juntos, pero vio con toda claridad que eso sería arriesgadísimo: Mario necesitaba de Alfredo, tanto como ella precisaba del talante más sosegado y formalista de María.

# 48

No iban a avisar a Vicky Soler de su visita. Entre las cautelas con las que querían abordar la conversación, una de ellas era encontrarla con la guardia baja. A fin de cuentas, no podían obviar que con el fallecimiento de Zoe, ella también salía beneficiada. Como madre de la niña tendría derecho a la mitad del patrimonio heredado de su abuelo.

Esa circunstancia había abierto un nuevo debate entre ambos fiscales y el juez Laredo, ya que, si bien tras los hechos revelados por su hermana, las sospechas contra James Clifford cobraban fuerza y se fundamentaban en elementos objetivos, Mario y Alfredo continuaban albergando dudas con respecto a las contradicciones de Vicky Soler.

—La cuestión del testamento del anciano señor Clifford ha cambiado las cosas. La acusación de Vicky contra James por violencia vicaria la colocaría como única heredera de su hija —había apuntado Alfredo—. No olvidemos que si se llega a condenar a James por el asesinato de su hija, perdería todos sus derechos hereditarios.

—Desde luego, habría sido el negocio de su vida. Conoce a James, que llega a Barcelona en una situación emocional especialmente vulnerable, a poco que este le cuenta algo sobre su vida se entera de que es hijo de un hombre acaudalado, adopta a la niña, y cuando la pequeña hereda el patrimonio, se la carga y le endosa el mochuelo a James —observó Mario.

Virginia se opuso a esta teoría con rotundidad.

—No lo creo. Si James sospechase de Vicky le hubiera sido muy sencillo acusarla precisamente sobre la base de ese móvil, que sería totalmente creíble. En ese caso, sería él quien quedaría como único heredero de la niña. Repasemos la hipótesis que apuntáis. Por supuesto, todo encaja: los Clifford se separan, fallece el padre de James, Vicky es consciente de lo que Zoe ha heredado, pero sabe que no va a manejar ni un euro porque el abuelo ha designado unos albaceas, envenena a la niña y le endosa la muerte a James. Pero a James no se le ha ocurrido esa opción ni siquiera para desviar nuestra atención con respecto a su culpabilidad, lo que indica que no se le pasa por la cabeza que Vicky haya sido capaz de hacer algo semejante. Y no olvidéis que seguimos teniendo la incógnita de la intervención del padre Esteban y su presencia en el Hope School cuando falleció Fiona Blake. Si ya nos resulta complicado averiguar la relación del religioso con James Clifford, no veo cómo encajarlo en una posible coautoría con Vicky Soler.

\* \* \*

Decidieron visitar a Vicky sobre las ocho de la tarde; una hora en la que previeron que la encontrarían en casa, pero no demasiado tardía como para resultar una visita intempestiva.

Cuando llegaron a las inmediaciones de su vivienda, echaron un vistazo al edificio desde la acera de enfrente y no vieron luz en las ventanas de su piso. Cruzaron la calle y llamaron dos veces al interfono sin obtener respuesta, tras lo que volvieron sobre sus pasos y entraron en una cafetería desde la que podían controlar de forma discreta el portal del edificio.

Al cabo de unos diez minutos, un coche se detuvo a unos pocos metros de la finca. Mario se irguió en su silla y llamó la atención de Virginia en un susurro.

—Mira ese coche. ¿No es Vicky la que está sentada en el asiento del copiloto?

Virginia entrecerró los párpados para aguzar la visión y afirmó con la cabeza, justo en el momento en que la persona que iba al volante del vehículo, y que no alcanzaban a ver con nitidez dado que Vicky lo tapaba parcialmente, se giró hacia esta y le dio un largo beso en los labios.

—Va acompañada —observó Virginia—, y por lo visto, de alguien con quien mantiene una relación íntima.

Ambos clavaron la vista en el vehículo sin apenas pestañear.

Al apearse Vicky del coche, el conductor giró su cuerpo hacia el asiento que ella acababa de abandonar y le tendió una bolsa del asiento trasero.

Virginia y Mario se miraron sin dar crédito a lo que veían.

—¡James Clifford! Es James, ¿no? Y le acaba de dar a Vicky un beso que no se daría una pareja que está en trámites de divorcio. Y ¿has visto su sonrisa? ¿Has visto cómo la miraba? ¡James y Vicky están juntos! —exclamó Virginia, y de un manotazo rozó la taza de café con leche que apenas había probado, vertiendo parte del líquido sobre el plato.

Mario dirigió la vista hacia la taza de café, y el sueño que había tenido con Casandra acudió a su mente como un destello. En el sueño, Casandra jugaba en la pequeña mesa de madera de su habitación de Santander y preparaba una infusión a su muñeca favorita mientras le decía «Soy tu mamá. Yo te curaré». Pero las últimas palabras que le susurró al oído con un aliento helado fueron escalofriantes: «No bebas eso».

Recordó también las palabras de Alfredo cuando le reveló, a medias, ese aviso que había recibido en sueños: «No es necesario que me lo digas, Mario. En cualquier caso, ya sabes lo que pienso de esos sueños; estoy seguro de que lo que te ha dicho es algo que te ronda por la mente desde hace tiempo. Hay realidades que nos estallan en la cara, aunque tengamos los ojos cerrados y los oídos tapados».

Volvió a mirar la taza con el café derramado y la sangre le huyó del rostro.

Virginia se asustó al ver su lividez.

—¿Qué ocurre, Mario? ¿Estás bien?

—¡El café! Fue Vicky Soler quien te suministró la aconitina. Lo hizo el día que prestó declaración cuando fuiste con ella a la cafetería del juzgado. Lo preparó todo durante el rato que te ausentaste para subir a la oficina judicial. La acompañaste con intención de indagar algo más, pero fue ella quien te propuso ir a tomar algo y te advirtió que tenías que pasar por tu juzgado. ¿Cierto?

Virginia asintió. Recordaba a la perfección que cuando subió al despacho de Laredo para comentar con él y con Alfredo las impresiones que les había causado la declaración, ella misma les dijo que Vicky era una mujer muy atenta, que estaba en todo.

—Después de despedirte de Vicky saliste de la cafetería, fuiste a tomar un bocadillo y de inmediato te dirigiste al Faith School. Ya te encontraste algo indispuesta al llegar al colegio. Así que no fue la infusión que te dieron allí. Ya llevabas el veneno en el cuerpo. Además, el padre Esteban no sabía que estabas reunida con el director. Cuando este pidió que le sirvieran las dos infusiones, desconocía para quién eran. Y aunque te hubiera visto entrar en el colegio, no podía saber el motivo por el cual te reunías con el padre Juan. Pero Vicky sí que sabía que irías directamente al colegio. Se lo dijimos en la declaración. Y al darte la sustancia, reforzó nuestra idea de dirigir por esa vía la investigación. Es decir, le interesaba que sospechásemos del colegio.

Virginia empezó a respirar con agitación y sintió un leve mareo. Todo cobraba sentido de una forma perversa y terrible.

Mario continuó exponiendo su hipótesis.

—Las piezas del puzle encajan. Vicky te vio en la puerta del colegio la tarde que te reuniste con la madre de Eric. Ella misma lo dijo en su segunda declaración, cuando te reconoció. Sabía que Eric se había encontrado mal al salir del colegio la tarde de la fiesta de Zoe. Era la anfitriona de la fiesta y la madre de Eric le debió de decir que el pequeño no podía asistir porque había comido algo en el colegio que le sentó mal. Sabía también que esa tarde hubo una merienda en el centro y que Eric era celíaco como Zoe. Así que el día que te vio en la puerta del colegio, dedujo que estabas allí hablando sobre ese tema. Es una mujer atenta y lista, y debió de concluir que acabaríamos conociendo todos esos datos y que empezaríamos a sospechar del colegio. A buen seguro cuando la citamos para la segunda declaración, intuyó que hablaríamos de esa hipótesis, y además, estoy convencido de que sabía, por mera intuición, que estarías presente. O quizá porque el propio James se lo dijo, pues tú ya habías estado presente en su declaración.

Virginia abrió los ojos desconcertada.

—Por supuesto. El primer día que declaró James subí con él en el ascensor y, como recordarás, me esperé fuera de la sala de interrogatorios a que él entrase. Mientras subíamos hacia el juzgado, él hablaba con alguien sobre que iba a prestar declaración, seguramente con Vicky. Cuando accedí a la sala, se quedó muy cortado. Debía de estar repasando mentalmente si había sido indiscreto. Esos dos han estado en contacto todo el tiempo.

—Un contacto muy estrecho, como acabamos de ver —apuntó Mario.

—Así que Vicky iba preparada el día de su declaración —continuó Virginia—. Preparada y muy alerta para ver qué sucedía. Y las cosas se le pusieron de cara cuando le dijimos que investigaríamos en el Faith y le aseguré que iría en cuanto dejase listo lo más urgente, así que la propuesta de ir a tomar algo a la cafetería, le vino de perlas. Por el motivo que sea, le interesó que dirigiésemos nuestras sospechas hacia el Faith.

Mario asintió.

—Así es. Ahora me explico las contradicciones de Vicky y su nerviosismo. Cuando la muerte de Zoe se calificó de premeditada, se puso nerviosa y no dudó en apuntar hacia James por violencia vicaria. Consciente o inconscientemente, con esa acusación quedaba libre de sospecha y, de paso, si condenábamos a James, se erigía en la única heredera de los bienes de Zoe. Pero cuando vio que se abría la hipótesis del colegio, enseguida cambió su discurso y mostró entusiasmo por esa posibilidad. James, por su parte, insistía también en la culpabilidad del sacerdote.

—Y ahí se despeja la duda que comentábamos esta misma mañana con Alfredo: la extrañeza que nos causaba que James no incriminara a Vicky para evadir su culpabilidad. Él continúa enamorado de ella y en ningún momento se le ha pasado por la cabeza acusarla, a pesar de que quedaría como único heredero —observó Virginia.

Mario asintió mientras fruncía los labios.

—Cosa que no hizo ella. En cuanto se vio en peligro, no dudó en dirigir las sospechas hacia él. No me extraña que el anciano señor Clifford no la pudiese ver. Realmente esa mujer debe de tenerlo bien atrapado. Ni siquiera cuando le dijimos a James que Vicky lo acusaba de violencia vicaria montó en cólera y la acusó. Menudo par —apuntó Laredo.

—Supongo que ella también lo debe de querer. De hecho, se la ha jugado de forma muy grave envenenándome con el único objetivo de reforzar nuestras sospechas sobre la implicación del colegio. En mal momento le dije que iría esa misma tarde. —Mario asintió—. En fin. Que nos la han intentado colar bien colada —se lamentó Virginia.

—Eso es lo que creen, pero ya los tenemos. No obstante... —Mario recordó el sueño revelador de su hermana y el pisapapeles partido en dos—. Vicky y James son dos, pero tenemos...

Virginia adivinó lo que iba a decir.

—Seguimos teniendo sobre el tablero al padre Esteban. ¿Qué papel juega en todo esto? ¿Será el autor material del asesinato? ¿Lo habrán amenazado de alguna forma? La presencia del padre Esteban en la muerte de la sobrina de James no puede ser casualidad. Y las contundentes acusaciones de James contra él tampoco.

Mario encogió los hombros y respiró hondo.

—Solo podemos hacer una cosa. Y no me gusta nada, pero nada, la idea.

Virginia colocó una mano sobre la suya y se la apretó con cariño.

—No me lo digas. Habrá que ir a hablar con el padre Esteban y confiar en que sea sincero. ¿Nos vamos? Supongo que aquí ya no tenemos nada que hacer.

# 49

Virginia le dio un beso a su hija y esperó a que cruzase la puerta, que daba acceso a las aulas, para lanzarle otro con la mano, como solían hacer cada mañana. Sin embargo, ese día la niña sujetó la puerta y volvió sobre sus pasos, a pesar de las advertencias de la monitora para que fuese con sus compañeros.

Alba salió con paso decidido y Virginia vio que la mirada de su hija se dirigía a un punto situado detrás de ella. Cuando se giró, se encontró con Mario, que miraba a la pequeña con una sonrisa en la cara.

—Igual he llegado un poco pronto. Lo cierto es que apenas he podido pegar ojo —le dijo a modo de excusa.

—Tú eres el amigo de mi mamá. ¿Has venido a verme como el otro día?

Virginia enseguida ató cabos. Alba se refería al día en que Mario fue a hablar con el director y coincidió con su padre cuando recogía a la niña.

Mario se agachó para quedar a la altura de la pequeña.

—Hoy llevas las coletas mucho mejor que el otro día.

La niña se acarició una, satisfecha.

—Es que me acaban de peinar. Se me caen cuando juego en el patio.

El timbre de la escuela resonó con fuerza y la monitora salió a por Alba con premura. La joven se plantó ante ellos y tomó a la pequeña de uno de sus bracitos con cariño.

—Anda, Alba, vamos, que llegarás tarde.

Mario levantó la mirada hacia la monitora.

—Es culpa mía, que la he entretenido.

—No pasa nada. —La joven miró a Mario y a la niña, y sonrió—. La familia es la familia.

Alba se zafó de la monitora y, sin pensarlo dos veces, rodeó a Mario con sus bracitos y le dio un beso en la mejilla, salió corriendo hacia el pasillo y desapareció tras la puerta, seguida de la joven, que cabeceaba con paciencia.

La sala de espera se vació de padres y acompañantes, y Virginia y Mario estuvieron unos segundos en un incómodo silencio que enseguida quedó interrumpido por el paso decidido del padre Juan, que se acercaba a ellos presuroso. La expresión del religioso era de visible preocupación. Con un gesto los invitó a pasar a la sala de reuniones. Cuando estuvieron los tres sentados, los miró con seriedad y bajó la cabeza con pesar.

—No sé si esto es lo mejor que podemos hacer. Quizá debería informar a mi superior. Lo cierto es que esta situación me supera y desde que ayer me llamaron para solicitar esta... entrevista, no dejo de pensar en si estoy haciendo lo correcto.

—No se trata de una declaración judicial, Padre. Solo queremos hablar con el padre Esteban para aclarar algún aspecto. Tenemos una idea bastante clara de lo que pudo sucederle a Zoe Clifford. En las últimas horas han surgido nuevos datos que han dado un giro a la investigación y necesitamos contrastarlos con él. El padre Esteban será libre de colaborar o no. Créame que si por algún motivo revela alguna información que lo pueda incriminar, la señora Gibert y yo seremos los primeros en respetar sus derechos y aconsejarle la asistencia de defensa jurídica.

—En base a esos nuevos datos que han averiguado, ¿confirman sus sospechas sobre él? ¿Es por lo que ocurrió con Fiona

Blake? No debería haber... ¡Dios mío! Uno no sabe qué es lo mejor que puede hacer. Les dije que les ayudaría, pero no sé si he hecho bien.

Virginia estuvo a punto de colocar una mano sobre una de las rodillas del sacerdote, pero enseguida recordó su condición y se tensó.

—Padre, ha hecho usted lo correcto. Y como le dice el juez Laredo, no padezca, seremos sumamente respetuosos en todo momento y no conculcaremos los derechos del padre Esteban.

—Lo que no comprendo es por qué motivo no lo citan judicialmente si tan necesaria es su declaración.

Mario se mordió los labios. Le sabía mal ocultarle cosas al sacerdote, pero no quería revelar las sospechas que albergaba sobre la posible relación entre el padre Esteban y la muerte de Casandra, que lo apartaría de inmediato del conocimiento de la causa. Necesitaba averiguar la verdad, y cuando esta le quemase en las manos, se sometería a las normas legales sin oponerse y dejaría la causa en manos de otro colega, que continuaría con la instrucción de la forma procesal adecuada. Pero quería asegurarse de dejarla con las costuras bien hilvanadas.

El padre Juan esperó durante unos segundos una respuesta que no llegó, y finalmente se levantó de su sillón y sacudió las perneras como si tuviera la necesidad de desprender unas motas de polvo inexistentes.

—Está bien, síganme. No sé si el padre Esteban querrá hablar con ustedes. De hecho, no sé si querrá hablar con nadie. Lleva varios días encerrado en su celda. No quiere salir y apenas come lo que le llevamos. Si continúa con esta actitud, deberemos llamar a un médico. Es como si quisiera morir.

Virginia y Mario se miraron con estupefacción.

—¿Desde cuándo está así? —inquirió Virginia.

El padre Juan detuvo el paso, se giró y clavó sus ojos en Mario.

—Desde la última vez que vino usted. La tarde en que fuimos a la capilla y lo vio. Esa noche ya no quiso salir para cenar.

A Mario se le encogió la garganta de golpe y apenas consiguió tragar saliva. Un estremecimiento le sacudió el cuerpo y sintió un pinchazo helado en la nuca que lo obligó a detenerse, extender un brazo y apoyarse en Virginia. La reacción del padre Esteban había sido tan intensa y fulminante como la que él tuvo aquella tarde. El reconocimiento, por lo tanto, había sido mutuo, y el religioso no lo podía soportar.

—Voy yo, Mario. Voy yo.

Mario negó con la cabeza, respiró hondo, tensó sus músculos y emprendió el paso, mientras el padre Juan lo observaba con extrañeza.

Cruzaron un largo pasillo hasta llegar a una puerta de madera cerrada con llave, sobre la que una placa de metal advertía la prohibición de acceso por tratarse de un espacio privado de la congregación.

El padre Juan abrió la puerta y los invitó a seguirle a través de un corredor que rodeaba un amplio claustro totalmente acristalado. A la izquierda del pasillo, en el sentido de la marcha, observaron una sucesión de puertas numeradas que Virginia y Mario supusieron que eran las habitaciones de los religiosos.

El silencio y el recogimiento eran absolutos, y tanto el suelo, de grandes baldosas de mármol claro, como el acristalamiento que daba al claustro brillaban con el resplandor aséptico de los centros residenciales. Las paredes, pintadas de blanco, eran sobrias y estaban apenas salpicadas de alguna lámina con motivos religiosos y diversas imágenes que no conseguían disimular su desnudez. A pesar de la luz tan intensa, el lugar les transmitió soledad y cierta tristeza, como si se tratase de una jaula amplia y luminosa, pero una jaula, en definitiva.

En su paso por aquel corredor, apenas se cruzaron con dos

religiosos de edad avanzada, que ya no debían de participar en la vida académica del colegio y que los miraron con desconcierto y cierta prevención. A buen seguro no estaban acostumbrados a ver personas ajenas a la congregación en aquella zona, y mucho menos a una mujer. Saludaron al padre Juan con una especie de reverencia y con un gesto rápido y casi imperceptible al juez y a la fiscal.

El padre Juan se detuvo ante una de las puertas y dio tres toques con los nudillos sin que se oyese respuesta. Volvió a insistir y carraspeó antes de hablar.

—Esteban, soy el padre Juan. Voy a abrir. Hay alguien que quiere verte. Si no estás levantado o estás por vestir, dímelo, por favor.

Desde el interior se oyó una voz apagada que permitió el paso.

El director abrió la puerta y un intenso olor a ambiente cargado les escupió en la cara. Virginia hizo una mueca de desagrado y Mario frunció el ceño.

El padre Juan les rogó que esperasen unos segundos y se adentró en aquella cámara oscura de atmósfera pesada y densa, que atravesó con rapidez. Buscó la correa de la persiana y tiró de ella con fuerza. Descorrió las tupidas cortinas que cubrían la ventana y la abrió de par en par. Una fuerte corriente de aire se deslizó sobre Virginia y Mario y arrastró consigo el aire viciado y cálido de la estancia.

Mario cerró los ojos y se atusó el pelo, como si quisiera sacudir aquel halo que lo acababa de atravesar. Virginia lo miró con preocupación.

—Pueden entrar. —La voz del padre Juan sonó firme y grave, como una orden.

Los dos se miraron, y como si fuesen a adentrarse en un lugar peligroso, él se adelantó y accedió a aquella sobria habitación en la que no deseaba estar.

El padre Esteban se encontraba sentado sobre su cama, vestido con la sotana y con los pies descalzos sobre el mármol helado. Mario echó un vistazo a aquellas extremidades desnudas, tan blancas como el suelo, salvo unas uñas amarillentas y envejecidas. Con inmenso trabajo, elevó la mirada hasta el rostro del sacerdote, y observó que este tenía la cabeza gacha, sostenida sobre sus manos tan lívidas como el papel.

El padre Esteban levantó la cabeza y abrió unos ojos enrojecidos y llorosos, que Mario no supo si atribuir a la falta de sueño o al peso de la conciencia de sus pecados, y los clavó en él.

Mario se giró hacia Virginia, que estaba tras él, y negó con la cabeza. No era capaz de articular palabra. Ella dio un paso al frente, se situó a su lado y le apretó el brazo para transmitirle tranquilidad.

—Padre Esteban, soy Virginia Gibert, fiscal de los juzgados de Barcelona. Él es Mario Laredo, juez instructor. Lo conoce, lo vio hace unos días aquí en el colegio, en la capilla, acompañado del padre Juan. Su señoría está instruyendo las diligencias por el fallecimiento de Zoe Clifford, alumna de este colegio. Doy por hecho que tiene conocimiento de su muerte.

El religioso asintió con un movimiento lento y desvió su mirada hacia ella.

—Esta visita no es oficial. Con ello quiero aclarar que no le estamos tomando declaración y que nada de lo que diga, si nos dice algo, tendrá efectos legales ni podrá ser utilizado ni contra usted ni contra nadie. Voy a serle muy sincera, la intención de esta conversación es conocer algunas circunstancias que rodearon la muerte de Zoe Clifford y que pueden ayudar a aclarar qué pasó. Evidentemente, si nos explica algún dato de importancia, le pediremos que preste declaración oficial. Pero si usted no quiere hablar o prefiere asesorarse con un...

—Hablaré —interrumpió el padre Esteban.

—Esteban —lo interrumpió el padre Juan—, ¿has entendido lo que te acaba de explicar la señora fiscal?

—Hablaré, Juan —confirmó el religioso con contundencia y en un tono firme, que contrastó con la fragilidad de su constitución—. No tengo ningún temor. Yo no maté a Zoe Clifford, pero supe que algo malo le pasaría a la niña tan pronto la vi en el colegio y comprobé que era la hija de James Clifford.

El religioso se dobló en un gesto de dolor y se sujetó la cabeza con las manos, negando de forma compulsiva.

Mario y Virginia se miraron estupefactos y se mantuvieron en silencio en espera de que el padre Esteban continuase. Como si recitase una letanía, y sin levantar la mirada, el religioso siguió con su confesión en tono bajo y monocorde.

—Cuando Zoe falleció y conocí las causas, los peores presagios se hicieron realidad. Hace años que sabía que algo así sucedería. Es mi castigo. Ellas me lo advirtieron. Ellas han estado siempre ahí, esperando.

—¿Ellas? ¿Quiénes son ellas? —preguntó Virginia con firmeza.

—Él lo sabe —exclamó, mirando a Laredo.

El padre Juan dio un paso al frente para acercarse al religioso, pero Mario le hizo un gesto con la mano para interceptarlo.

El padre Esteban, ajeno a ese movimiento, levantó la mirada y la clavó de nuevo en Virginia.

—James Clifford siempre lo supo. Lo de su sobrina, lo de Fiona.

—¡Esteban! ¿Estás seguro...? —De nuevo el padre Juan.

—¡Déjame, Juan! Ellas me perseguirán toda la vida hasta que hable. Estoy viejo, sé que moriré pronto y Dios me castigará, aunque la culpa de todo sea de ellas.

Mario negó con la cabeza y se movió con intranquilidad, pero Virginia le volvió a apretar el brazo, en esta ocasión con mayor decisión. Estaban a punto de saber la verdad y no quería interrumpir el relato del sacerdote.

El padre Esteban continuó.

—Debieron creer a James Clifford cuando sucedió lo de Fiona, y quizá Zoe estaría viva. Pero a veces los jueces no hacen su trabajo. Aunque usted, señor Laredo, no es de esos, no. Usted lo hará, aunque tenga que creer en espíritus, ¿me equivoco?

Mario no contestó y se limitó a respirar hondo, permitiendo que el hedor de aquella atmósfera le quemase en los pulmones.

—James Clifford intuyó que había envenenado a su sobrina Fiona. Fue culpa mía. Hablé demasiado. Teníamos cosas en común. La herboristería, como pueden suponer. Pero nunca supuse que también llegaría a ser un asesino, como yo. Y que sería capaz de matar a su propia hija. Nunca lo pensé, ni siquiera cuando me confesó que algún día, no sabía cómo, la vida me haría pagar por ello. Supongo que cuando me lo dijo, ni siquiera pensaba matar a la pobre niña. Son cosas que se dicen con la fe en la divina providencia. Pero a veces el mal se abre camino y el demonio le puso delante su propia venganza. No sé qué es lo que le ha llevado a matar a su propia hija, con lo que James llegó a querer a su sobrina... Pero cuando vi su mirada la primera tarde que vino a recoger a Zoe, supe que ya tenía la decisión tomada. En ese momento tuve la convicción de que algo terrible sucedería. Pero yo no podía hacer nada más que esperar y rezar para que Dios protegiese a esa infeliz.

Mario no pudo soportarlo más.

—¿Rezar? ¿Rezar usted?

El religioso clavó sus ojos en él con insolencia.

—Sí, rezar. Rezar para que Dios la protegiese.

—¿Y quién rezó por Fiona Blake? ¿Quién la protegió de usted?

—Nadie podía hacer nada en ese caso. La maldición tiene demasiado poder. La tuvo mi madre, la tuvo mi hermana y la tengo yo. La llevaré encima hasta la muerte.

El padre Juan dio un paso al frente, preocupado por las palabras del padre Esteban, pero este lo apartó con un golpe seco de mano.

—Como les he dicho, yo no maté a Zoe. Tampoco maté a Soledad, mi hermana. Pero el mal ya estaba dentro, lo trajo mi madre el día que cruzó el umbral de la puerta de la *bruxa* de Brañavara. Mi madre llevaba el fuego dentro, como Soledad. Un fuego que seduce y corrompe. Soledad se equivocó. Confundió el veneno con los jacintos. Esa fue la mano de Dios. Dios se la llevó antes de que yo pudiera corromperla del todo ante una seducción de la que ni siquiera ella era consciente.

—¿Pero qué demonios dice? ¿Cómo puede Dios matar a una niña? —espetó Mario.

El religioso lanzó una carcajada agria.

—No entiende nada. Ellas llevan el fuego dentro. Llevan el veneno de la *bruxa*. Soledad era inocente hasta que su cuerpo empezó a brotar y a atraer las miradas.

—Su mirada, padre. Su mirada corrupta y asquerosa —escupió Mario.

—Sigue sin entender. Dios se la llevó antes de que la *bruxa* la corrompiese por completo. Pero no sirvió de nada. Aquella noche su cadáver desprendía el mismo fuego que si hubiera estado viva.

Virginia sintió un mareo repentino y una arcada de bilis le subió por la garganta.

—Yo no la maté, pero la profané con todos mis sentidos, y mi padre me echó de casa. Él, que cada noche saltaba sobre mi madre como una fiera. Primero creí que en la casa de Dios me salvaría. Pero la *bruxa* respondió con furia a ese reto y me envenenó con la imagen seductora de mi hermana muerta cada noche. Años de verla en sueños, en aquella cama rodeada de flores. Años de encender el deseo en las noches más oscuras y frías de invierno. Dios sabe que me castigué. Ayuné, me flagelé, hice toda clase de penitencias. Pero ella se alió con el demonio y me la puso delante. Se parecía tanto...

—¿A Fiona? —susurró el padre Juan.

El padre Esteban negó con la cabeza mientras miraba fijamente a Laredo.

Mario sintió que las piernas le empezaban a flaquear y quiso escapar de aquel lugar para no oír lo que su corazón ya sabía.

—No. Fiona vino después. Pero la primera, la que acabó con toda mi voluntad fue...

Mario se giró hacia la puerta de la habitación con las manos sobre la boca para intentar controlar las arcadas que le ascendían por la garganta y poder respirar fuera de aquella atmósfera que lo ahogaba.

La voz imparable del padre Esteban siguió sonando tras él.

—Usted ya lo sabía, ¿verdad? Se lo dijo ella. Le visita por las noches, ¿no es cierto? Lo supe el día que nos vimos en la capilla. Ahora ya descansa en paz. No volverá. Se ha liberado del pecado. Ya está con Dios.

El padre Juan se abalanzó sobre el religioso y lo sujetó por los hombros con firmeza.

—¡Cállate, Esteban! No tomes el nombre de Dios en vano. No lo hagas cómplice de tus actos. Y no manches el nombre de esas inocentes. Ni brujas ni seducciones. ¡Que Dios nos proteja! ¿Qué más barbaridades has hecho? Pobres criaturas. ¡Qué locura, Señor! ¡Cuánta maldad!

El padre Esteban se levantó de su cama con un ímpetu impropio de su constitución física y salió en busca de Laredo, que estaba con los brazos apoyados contra la pared del pasillo mientras Virginia lo abrazaba por la espalda.

—Casandra era su hermana, ¿verdad? Es usted hermano de Casandra Laredo. Su imagen muerta me ha torturado toda la vida.

Mario se giró y lo miró con odio, mientras el padre Juan, desde el marco de la puerta, observaba toda la escena sin dar crédito a lo que sucedía.

—Su hermana... —musitó el director—. Por eso me preguntó aquel día si creía en espíritus. Realmente, ¿la ha visto...?

El padre Esteban se acercó a Virginia y Mario sin pudor.

—Se parecen tanto todas... Se parecen tanto a Soledad... Tiene que apartarme de ella.

—¿De quién le tengo que apartar, desgraciado? —le gritó Mario— ¿De su fantasma?

—No. De su hija. De Alba. Cómo se parece a Casandra. Cómo se parecen todas...

Mario miró a Virginia y ella le devolvió una mirada a medio camino entre el aturdimiento y la sorpresa.

—¡Ah! Veo que no lo sabían. Qué curioso —musitó el padre Esteban.

Virginia se apoyó contra la pared, cerró los ojos y se desvaneció en un mareo sobre los brazos de Mario, que la sujetó antes de que su cuerpo se deslizase hasta el suelo.

# 50

Virginia se aclaró la garganta y llamó con decisión a la puerta del despacho de María Vélez. La jueza le permitió entrar y se sorprendió al verla, aunque todavía se asombró más al comprobar quién la acompañaba.

—Por la expresión de vuestras caras, me temo que no venís a entregarme una invitación de boda.

Mario se adelantó.

—Siempre tan mordaz, María.

—Cosas de la Escuela Judicial, o de alguno de los compañeros con quien tuve el gusto de compartir esa etapa.

Virginia los miró estupefacta.

—No sabía que habíais sido compañeros.

La jueza asintió con seriedad.

—¿Me vais a explicar lo que sucede? Vosotros aquí y yo de guardia no augura nada bueno.

Virginia y Mario se sentaron ante ella y le rogaron que esperase unos minutos a Alfredo, que llegó al instante. Una vez los cuatro reunidos, Mario expuso con detalle las averiguaciones realizadas hasta el momento. María las analizó con atención y les solicitó las aclaraciones que consideró necesarias. Tras ello, se dirigió a Mario con tono severo.

—Ahora es cuando me dices que te vas a apartar de esa causa y que ese religioso, el padre Esteban, está ahí fuera y desea declarar precisamente en este momento, conmigo de guardia. —Mario asintió—. Sabéis que la confesión del crimen de Fiona Blake será jurisdicción de los tribunales de Madrid, ¿verdad? Es decir, le tomaré declaración y remitiré las diligencias al juzgado correspondiente.

Virginia se adelantó a Mario.

—Sí, María, pero cuando el padre Esteban explique los hechos referentes a Zoe Clifford deberás remitir ese testimonio a la causa que instruye Mario, y como este se inhibirá, quizás puedas continuar...

La jueza sonrió con ironía.

—Sabes que tú tampoco podrás instruir esa causa, ¿verdad, Virginia? No olvidemos que atentaron contra tu vida.

—Por eso estoy aquí —apuntó Alfredo.

La jueza respiró hondo y asintió.

—Está bien. Supongo que lo mejor será que le tome declaración antes de que se arrepienta de la disposición que ha mostrado y luego nos ocuparemos de las cuestiones administrativas. Eso sí —miró a Mario especialmente—, no permitiré ni una interferencia en la investigación. Así que, lamentándolo mucho, Virginia, Mario, os tengo que pedir que os ausentéis ahora mismo. Voy a llamar al fiscal de guardia. En cuanto a ti, Alfredo, si te va bien, agradecería que te quedases. ¿El religioso ha venido con abogado?

Antes de que Virginia pudiera responder, María negó con la cabeza.

—Por supuesto que sí. No sé ni por qué lo pregunto. En fin, preparemos el acta y que pase con su abogado.

Virginia y Mario salieron del despacho de la jueza y se encontraron con las miradas expectantes del padre Juan y del padre Esteban. Los dos esperaban en silencio sentados en un banco del vestíbulo de los juzgados, mientras un silencioso abogado de gesto circunspecto repasaba la documentación que acababa de entregarle su cliente.

El padre Juan se levantó y se les acercó.

—Todo dispuesto —informó Laredo.

El religioso asintió y tragó con dificultad.

—Se lo agradezco, señor Laredo. El padre Esteban es consciente de su decisión, así que cuanto antes acabemos con esto, mejor. Creo que ambos hemos finalizado nuestra tarea en el esclarecimiento de estos hechos tan terribles.

Mario asintió y le tendió la mano con aprecio. Antes de que hubieran dado dos pasos, el padre Esteban llamó su atención.

—¡Señoría!

Virginia y Mario se giraron y se toparon con el rostro de expresión decidida del religioso.

—¿Han detenido ya a Clifford?

Virginia negó con la cabeza. La detención no iba a ser inmediata. Tras la declaración del padre Esteban, deberían realizarse los trámites oportunos para derivar la causa a María Vélez, quien emitiría las órdenes.

—Haré todo lo posible para que esos dos acaben entre rejas —les aseguró el religioso.

Un agente judicial requirió su presencia y el padre Esteban se adentró en el juzgado con paso firme y sin mirar atrás.

Al salir del juzgado, empezaba a llover ligeramente. Virginia levantó la mirada hacia el cielo, cerró los ojos e inspiró hondo.

—¿Sabes qué? Por una parte, me alegro de apartarme de esta causa. Sé que queda en muy buenas manos. Lo único que lamento es no ser testigo de la cara que pondrán aquellos dos cuando los detengan.

—Puedes imaginártelo. Él se vendrá abajo, pero arremeterá contra el padre Esteban, y ella montará un espectáculo digno de verse, gritará, llorará, dirá que todo es un error y al final atacará con furia a su marido.

Virginia y Mario no lo vieron, pero el juez no se equivocó ni un ápice en sus suposiciones.

# 51

Virginia se agachó en cuclillas para darle un último beso a su hija y repetirle una vez más todos los consejos y recomendaciones que llevaba días recordándole. Alba abrió sus grandes ojos y atendió con seriedad a las palabras de su madre.

—No hables con extraños. Si alguien en el avión te dice algo, contesta con educación, pero no aceptes caramelos, ni chicles, ni galletas ni nada de nada. No te cambies de asiento en ningún momento. Y si necesitas algo, habla con cualquier auxiliar de vuelo. Ahora te irás con esta señora, que te dejará dentro del avión, y cuando llegues a Mallorca, te recogerá otra azafata que te llevará hasta papi. ¿Entendido?

La niña asintió con los ojos en blanco.

—¡Qué pesada, mamá! Ya lo sé. Tengo cinco años.

—Por eso mismo, tienes cinco años.

Mario se rio e intentó ayudar a Alba, para irritación de Virginia.

—Lo ha entendido a la perfección. ¿Verdad, cielo? —Le guiñó un ojo, cómplice, y ella intentó imitarlo cerrando ambos a la vez.

—Eso, tú apóyala. No sé en qué momento empezó a decirme que soy una pesada. Solo tiene cinco años y ya chasquea la lengua cada vez que le llamo la atención o le doy un consejo. Jamás creí que diría esto, pero empiezo a comprender a mi madre.

Mario soltó una carcajada y la auxiliar de vuelo observó la escena sonriente.

—No se preocupe. Todos lo hacen. Los míos empezaron a esa misma edad. Luego la cosa va a peor. Anda, Alba, vámonos, que ya vamos a embarcar. Esté tranquila, que seguro que se portará muy bien.

Virginia acarició la carita redonda de piel blanca y pecosa de su hija y la miró con infinito cariño. Con una última caricia, le apartó de la frente unos pelillos rebeldes que escapaban de los mechones que no había podido sujetar al hacerle las trenzas.

Mario también se agachó y le dio un beso.

—Adiós, mami; adiós, Mario.

Virginia vio desaparecer a su hija de la mano de la azafata con paso decidido. Qué mayor estaba con su faldita vaquera y su camiseta fucsia con volantitos en los hombros. La niña iba feliz con su pequeña mochila a cuestas llena de sus cachivaches y la maleta de ruedas con ropa para diez días.

Antes de pasar por el control de seguridad, Alba se giró y le lanzó un beso con la mano, tras lo que se giró dispuesta a pasar sus emocionantes vacaciones.

—¿Estará bien? —preguntó Virginia sin dejar de mirar hacia la zona de control.

Mario le rodeó los hombros con el brazo.

—Estará perfectamente. Viaja con servicio de acompañamiento y está acostumbrada a hacer ese trayecto. El viaje es tan corto que ni se enterará, y los auxiliares de vuelo la van a mimar. Mírala, va muy ilusionada con que ya es una niña mayor. Además, va a ver a su... papi. Me encantaría que algún día me llamase así. De momento soy solo Mario.

—Es pequeña para comprenderlo todo. Suficiente tiene con un papá en el cielo y con Fernando. Hacer un cambio ahora nos obligaría a lidiar con los padres de Diego. No es una situación fácil. No puedo apartarlos de la vida de la niña y tampoco sería bueno para ella.

Mario bajó la mirada en un gesto de aceptación, pero de pesar.

—Mario, los niños quieren a las personas que están a su lado, y a ti te adora. Creo que te adora desde antes que supiéramos todo. Desde que te llamaba chico guapo.

Mario sonrió y Virginia se giró hacia él para abrazarlo.

—¿No crees que esto es lo mejor que podemos hacer? Fernando es una persona excelente. Quiere a Alba como a una hija, y nunca le impediré que la vea y pase días con ella. Hay situaciones que la ley no contempla, pero a mí me parece que a veces hay que ser creativo y hacer lo correcto para que prevalezca el interés de los niños. Cuando Alba sea más mayor le explicaremos las cosas de forma adecuada. Y si quiere regularizar la situación, lo haremos. Lo sabes, ¿verdad?

—Lo sé. No me canso de mirarla y de dar gracias a aquella noche de guardia. Una noche y creamos a la niña más bonita del mundo. La quiero tanto...

—Y ella a ti. Muchísimo. Míralo de otra forma. Alba tiene la suerte de tener dos hombres que la adoran. Fernando y tú.

Mario arrancó a reír.

—Como te ha sucedido a ti toda la vida.

Virginia negó con la cabeza de forma contundente.

—No. Eso ha llegado a su fin. Aunque Fernando siempre será Fernando. Le quiero y le querré toda la vida.

Mario frunció los labios al recordar las palabras que le había dicho Fernando cuando le confió que iba a trasladarse a Mallorca: «No olvides, Laredo, que soy más peligroso con el mar de por medio que aquí al lado».

—¿Te parece si nos tomamos un café antes de volver a Barcelona? Así esperamos hasta que el avión haya despegado.

Mario aceptó la propuesta y se dirigieron a una de las cafeterías de la terminal.

Mientras él se encargaba de pedir las consumiciones en la barra de autoservicio, Virginia se sentó en una de las pocas mesas libres y echó un vistazo al teléfono. Envió un mensaje a Fernando para avisarle de que Alba estaba a punto de embarcar, miró el correo electrónico y, tras ello, abrió el buscador para leer alguna noticia de actualidad.

Cuando Mario regresó con la bandeja, la encontró inmersa en la lectura.

—Menudo asco de bandejas. Les pasan una bayeta por encima y quedan pringosas a más no poder. A ver, el café con leche para ti, y te he cogido un *muffin* de arándanos, que no has comido nada esta mañana y te vas a desmayar. ¿Qué estás leyendo?

Virginia se levantó y se sentó en una silla a su lado para mostrarle la pantalla del teléfono.

El titular era tan amarillo como cabía esperar para una noticia de aquella naturaleza: «Dura condena a los padres de Zoe Clifford. Una sustanciosa herencia fue el móvil del infanticidio».

El artículo exponía un resumen de la investigación que tanto conocían y que, tras la renuncia de Mario por la vinculación del crimen de su hermana con elementos de la causa, efectivamente asumió María Vélez.

Virginia tampoco participó oficialmente en la instrucción, y no solo por haber sido víctima de un atentado contra su propia vida, sino porque, el análisis de ADN a que se sometieron confirmó que el juez era el padre de Alba, y esa vinculación con Mario fue otro motivo adicional para apartarse de la investigación. Jamás le dirían a la niña que, a pesar de los mensajes velados de su tía Casandra, tuvieron conocimiento de ello por boca del padre Esteban. Ni una explicación ni otra eran las más adecuadas para revelarle una paternidad a una niña.

Alfredo, en cambio, permaneció en la causa. El propio fiscal jefe lo decidió por su profundo conocimiento de los hechos y la falta de vínculo personal con los investigados, salvo la amistad profesional. Una amistad que crecía a pasos agigantados, pero que no le impidió trabajar con objetividad.

María Vélez y Alfredo Castillo instruyeron unas diligencias impolutas. Encomendaron a la policía judicial que realizara las indagaciones correspondientes en el Faith School y que tomasen declaración a Ana Clifford, al padre Esteban y a los directores de los respectivos colegios.

Y Virginia y Mario estuvieron informados del proceso gracias a Alfredo, que, a pesar de su formalismo, no pudo evitar compartir con ellos cada avance. «De esto ni una palabra a María. ¿Me oís? A ver si al final también tengo que salir yo de la causa y el tema se nos escapa». «Que sí, Alfredo, que sí. Venga, cuenta».

En cuanto al padre Esteban, no se le pudo inculpar por el asesinato de Casandra, por haber prescrito. Y en cuanto al de Fiona Blake, tras su confesión, la causa se derivó a un juzgado de instrucción de Madrid, por ser el lugar en el que se cometieron los hechos. Aceptó su condena como una liberación personal que nadie comprendió.

En el juicio por el asesinato de Zoe Clifford, Vicky Soler volvió a inculpar a James con vehemencia, y este, a su vez, escupió toda la culpa hacia el padre Esteban. Pero el peso del móvil fue concluyente. Y no menos importante fue la memoria de Alicia, la madre de Virginia, que al ver en la prensa las imágenes de la detención de James Clifford, lo identificó como el sacerdote que visitó a Virginia en el hospital el día que empeoró.

No se pudo probar que la primera dosis que suministraron a Virginia se la había proporcionado Vicky en la cafetería. Pero se revisaron a fondo las comunicaciones privadas entre James y Vicky, y se encontraron mensajes que demostraron que lo de su separación era solo teatro y su total connivencia para urdir el asesinato de su hija una vez fueron conscientes de que la simulación de su crisis matrimonial no había conseguido doblegar la voluntad del anciano señor Clifford, y de que Zoe continuaba como beneficiaria de una sustanciosa parte de su herencia.

Virginia apagó la pantalla y guardó el móvil en el bolso.

Mario exhaló con satisfacción.

—El plan se les escapó de las manos. James confió en que la muerte de su hija se calificaría como accidental, del mismo modo que ocurrió con su sobrina Fiona, a pesar de sus intentos para que se realizase una investigación. Debió de pensar que, si en aquella ocasión sucedió de ese modo, las posibilidades de que la muerte de Zoe levantase sospechas eran casi nulas. Con todo, hay que reconocer que fue cauteloso y se aseguró de tener un plan B, y ese plan fue inscribir a la niña en el colegio donde estaba el padre Esteban. Cuando se vieron acorralados, él fue capaz de sostener la farsa, pero Vicky tuvo pánico y otro móvil de peso, si condenaban a James, ella quedaba como única heredera de la niña.

Virginia tomó de ambas manos a Mario y le sonrió.

—Lo que no contaron fue con tu aparición, Mario. Y contigo, el recuerdo de la muerte de Casandra. De hecho, no contaron con nada de lo que ocurrió en esa investigación. Ni aun con la preparación más concienzuda y meticulosa de un crimen, podían pensar que los muertos hablan, y que Casandra acudiría en ayuda de nuestra hija para que se hiciera justicia.

Mario se aclaró la garganta y ella lo miró con expectación.

—¿Vamos?

Se levantaron de la mesa y, tras comprobar que el vuelo en el que viajaba Alba había despegado, abandonaron el aeropuerto, abrazados por la cintura.

# Agradecimientos

La gratitud no es solo una acción justa y bonita, es una forma de vivir que nos hace crecer cada día.

Escribo gracias al amor y al apoyo de mi familia, que me acompaña en este viaje tan fascinante. Ellos aceptan con paciencia mis despistes cuando mi mente vuela inmersa en una historia, me dan consejos cuando no encuentro la palabra exacta y me sostienen en momentos de duda. Sabéis que se me da mejor expresar las emociones por escrito que en persona, así que aprovechad el momento: os quiero.

Escribo, también, gracias al afecto de los lectores que eligen mis historias. Sin vosotros, nada de esto tendría sentido. No os podéis imaginar cuánto valoro vuestro apoyo.

Publico gracias a mis agentes, Sandra y Berta Bruna, de Sandra Bruna Agencia Literaria, que me acompañan en este camino con profesionalidad, dedicación y cariño. Ir de vuestra mano es un regalo que tengo muy presente. Más que agentes, sois amigas.

Publico, por supuesto, gracias a Ediciones Versátil, que me abrió sus puertas con calidez y visten este sueño con colores maravillosos. Es fascinante compartir con vosotras el proceso de edición y tan bonitos momentos en ferias y eventos. Muchas gracias, Consuelo, Eva y Silvia, sois estupendas.

Aprendo gracias al acompañamiento de profesionales como Rosa Sanmartín, escritora y correctora, que revisa los textos con maestría y tanto cariño como si fuesen propios. Rosa, compartir contigo la revisión de esta novela ha sido un auténtico placer. Y también muchas gracias a Eva Olaya, por tus revisiones finales, siempre tan valiosas.

Y aprendo también de mis lectores cero, que leen la obra en bruto y me dan sus sinceras y siempre inteligentes opiniones. En esta novela he contado de nuevo con la ayuda de mis amigos Luis Batlló y Carlos Pérez de Tudela. Luis es abogado penalista, así que además de regalarme su opinión como lector, también me aconseja en aspectos penales que se tratan en la novela. Carlos es escritor, editor, profesor, periodista y titulado en Criminología. Pero sobre todo es muy crítico, así que me dice lo que me tiene que decir. Luis, Carlos, es una suerte contar con vuestra amistad.

A todos vosotros gracias gracias gracias.